Gewidmet meiner Frau Wiltrada
und ihren wunderbaren Kindern.

Mit Dank an all Jene, die in den
vergangenen dreizehn Jahren
die Hornstein-Geschichte erlebt
und weitergesponnen haben

und an Katharina Prestel
fürs Lektorat.

Die Grafik „Drache im Feuerkreis"
wurde von Alex Savarino gestaltet.

Waldburg 2011

Herstellung und Verlag:
Books on Demand GmbH, Norderstedt
ISBN 978-3-8423-5168-4

nach Zinsheym

CERTELURIEN

Burg Torkelbier

TRAUMENDE AUB

Danau

Burg Derneck

KRONLANDE

Burg Falkenstein

Schloss Hornstein

...straße

2

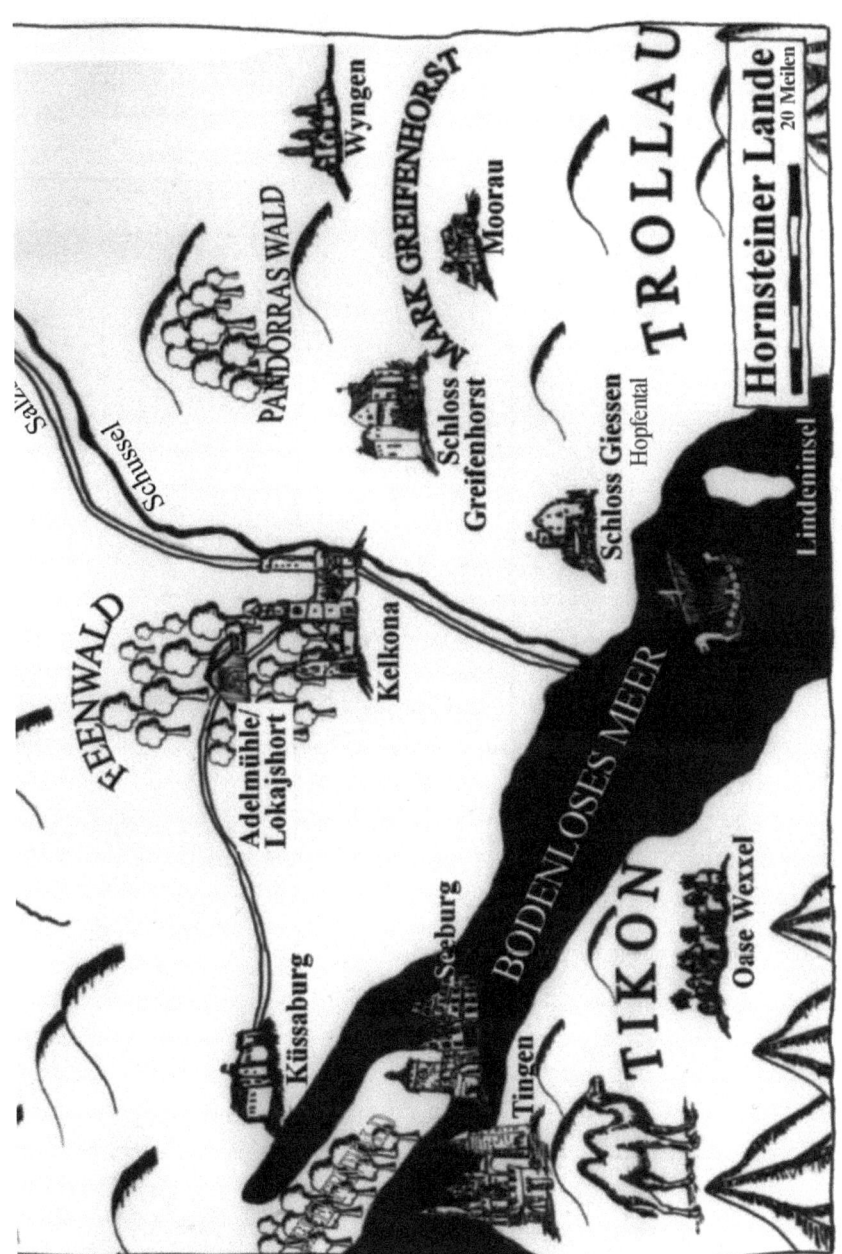

3

Der Stammbaum der Herrscher Hornsteins

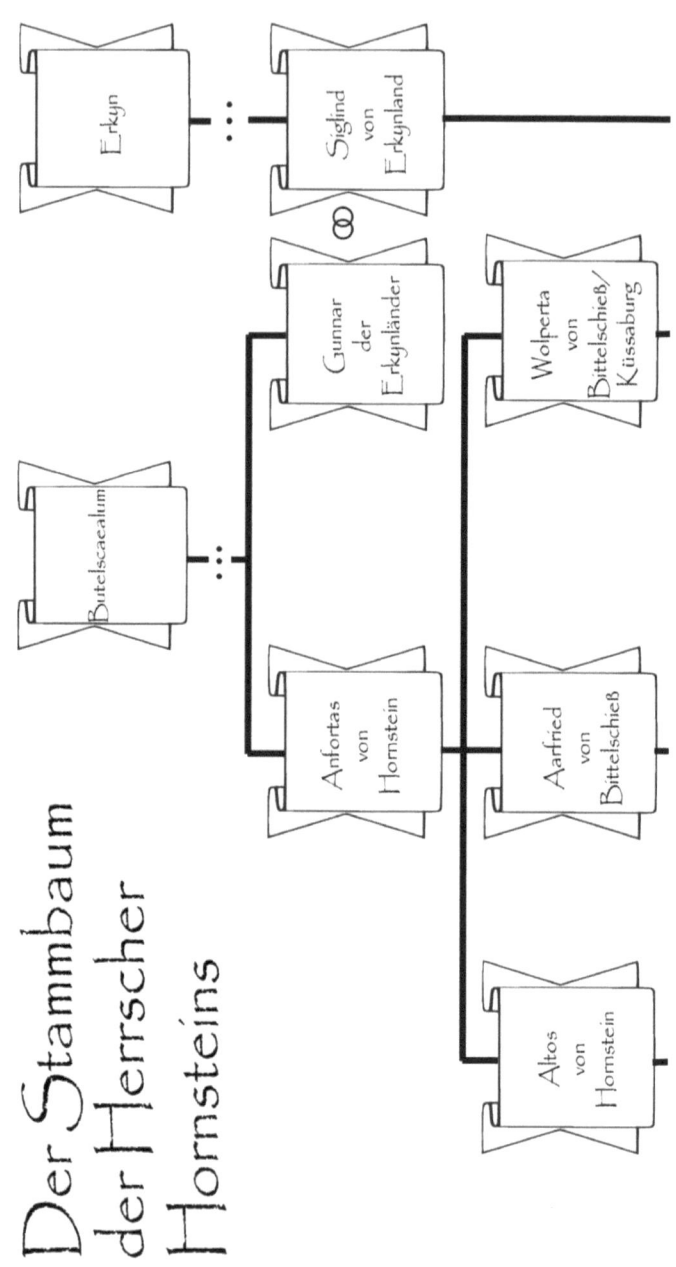

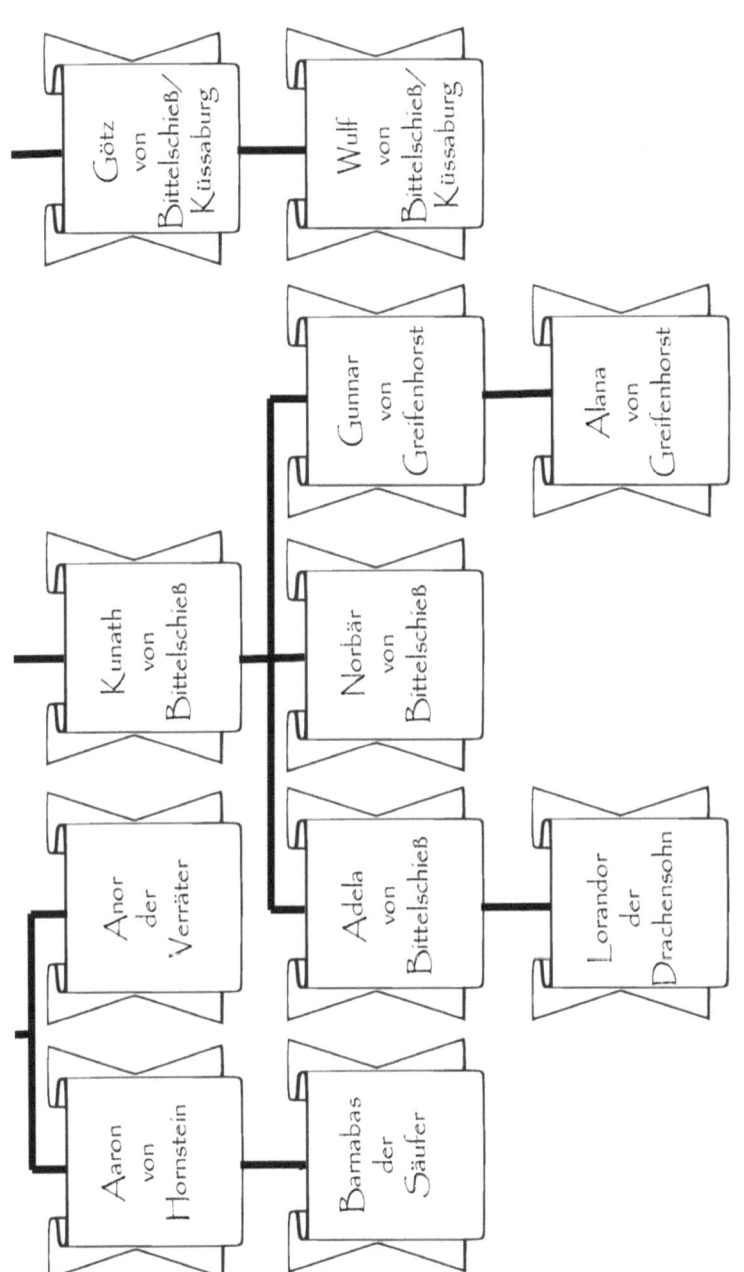

Götz von Bittelschieß/Küssaburg

Wulf von Bittelschieß/Küssaburg

Gunnar von Greifenhorst

Alana von Greifenhorst

Kunath von Bittelschieß

Norbär von Bittelschieß

Anor der Verräter

Adela von Bittelschieß

Lorandor der Drachensohn

Aaron von Hornstein

Barnabas der Säufer

Die Götter Hornsteins

Dana
Göttin der Erde und der Fruchtbarkeit. Mutter aller anderer Götter. Ihr Zeichen ist das Ei. Ihre Priesterinnen und Priester tragen häufig grüne Gewänder und suchen die Göttin in der Natur. Manchmal schließen sie sich zu Konventen zusammen.

Lokaj
Der göttliche Drache, Danas Herold des Zornes und des Kampfes. Erscheint in Form eines rotgoldenen, feuerspeienden Drachens. Sein Zeichen ist der Drachenkopf im Flammenkreis. Seine Priester bilden gelegentlich Kriegerorden.

Promilla
Göttin des Rausches und der Extase. Sie wird in Form einer Biene verehrt, die den Honig (Met) bringt. Seit den Offenbarungen des heiligen Ignatius von Zinsheym ziehen Promillagläubige als Bettelmönche durch die Welt, um sich durch nichts Weltliches von den Gaben der Göttin ablenken zu lassen.

Freia
Göttin der Liebe, Hauptgöttin Certeluriens. Ihr wird in Tempeln gehuldigt. Ihre Priesterinnen tragen blaue Gewänder.

Alba
Göttin des Traumes. Sie wird als schlafende Gigantin in den Bergen der Träumenden Alb gesehen. Sie verfügt über keine feste Priesterschaft, das Haus Erkynland aber steht in einer besonderen Beziehung zu ihr.

Schallawen
Die Feenkönigin. In der Anderwelt jenseits des Feenwaldes steht ihr Thron. Ihre Schönheit und ihr Anmut betört die Menschen. Sie wird als Geliebte Lokajs gesehen. Feen und Elfen betrachten sie als Herrscherin.

Blashyrk
Gott der Nordmänner. Seine Aspekte sind das Meer und das Blut der erschlagenen Feinde. Dieses wird ihm zu Ehren aus deren Schädelknochen getrunken.

Cerclonnu

Der mit den großen Steinen wirft. Eine regionale Gottheit, unter deren besonderen Schutz sich das Haus Torkelbier sieht. Seine Priesterschaft steht im Dienste der Barone von Torkelbier.

Ralot

Der Freya dunkler Bruder. Seine Gestalt ist der Skorpion. In seiner Niedertracht und Rachsucht hat er sich zum Feind der Götter und Menschen gemacht. Böse und verdorbene Menschen beten ihn an.

De Genesis

I Vor der Zeit war nichts und das Nichts gebar sich selbst. Es ward Dana.

II Dana aber schenkte allem Leben: dem Uralten, dem Alten, den Drachen und den Feen, den Alben und den Menschen und allem was da kräuchet und fleuchet.

III Vom Blute der Dana aus rotem Gestein, Erdkräfte, machtvoll, urkräftig´ Gewalt, geschliffen, gediegen aus urgründig Tiefen, Geschenk an den Drachen, den unbändig Alten, geschmiedet´ Blutstropfen, des Drachenhort Schatz.

IV Und sprach:

V Du, Lokaj, sollst der Herold des Kampfes und des Zornes sein.

VI Du, Lokaj, sollst der Schutz dieser Welten sein.

XIII Dir, Lokaj, übergebe ich dies Land zum Schutz.

Burg Hornstein, Frühling 998 n.V.L.

Draußen zwitscherten Vögel ein liebliches Lied und der frische Frühlingswind wehte in die verstaubten Kammern der Burg. Lorinsa war froh, die Fensterläden wieder öffnen zu können, um etwas Luft hereinzulassen. Gedankenvoll blickte sie aus dem Fenster. Vom Burghof her wurde ein Choral angestimmt:

"Oh Dana, ewig währe dein Großmut, deine Gnad
Des Baumes Frucht, die Ähre, das Herdfeuer, die Saat
Dich Mutter bitten wir, dein Kind nimm heim zu dir
Das es ein Fraß nicht werde der Dämonen Gier…"

Der traditionelle Gesang zur Beisetzung. Lorinsa versuchte einen Blick auf den Trauerzug zu erhaschen, der den Sarg mit dem toten Herzog in die Gruft führte. Hinter ihr erklang ein Räuspern:

"Haben wir heute nichts zu tun?" fragte vorwurfsvoll die ihr wohlvertraute Stimme des Kammerdieners. Sie dreht sich um. In der Tür stand Fabritz, der erste Hausdiener, wie immer in einer steifen, schwarzen Livree, die Lorinsa an einen Storch erinnerte. Schuldbewusst eilte sie zur Tafel. Die Teller stellte sie zwei Finger breit vom hölzernen Tischrand entfernt vor die Stühle, so, wie sie es gelernt hatte, daneben Löffel und Messer.

"Fabritz, wird der Dana-Geweihte neben dem Herzogsbruder sitzen?"
Missgünstig schüttelte der Kammerdiener den Kopf.

"Wenn Ihre Heiligkeit es nicht für notwendig erachtet, den Herzog selbst ins Grab zu geleiten, dann wird das für ihren Vertreter zuviel der Ehre sein."

Er ließ, wie so häufig, keinen Zweifel daran, dass er für die unkonventionelle Amtsführung der obersten Geweihten des Danakultes kein Verständnis hatte.

"Setze Prinz Anor an die Spitze der Tafel und platziere neben ihm Adela, Norbär und Gunnar von Bittelschieß. Diese vier werden genug zu besprechen haben, was die Thronfolge angeht."

Lorinsa verstand nicht viel von den politischen Angelegenheiten des Herzogtums und umso mehr bewunderte sie den Durchblick, den Fabritz in diesen Dingen zu haben schien. Der alte Herzog Aron war gestorben und es gab keinen Thronfolger. Ein Sohn Arons war verschwunden und der Bruder, Anor, beanspruchte die Herrschaft für sich. Daneben gab es das mächtige Haus Bittelschieß, die nächsten Anverwandten des Herzogshauses, die auch mitreden wollten. Lorinsa zuckte mit den Schultern. Es gab Dinge, die brauchte sie nicht zu verstehen.

"Und geh noch zur Burgschänke und lass dir vom besten Wein abfüllen," wies Fabritz sie an.

Lorinsa nickte ergeben, denn die Burgschänke hasste sie - oder vielmehr deren Wirt, einen ständig betrunkenen Nordländer, den alle nur den "Humpenseel" nannten.

Wenig später war der Trauergöttindienst beendet und die Edlen strömten in den Speisesaal. Fabritz verstand es, die Herrschaften mit freundlichen und doch untergründig bestimmenden Gesten an die ihnen zugedachten Plätze zu weisen. Lorinsa erkannte am grimmigen Gesichtsausdruck des Danageweihten, dass er sich durchaus einen Platz neben dem Herzogsbruder gewünscht hätte. Hier aber nahmen die Bittelschieß-Geschwister Platz: Der gewichtige Norbär mit pelzverbrämter Jacke aus braunem Brokat, Adela, hoch aufgerichtet mit einem gestrengen Gesichtsausdruck und Gunnar, der Jüngste, der sich etwas unflätig auf dem Stuhl räkelte, als wolle er dem Cousin Anor gleich zu Beginn seine Nichtachtung demonstrieren. An der Stirnseite der Tafel saß Prinz Anor, wie immer mit finsterer Miene und gänzlich in schwarz gekleidet. Allein sein Auftreten legte die Gerüchte nahe, er sei mit dunklen Mächten im Bunde.

Wie sie es gelernt hatte, stellte sich Lorinsa mit einer Weinflasche, um die sie sorgsam eine Serviette gewickelt hatte, hinter den Grafen. Sie achtete auf den gebührenden Abstand und bot ihm etwas Wein dar. Zum Zeichen der Einwilligung grunzte Prinz Anor nur. Auch den anderen schenkte sie den Wein ein, aber außer Gunnar, der sie mit breitem Grinsen und einem Blick, als wolle er sie damit ausziehen, musterte, nahm niemand eingehender Notiz von ihr.

9

"Dann lasst uns die Formalitäten meiner Krönung besprechen," eröffnete Prinz Anor unverblümt das Gespräch.

"Gemach, gemach," versuchte Norbär von Bittelschieß abzuwiegeln, "noch wissen wir nicht, ob der Barnabas vielleicht doch noch lebt."

"Die gute Mutter, Ihre Heiligkeit Wiltrada, lässt überall nach ihm suchen. Sie ist überzeugt, dass sie ihn noch finden wird," mischte sich Adela ins Gespräch. "Und wie du weißt, sollte man Ihrer Heiligkeit nicht widersprechen."

"Pah," mit einer abfälligen Handbewegung versuche Anor, die Bedenken vom Tisch zu wischen, "wenn es den Barnabas gäbe, so hätte er jetzt achtzehn Jahre Zeit gehabt, sich zu zeigen. Und wenn dieses Land nicht schnell wieder einen starken Herzog hat, wird Chlodwig seine gierigen Klauen danach ausstrecken."

Chlodwig war der König des benachbarten Landes Certelurien und schon manches Mal hatte er keinen Zweifel daran gelassen, dass er die Unabhängigkeit des Herzogtums Hornstein nur schwer respektieren konnte.

"Und auch den Nordmännern auf der Lindeninsel traue ich nicht über den Weg," fuhr der Herzogsbruder fort.

"Die Nordmänner sind friedlich," ergriff wieder Norbär das Wort. "Ich habe selbst den Vertrag mit ihnen ausgehandelt und sie haben keinen Grund, ihn zu brechen. Wir sollten Wiltradas Wunsch berücksichtigen. Ich schlage vor, wir legen eine bestimmte Frist fest und wenn in dieser Zeit der Barnabas nicht gefunden wird, so krönen wir, in Danas Namen, dich, verehrter Cousin."

Lindeninsel im bodenlosen Meer

Über den Winter hatten einige der Drachenboote stark gelitten. Eoric inspizierte eine morsche Stelle an einer Planke.

"Sag, Bjarne, ist das noch zu reparieren?"

Der angesprochene Alte, dem Eorics Ruf gegolten hatte, humpelte schwer gebeugt zu ihm herüber. Er kniff die Augen zusammen und tastete mit seinen verknöcherten Fingern das Leck ab. Dann grinste er breit, wobei sein zahnloser Mund auf Eoric einen befremdlichen Eindruck machte: "He, he, die gute Blashyrkzorn wird noch einige Sommer überleben, du Landratte. Ist ein gutes Schiff. Hau Pech drauf und kalfatere ordentlich, du junge Landratte."

Während Eoric tat, wie ihm geheißen und er mit dem Kalfateisen sorgsam die schwarze Masse auf dem Schiffsrumpf verstrich, blickte der Alte versonnen nickend auf den alten Drachen. Liebevoll tätschelte er den Bug.

"Wenn du wüsstest, was wir schon alles zusammen erlebt haben. Unzählige Male sind wir nach Süden gefahren und jedes Mal haben wir Angst und Schrecken verbreitet. Wir haben die Dörfer gebrandschatzt und uns genommen, was wir wollten. Wenn du mich fragst, hätte Raskir niemals diesen Vertrag abschließen sollen. Ihr jungen Leute werdet alles Landratten. Das ist nicht gut für unser Volk."

"Ist es wahr, dass du damals dabei warst, als die Kutsche mit dem Thronfolger überfallen wurde?" fragte Eoric neugierig. "Kürzlich war eine von den Geweihten der Hornsteiner hier und hat nach ihm gefragt."

Mit einem herablassenden Blick musterte der Alte den Jungen: "Wenn ich einen Thronfolger hätte, dann würde ich ihn zum Herzog machen. Das kannst du mir glauben, mein Junge. Und mit einer Landrattenpriesterin," wie er die Geweihten der Erdgöttin nannte," werde ich niemals gemeinsame Sache machen. Blashyrk wird sie verschlingen. Zu meiner Zeit hat man die noch alle erschlagen."

Der Wind blies kühl vom bodenlosen Meer den Strand hinauf. Es dämmerte langsam. Man musste den Alten ihren Willen lassen, dachte Eoric. Seit der Stamm von Jarl Raskir auf der Lindeninsel heimisch geworden war, hatte sich vieles verändert. Zwar beteten nach wie vor alle zu Blashyrk, der Blut- und Meeresgottheit, die sie aus dem Norden mitgebracht hatten, doch je sesshafter die Leute wurden und je mehr sie sich dem Ackerbau und der Viehzucht zuwandten, desto weiter verblasste der Glaube an den alten Stammesgott. Als Bauern flehten sie zu Freia und Dana um Fruchtbarkeit und bei den Zechgelagen wurde immer häufiger Promilla angerufen.

Eoric verschloss den Tiegel mit dem Pech und wischte das Kalfateisen an einem alten Fetzen Leinentuch ab.

"Es wird Zeit, nach Hause zu gehen, Alter."

Er packte die Werkzeuge zusammen und wandte sich dem Dorf zu. Friedlich lagen die Langhäuser in der Dämmerung und aus den Ställen klang das vertraute Muhen der Kühe. Es war Zeit, die Tiere zu melken.

Recktal, Certelurien

Lusus war bis über beide Ohren verliebt. In seinem Bauch kribbelte es und seine Knie wurden weich, wenn er nur an Isabella dachte. Er nahm die Blumenvase vom Altar und entfernte die alten Blumen. Schlüsselblumen sollten es sein, hatte Isabella gesagt und also war Lusus losgezogen und hatte jede Menge Schlüsselblumen gesammelt. Er reinigte die Vase kurz, füllte sie mit Wasser und setzte seine frisch gepflückten Blumen hinein. Dann stellte er sie auf den Altar, so dass die Blüten die Knöchel der großen Freiastatue berührten. Versonnen blickte er auf die Beine der Statue. Ach Isabella… Aus irgendeinem Grund verknüpfte er die Statue der Göttin mit der Tempelvorsteherin, die er so sehr verehrte.

Er hörte hinter sich das Tempeltor aufgehen und ließ von seinen zärtlichen Gedanken ab. Ein Soldat betrat das Heiligtum. Er trug die blauweißen Farben der königlichen Garde. Kurz kniete er vor dem Altar, um die Göttin zu ehren. Dann wandte er sich an Lusus: "Verzeiht, Hochwürden, ich habe eine Botschaft für die Tempelvorsteherin."

Lusus war zwar nur Tempeldiener und noch längst nicht Hochwürden, aber allein die Nennung der Tempelvorsteherin ließ sein Herz höher schlagen.

"Folgt mir. Ich bringe euch zu ihr," sagte er, erfreut, wieder einmal einen Grund gefunden zu haben, ihre Nähe zu suchen. Er führte den Gast zur Tür der Sakristei, von wo aus sie dem Gang zum Arbeitsbereich der Geweihten folgten. Nachdem Lusus an der Tür geklopft hatte, trat er ein. Der Raum war erfüllt vom Duft der Geliebten und ihre Schönheit strahlte vom Arbeitstisch, an dem sie saß, der Sonne gleich durch den Raum. Ihr langes, blondes Haar schmiegte sich um ihre zarten Schultern und ihr begehrenswerter Körper war in das samtene Blau der Priestertracht gehüllt…

"Was willst du?" unterbrach Isabella die Gedankengänge des Tempeldieners.

"Ein Bote, Herrin, er hat eine Nachricht."

Die Priesterin blickte zu dem Soldaten hinüber.

"So sprecht!"

"Ihr habt vielleicht gehört, dass im Hornsteinischen ein neuer Herzog gekrönt werden soll. Um das Königreich zu vertreten, hat seine Majestät Chlodwig beschlossen, Sir Thorfinn und die Garde dorthin zu schicken. Er soll von einhundert Soldaten geleitet werden."

Isabella zog die Augenbrauen hoch. Sir Thorfinn war einer der herausragendsten und durchsetzungskräftigsten Militärs im Königreich und mit einhundert Soldaten glich die Delegation eher einem kriegerischen Angriff denn einem Freundschaftsbesuch.

"Ihr versteht vielleicht," fuhr der Bote fort, "dass der König Stärke demonstrieren möchte. Andererseits möchte er mögliche Vasallen im Herzogtum nicht vergraulen. Um dem certelurischen Auftreten in Hornstein die Schärfe zu nehmen, bittet er um die Begleitung einer Abordnung der Freia-Kirche."

Isabella verstand sehr wohl, dass es keine Option war, die Bitte des

12

Königs abzuschlagen. Zwar war ihr der Gedanke, sich an einer derartigen Militäroperation zu beteiligen, nicht besonders sympathisch, aber auch eine friedliebende Kirche wie die der Freia hatte sich bestimmten diplomatischen Zwängen zu beugen.

"So richtet Seiner Majestät aus, dass Freia eine Delegation mit ranghohen Geweihten nach Hornstein schicken wird."

Mit einem Wink und einem freundlichen Nicken entließ sie den Boten.

Lusus war daneben gestanden und war mit den Augen den Lippen der Priesterin gefolgt. Diese Lippen zu küssen, ihr Haupt zärtlich zu umgarnen…

"Du kannst jetzt gehen," unterbrach sie ihn, diesmal mit mehr Nachdruck.

Aus den Gedanken gerissen trollte sich Lusus und ging zur Tür.

Burg Hornstein

Lorinsa lag bereits im Bett, obwohl es gerade erst dunkel geworden war. Gemütlich räkelte sie sich auf der Strohmatratze. Von draußen drang das gewohnte Grölen aus der Burgschänke hinauf. Der Humpenseel hatte wieder eines seiner nordischen Trinklieder angestimmt und alle Tavernenbesucher schienen mit eingestimmt zu haben:

"Kommt schon, rollt das Fass herein,
Wir wollen alle trunken sein,
Holt den kühlen Wein und holt den kühlen Met
Bis alles sich dreht und keiner mehr steht…"

Sie erkannte die Stimme von Trollsiff, dem Schankknecht und das kehlige Brummen des Wirtes. Einen Augenblick hatte sich Lorinsa überlegt, sich der fröhlichen Gruppe hinzu zu gesellen, hatte sich dann aber für ihr wohliges Bett entschieden. Fabritz hatte sich an diesem Abend frei genommen und eigentlich wäre es ihre Aufgabe gewesen, dem Prinzen aufzuwarten. Dieser aber hatte sie mit der Erklärung fortgeschickt, er komme diesen Abend alleine zurecht. Das war nicht ganz ungewöhnlich. Jeder wusste, dass Anor Alchimist war, und auch wenn es nicht besonders danagefällig war, die Elemente der Göttin verwandeln zu wollen, so wurde diese Beschäftigung doch allgemein toleriert.

Es klopfte am Palastor. Lorinsa schrak aus dem Lager auf. Schnell stand sie auf und zog sich ihren Umhang über. Dann eilte sie barfüßig über die kalten Treppen hinunter zum Eingang. Im Flur des Erdgeschosses traf sie auf den Prinzen Anor. Sie erschrak über den Zorn und die Kälte, mit der Anor sie zurecht wies: "Verschwinden sollst du, habe ich gesagt. Hast du keine Ohren", zischte er sie an und gab ihr einen Rüffel an die Schulter. Hastig wandte Lorinsa sich um und eilte die Treppe wieder nach oben, verletzt durch die rüde Behandlung. Als Zimmermädchen hatte sie der Herrschaft Folgsamkeit geschworen und immer wieder bläute Fabritz ihr ein, dass es auf einer Burg nichts Schlimmeres gab, als neugierige Dienstleute. Aber der Ärger über des Prinzen Ungerechtigkeit weckte ihren Trotz. Wer konnte es sein, der so spät zu Besuch kam und den der Prinz mit solcher Heimlichkeit bedachte? In einer dunklen Ecke der Treppe wandte sie sich um und spähte in den unter ihr liegenden Flur. Anor hatte die Tür geöffnet und den Besucher herein gebeten. Einzig das Licht einer Kerze, die er bei sich trug, spendete etwas Helligkeit, als er mit dem Gast unterhalb der Treppe vorbei hastete. Ein kurzer Blick auf das Gesicht des Gastes ließ Lorinsa vor Schreck das Blut in den Adern erstarren: In einen schwarzen Kapuzenmantel gehüllt trug er eine Maske, die ihn kalt und gefährlich wirken ließ. Während die eine Seite dieser Maske schmucklos weiß war, war die andere schwarz und mit goldenen Mustern verbrämt. Lorinsa hatte diese Art von Masken auf Bildern vom Karneval in Seeburg gesehen, aber welchen Grund konnte jemand haben, dieser Art gewandet in Hornstein umzugehen?

Bedienstete in einem herrschaftlichen Haus haben manchmal Kenntnisse, die der Herrschaft völlig verborgen bleiben. So wusste Lorinsa, dass der Kamin des Speisesaales ein Stockwerk tiefer im Rauchfang des Labors endete. Normalerweise war das völlig unverfänglich, weil im Labor ohnehin nie jemand redete. Nicht so am heutigen Abend. Das Zimmermädchen schnappte sich auf dem Weg in den Saal einige Teller, um vorgeben zu können, bereits den Frühstückstisch decken zu wollen. Dann kauerte sie vor den Kamin.

"Der Imperator blickt mit Wohlwollen auf dich," hörte sie die raue, lauernde Stimme des Fremden sprechen. Prinz Anor erwiderte: "Denkt nicht, ich würde mein Heimatland eurem Imperium von Hadran zum Fraß vorwerfen. Ich erwarte umfangreiche Sicherheiten, was meine Herrschaft angeht. Und - noch seid Ihr mir den Nachweis eurer angeblichen Truppenstärke schuldig geblieben."

Lorinsa hatte noch nie etwas von einem Imperium von Hadran gehört. Sie kannte Hornstein und Seeburg. Auch Certelurien, die Trollau und das Kalifat von Tikon auf der anderen Seite des Meeres waren ihr geläufig. Aber Hadran? Wenn es das gab, so musste es ziemlich weit weg liegen.

"Es liegt in eurer Macht, die Tore zu öffnen," zischte wieder der Fremde, "und glaubt mir, der Imperator vergisst niemals einen Gefallen, den er schuldig ist."

"Warten wir ab," hörte sie wieder die Stimme des Prinzen. "Wenn der

Barnabas verschwunden bleibt, so steht meiner Krönung nichts im Wege und ihr könnt in eueren Löchern verborgen bleiben. Sollten sich aber meine werten Cousins von Bittelschieß oder die Dana-Schrulle widersetzen, dann werde ich eurem Imperator den Gefallen erweisen."

Politik. Es war Politik. Hätte sie Fabritz fragen können, was es mit diesem Imperium von Hadran oder dem Barnabas, von dem so oft geredet wurde, auf sich hatte, hätte Lorinsa vielleicht etwas von dem Erlauchten verstanden. Aber Fabritz hätte sie zornig zur Rechenschaft gezogen, weil es sich für ein Zimmermädchen wirklich nicht gehörte, die Herrschaft zu belauschen. Leise, um im Stockwerk unter sich keine Aufmerksamkeit zu erregen, deckte sie den Tisch für das morgendliche Frühstück des Prinzen. Dann schlich sie sich wieder zurück ins Bett und während noch immer vom Burghof her die Trinksprüche und Lieder der Zecher zu ihr hinauf drangen, fiel sie in einen wohligen Schlaf.

Bodenloses Meer, Frühsommer 998 n.V.L.

Beim letzten Thing war Jarl Raskir in Bedrängnis geraten. Besonders die älteren Krieger und allen voran der alte Bjarne hatten ihm vorgeworfen, sein Volk zu verweichlichen und die alten Traditionen zu missachten. Seit dem Friedensvertrag mit dem Herzogtum Hornstein, der ihnen das Recht zur Siedlung auf der Lindeninsel einräumte, war kein einziger ordentlicher Krieg mehr geführt worden. Nun hatte der Kanzler des Herzogtums dem Jarl vorgeschlagen, ihn durch einen Lehensvertrag mit dem Grafentitel zu adeln. Jarl Raskir hatte abgelehnt. Er sei ein freier Mann und niemandem zur Lehenstreue verpflichtet. Die Männer und Frauen beim Thing hatten das Vorgehen der Hornsteiner als Dreistigkeit empfunden. Unter wilden Beschimpfungen war ein Gesandter des Herzogtums davon gejagt worden. Die Männer hatten mit ihren Schwertern und Äxten auf ihre Schilde geklopft und einen Krieg gefordert. Unter allgemeinem Jubel hatte der Jarl daraufhin eine Kaperfahrt für den Frühsommer angekündigt.

Nun legte sich Eoric in die Riemen. Auch er hatte sich gemeldet, als nach Streitern für diesen Kriegszug gesucht wurde. Der Platz eines Ruderers auf der Blashyrkzorn war ihm zugewiesen worden. Der Jarl selbst hatte die Führung der Fahrt übernommen und stand im Heck des Schiffes neben dem Steuerruder. Schlaff hing das rotweiß gestreifte Segel vom Mast. Seit einigen Tagen herrschte Flaute. Der Jarl hatte einen Kurs eingeschlagen, der sie weit in den südwestlichen Teil des bodenlosen Meeres führte. Offensichtlich wollte er den Friedensvertrag mit dem Herzogtum nicht durch den Überfall auf ein Hornsteiner Schiff gefährden.

Hier im Südwesten war die Wahrscheinlichkeit größer, auf eine Seeburger Kogge oder eine Zedrakke des Kalifates zu treffen. Meist waren diese Schiffe mit Salz beladen, das im Kalifat abgebaut wurde und das am Hornsteiner Ufer auf schwere Wägen umgeladen wurde, um von dort über die Salzstraße bis ins ferne Certelurien transportiert zu werden. Momentan meinte es der Blutgott nicht gut mit ihnen. Kein einziges Schiff kreuzte ihren Kurs, obwohl sie bereits in Sichtweite der Seeburger Küste ruderten. Nebel zog auf und die Dämmerung brach herein. Eoric sah, wie einige Männer besorgt die Stirn runzelten. Die Meerenge zwischen Seeburg und dem Kalifat war berüchtigt für ihre plötzlichen Wetterumschwünge und für allerlei unheimliches Seemannsgarn, das mit ihr verbunden wurde. Am tikonischen Ufer lag das Städtchen Tingen, das eine berüchtigte Magierakademie beherbergte und in den Sümpfen unterhalb von Seeburg waren Geister, Feen und Elfen heimisch, die mit ihren Gesängen schon manchen Seemann in den Untergang gelockt haben sollten.

Der Nebel wurde dichter und Eoric hörte, wie der Jarl mit einigen erfahrenen Männern die Möglichkeit einer Landung diskutierte. Plötzlich erklang der Pfiff des Ausgucks, der direkt hinter dem Drachenkopf im Bug seinen Platz hatte. Schlagartig erstarben alle Gespräche und die gesamte Mannschaft richtete den Blick nach vorne: Aus den Nebeln schälte sich langsam die Silhouette eines fremden Schiffes. Der alte Bjarne hatte Eoric viele Schiffstypen fremder Völker beschrieben oder in den Sandstrand der heimischen Lindeninsel gezeichnet, aber von etwas derartigem hatte er noch nie gehört. Das Segel schien die spitz zulaufenden Rundungen eines Blattes zu haben und auch der Rumpf war gebogen wie das eingerollte Blatt eines riesenhaften Baumes. Statt weniger Positionsleuchten war das Schiff erhellt mit einer großen Anzahl bunter Lampions und über allem lag ein fremdartiger, lieblicher Gesang.

"Die Banshee, die Todesfee," hörte Eoric das furchtsame Flüstern einiger Männer an Bord und er sah, wie andere die Finger in die Ohren steckten, um nicht von dem lieblichen Gesang verzaubert zu werden. Im Heck stand Jarl Raskir, die zweihändige Streitaxt kampfbereit gezogen. Eorics Augen folgten dem fremdartigen Schiff, dass jetzt langsam in nur wenigen Schritt Entfernung an ihnen vorbei zog. An Bord standen großgewachsene, menschenähnliche Wesen, die mit langen, schmalen Rudern das Gefährt durchs Wasser stakten. An den spitzen Ohren erkannte Eoric, dass es Elfen sein mussten, jene fremdartigen Geschöpfe, die mit den Feen und Göttern im Bunde standen und deren Leben von so vielen Geheimnissen umgeben war. Huldvoll verneigten sie sich zum Gruße, als sie langsam vorbei zogen und hätte es Eoric nicht für vermessen gehalten, so hätte er geglaubt, der Gruß habe ihm gegolten.

Wenig später war der Spuk vorbei, das fremde Schiff im Dunst verschwunden und die Nebel lösten sich langsam auf.

"Der Gruß hat dir gegolten." Jarl Raskir war von hinten an Eoric herangetreten. "Kannst du mir das erklären?" Eiskalt überkam es den jungen Krieger:

"Ich, ich habe keine Ahnung," stotterte er.

"Ha, ha, wahrscheinlich hat er heimlich zu Dana gebetet," erklang die hämische Stimme eines Ruderers hinter ihm und wie ein schuldbewusstes Kind schlug Eoric die Augen nieder.

"Interessant, interessant," murmelte der Jarl. "Dort hinten legen wir an!" Am Ufer war ein schmaler Streifen Sandstrand in Sicht gekommen, der geeignet für einen Übernachtungsplatz erschien.

Burg Hornstein, Sommer 998 n.V.L.

Während des langen Ritts die alte Salzstraße hinunter hatte sich Lusus einen Minnesang ausgedacht, den er bei Gelegenheit seiner angebeteten Isabella vortragen wollte. Mehrfach waren sie von Hornsteiner Soldaten misstrauisch beobachtet worden, die aber ihrer militärischen Übermacht nichts entgegen zu setzen hatten. Vor der Burg Hornstein hatte ihnen ein alternder Kastellan einen Lagerplatz unterhalb der Festung zugewiesen. Auf die recht überhebliche Forderung des Hauptmannes Thorfinn nach Getränken und Verpflegung hatte er ihnen widerwillig auch den Zugang zur Burgschänke gestattet. Selbst die gesamte Garnison der Burg hätte dem certelurischen Aufgebot wenig anhaben können. So fühlten sich die Gardisten wie die Herren im Land.

Lusus hatte mitgeholfen, die prächtigen, blauen Zelte der Geweihten aufzuschlagen. In einem der Zelte hatten sie einen provisorischen Freia-Schrein und eine Art Empfangsraum mit einem Thron für die Hochgeweihte eingerichtet. Jetzt hatte er frei, und weil er nicht wusste, wohin Isabella verschwunden war, wandte sich Lusus unschlüssig dem steilen Weg zur Burg zu. Es war nicht seine Art, Tavernen zu besuchen, wie dies die Gardisten gerne taten, aber weil er nichts zu tun hatte, machte er heute eine Ausnahme.

Oben auf dem Burgberg fand er schnell die Schänke. Mit ungelenken Lettern hatte jemand auf ein Schild davor "Lindwurmstübchen" geschrieben und einen Drachen gemalt, der offensichtlich gerade damit beschäftigt war, eine Jungfrau zu verspeisen. Das Lindwurmstübchen war eine kleine Halle am Burghof. Über den hölzernen Tischen lag der

Gestank von kaltem Rauch und verschüttetem Alkohol. Mehrere Tische waren mit Gardisten besetzt, die sowohl die blauweißen Farben Certeluriens wie auch die schwarzgelben Hornsteins trugen. Die Soldaten waren mit Würfelspiel und dem Erzählen unflätiger Zoten beschäftigt. Hinter dem Tresen stand ein bulliger, großgewachsener Nordländer. Die Haare hatte er zu Kriegerzöpfen geflochten, die ihm links und rechts von den Schläfen hingen und wie um den Eindruck seiner Größe noch zu verstärken, trug er einen Helm mit zwei mächtigen Hörnern auf dem Haupt. Sein glasiger Blick signalisierte Lusus, dass der Wirt schon etlichem Alkohol zugesprochen hatte. Leise lallend unterhielt er sich mit einem dunkelhaarigen Burschen, der an einer Schürze als Schankknecht zu erkennen war.

Lusus fand einen Platz am Tisch neben einem Herren, der gerade gierig eine Suppe schlürfte. Er trug eine Sendelbinde auf dem Kopf und als er sich gesetzt hatte, erkannte Lusus an der angelehnten Laute, dass er sich in der Gesellschaft eines Spielmannes befand. Der wandte sich neugierig dem Ankömmling zu: "Zum ersten Mal in Hornstein?"

Lusus bejahte die Frage nickend und während er noch überlegte, ob er sich am heutigen Abend einen Becher Wein genehmigen sollte, brüllte sein Tischgenosse in Richtung des Tresens: "Trollsiff, bring ein Bier für meinen Freund hier!"

Der dunkelhaarige Gesprächspartner des Wirtes holte einen Krug aus einem Regal und füllte ihn mit Bier aus einem großen Fass, das neben dem Tresen stand.

"Er heißt wirklich Trollsiff?" fragte Lusus den Spielmann zweifelnd.

Verschwörerisch beugte sich dieser zu ihm hinüber und begann flüsternd zu erzählen: "Du musst wissen, Junge: Trollsiffs Mutter war eine Schankmaid. In der Nacht, als Trollsiff gezeugt wurde, da war sie mit einem Troll im Bett." Anzüglich gestikulierend ahmte er einen Geschlechtsakt nach. "Und dann kam der Troll plötzlich, patsch." Seiner Gestik war ein riesenhafter Orgasmus zu entnehmen. Dann fuhr er sich mit dem Finger über die Wange, als wolle er dort etwas wegstreichen, blickte wie angewidert auf die Fingerspitze und sagte: "Pfui, Trollsiff!" Vor Lachen prustend schlug sich der Spielmann auf die Schenkel, während Lusus seinen Ekel nur schwer unterdrücken konnte.

Trollsiff brachte den Humpen Bier und während der Spielmann weiter gierig seine Suppe löffelte, starrte Lusus schweigsam in seinen Krug.

An einem der benachbarten Tische hatte der Wirt eine Runde kleiner Schnapsbecher vorbei gebracht. Einer der dort sitzenden Gardisten stand jetzt auf und fing zu singen an:

"Promillas Gaben sollen uns laben
Woll'n wir sie zechen bis wir erbrechen
Das ganze Jahr, den Abend und den Morgen…"

"Betest du auch zu Promilla?" wandte sich Lusus fragend an seinen Tischgenossen, der gerade sein Mahl beendet hatte.
"Promilla ist gut und recht, aber Hornstein ist das ureigene Land von Dana und Lokaj und diese Burg hier ist das Zentrum des Landes," entgegnete dieser. Lusus hatte in der Tempelschule viel von Dana gehört, wurde sie doch auch in Certelurien als Mutter der Freia verehrt. Die vielen anderen Götter aber, zu denen die Völker beteten, waren für ihn kaum überblickbar.
"Nicht weit von hier liegt der Dämonenspalt, in den sich der Gottdrache Lokaj einst gestürzt hat, um seine Mutter Dana vor dem Bösen zu retten," fuhr der Spielmann weiter fort. Interessiert hörte Lusus zu. Geschichten über die Götter interessierten ihn weit mehr als die Zoten eines Säufers.
"Du musst wissen," erklärte der Spielmann, "dass sich vor fast tausend Jahren im Dämonental, nur wenige Meilen von hier, jenseits der Bannlinie, ein Spalt auftat und die Dämonen traten daraus hervor, um Dana zu vernichten. Lokaj, der Gottdrache, der der Herrscher dieses Landes war, stürzte sich in den Spalt und seit damals kämpft er gegen das Grauen von der anderen Seite." Mit bedeutungsschwangerem Unterton fügte er hinzu: "Nach tausend Jahren aber wird Lokaj wieder kommen…"
Eintausend Jahre, überlegte Lusus. Er hatte gehört, dass die Hornsteiner die Zeit nach dem Verschwinden Lokajs berechneten. Das Jahr 998 nach dessen Verschwinden war das 23. Regierungsjahr König Chlodwigs. Wenn es tatsächlich tausend Jahre wären, nach denen der Gottdrache wiederkommen würde, dann hätte er nicht mehr viel Zeit.
"Auf die Härte des Königs!" krakeelte ein besoffener Gardist einen Trinkspruch auf König Chlodwig. Die anderen Certelurier in der Taverne antworteten: "Auf die Härte des Königs!"

Burg Hornstein

Lorinsa wusste nicht, wo ihr der Kopf stand. "Hole Wein für die Gäste," hatte Fabritz sie angewiesen und Anor hatte ihr unmissverständlich klar gemacht, dass sie verhindern müsse, dass die gute Mutter Wiltrada beim Bankett neben ihr saß. Keiner wusste, für wie viele Menschen sie eindecken sollte. Auf Burg Hornstein war der Dämonensultan los. Jeder,

der zwei Beine hatte, schien zur Krönung hier her gekommen zu sein. Im Burghof lagerten Bagaluten und ließen sich nicht vertreiben. Certelurische und Hornsteiner Söldner lagen wegen jeder Kleinigkeit im Streit und zu allem Überfluss gab es Gerüchte, dass im Dämonental Dämonen gesichtet worden wären. Lorinsa ging abermals die Sitzordnung durch, um auch ja niemanden zu vergessen: Prinz Anor, die Bittelschießgeschwister, die Baroninnen von Erkynland und Kelkona, Gießen, Falkenstein, Sir Thorfinn, die gute Mutter Wiltrada, die Hochgeweihte der Freia-Kirche…

Prinz Anor ging fest davon aus, am morgigen Nachmittag zum Herzog gekrönt zu werden, aber Lorinsa hatte gehört, dass andere, allen voran die gute Mutter, das ganz anders sahen. Ihr fiel wieder ein, dass Fabritz sie geschickt hatte, um Wein zu holen. Also holte sie aus der Küche zwei tönerne Krüge und begab sich in den Burghof zur Taverne. Hier musste sie sich durch allerlei Volk drängen, bis sie endlich zum Tresen kam. Trollsiff hielt mit der einen Hand zwei Bierkrüge gleichzeitig unter das Fass, während er mit der anderen Hand eine Runde Lokajsfeuer in kleine Gläser goss. Derweil brandeten die Bestellungen auf ihn ein.

"Hey, Trollsiff, füll diese beiden Krüge mit Wein für den Herzog," schrie Lorinsa in das Getöse hinein.

"Wein macht der Humpenseel," antwortete dieser über die Schulter.

"Wo finde ich den?"

"Hat keine Zeit," war die lapidare Antwort.

Lorinsa wurde von einem fetten Krieger vom Tresen gedrängt, der mit lautem Brüllen auf seinen leeren Bierkrug aufmerksam machte. Das Zimmermädchen war viel zu klein, um sich gegen die rüpelhafte Behandlung zu wehren. In der Angst, zerquetscht zu werden, floh sie mit ihren Krügen aus der Taverne. Draußen stand sie unschlüssig herum. Sie wusste, dass die Zeit drängte und das Bankett bald anfangen sollte. In der Hoffnung, irgendjemanden zu finden, der ihr helfen konnte, ging sie um die Taverne herum. Hier standen einige Bäume auf einer Wiese, auf der Bagaluten ihre Zelte aufgestellt hatten. Hinter einem der Zelte sah sie Humpenseels unverwechselbaren Hörnerhelm hervorragen. Sie eilte dort hin und war nicht wenig erstaunt, als sie den Wirt gemütlich und fern ab von jeder Hektik im Gras in der Sonne sitzen sah. Er unterhielt sich konzentriert mit einer jungen Frau, die eine lange, grüne Tunika, über und über mit schlecht gegerbten Tierfellen behangen, trug. Ihre Stirn wurde von einem grünen Stein an einem Band geziert und ihr verfilztes blondes Haar wogte ungekämmt von ihrem Kopf. Lorinsa hatte die gute Mutter Wiltrada, die Hohepriesterin der Dana-Kirche, die von vielen respektvoll mit "Euer Heiligkeit" betitelt wurde, noch nie gesehen, aber den

Beschreibungen nach, die sie gehört hatte, stand sie jetzt vor ihr. Die Priesterin blickte auf und vor Schreck brachte das Zimmermädchen nicht mehr als "…Wein!" heraus, während sie fahrig auf ihre Tonkrüge deutete.

"Mein lieber Barnabas, ihr werdet gebraucht," sagte Wiltrada zum Wirt, der sich grunzend erhob. Die Priesterin hatte den Wirt tatsächlich Barnabas genannt.

Lorinsa folgte dem Nordmann in den Tavernenkeller, wo dieser den Wein aus großen Eichenfässern abfüllte. Sie weigerte sich, sich über die Worte der Priesterin Gedanken zu machen. Das war zu abstrus. Sie konnte sich keinen Reim darauf machen.

Zurück im Speisesaal waren die ersten Gäste bereits eingetroffen. Gunnar von Greifenhorst fläzte sich wie immer lässig auf einem Stuhl und konnte es nicht unterlassen, anzüglich zu pfeifen, als Lorinsa die schweren Weinkrüge vorbei schleppte. Fabritz geleitete gerade die certelurische Gesandtschaft an ihre Plätze. Kurze Zeit später waren alle Plätze besetzt, bis auf jene von Prinz Anor und von Wiltrada. Anor hatte sich bis zuletzt Zeit gelassen, um seinem Auftritt mehr Wirkung zu verleihen. Jetzt, wo alle warteten, öffneten Lorinsa und Fabritz gleichzeitig die beiden Flügel der großen Tür und der Prinz, der dahinter gewartet hatte, betrat den Raum. Während er, angetan mit einem viel zu langen, schweren, roten Brokatmantel auf den Platz an der Stirnseite der Tafel zuschritt, wurde er vom beifälligen Gemurmel der Gäste begleitet. Zunächst setzte er sich nicht, sondern erhob die Stimme zu einer Ansprache:

"Liebe Freunde, liebe Gäste," begann er jovial, "wir haben uns hier versammelt, um meine morgige Krönung zum Herzog zu feiern…"

In diesem Moment hetzte Wiltrada, die Hohepriesterin der Dana, in den Raum. Mit einer fahrigen Bewegung stieß sie gegen den Tisch, woraufhin ein Glas umfiel. Während sich die Gäste erstaunt zu ihr umwandten, rief sie mit glockenheller Stimme: "Meine Freunde, wir haben den Barnabas!"

Burg Hornstein

Es war der Abend des ersten Tages der Krönungsfeierlichkeiten. Im Palas hatte es einen Eklat gegeben. Viel zu schnell waren Thorfinn und Isabella, begleitet von etlichen Hornsteiner Oberen, von der Burg herab gekommen und im großen Zelt der Freia-Kirche verschwunden. Lusus stand vor dem Zelt, während langsam die Dämmerung hereinbrach. Den ganzen Tag hatte er nach einem ungestörten Moment gesucht, um Isabella seinen Minnesang vortragen zu können, aber dieser hatte sich nie ergeben. Jetzt musste es sein! Die Wachleute ließen ihn ohne

Probleme passieren und so trat er entschlossen in das Zelt, obwohl sein Herz bis zum Hals klopfte. Isabella saß auf ihrem Thron und ihre Anmut blendete ihn. Jetzt oder nie!
Er fiel vor ihr auf die Knie und begann zu singen:

"Oh Holde,
Voll Anmut und Liebreiz du mich betörest
Mein Herz du entflammst, meinen Geist du verstörest
Elfengleich dein Gang, wie wilde Mähn' ist dein Haar
Oh minnigliche Frouwe, wie bist du wunderbar"

Im Zelt herrschte Stille. Lusus sah verständnislose Blicke auf ihn herab gerichtet. Vor ihm saß neben Isabella Sir Thorfinn, außerdem der gestrenge Kanzler der Hornsteiner und deren Hohepriesterin. Alleine Wiltrada ließ sich zu einem amüsierten Lächeln hinreisen. Isabellas Blick dagegen war kalt und humorlos: "Lusus, wir müssen reden!"

Später irrte Lusus durch den Wald. Isabella war mitten in der Besprechung mit ihm vor das Zelt gegangen und hatte ihm unmissverständlich drei Dinge klar gemacht: Erstens, dass sein Auftritt an Peinlichkeit nicht zu übertreffen war. Zweitens, dass es nicht zu den Aufgaben eines Tempeldieners gehörte, der Hohepriesterin Anträge zu machen, und drittens dass er sich ein für alle Mal seine Gefühle für sie aus dem Kopf zu schlagen habe.
Müde stapfte er vor sich hin. Wie hatte er sich jemals Hoffnungen auf Isabella machen können? Wie hatte er jemals glauben können, seinem Ansinnen auf die Hohepriesterin hätte Erfolg beschieden sein können? Ziellos führten seine Schritte über den morastigen Boden. Die Zeichen auf den halb versunkenen Schutzsteinen, die die Bannlinie bildeten, sah er nicht. Es war dunkel geworden, aber das vereinzelte Huschen im Gebüsch und die Schreie der Eulen ängstigten ihn nicht. Es fühlte sich an, als habe Isabella mit ihrer schönen Hand sein Herz aus seiner Brust gerissen. Er war angefüllt mit Leere.
Lusus wusste nicht, wie lange er so durch den Wald gestapft war. Als er müde wurde, fand er eine Höhle. Er legte sich auf die bloßen Steine und schlief ein.
In der Nacht träumte er. Isabella blickte kalt auf ihn herab. Dann nahm sie die Maske ihres schönen Antlitzes ab. Darunter war ihr Gesicht weiß auf der einen Seite. Die andere Seite war schwarz, mit golden Mustern verziert. Es sah aus, wie eine Seeburger Karnevalsmaske. Mit zärtlicher Stimme sprach sie:

"Lusus, mein Sohn, ich habe auf dich gewartet," und während sie langsam, ihren langen schwarzen Kapuzenmantel nachziehend, ihn umkreiste, flüsterte sie: "Große Aufgaben warten auf dich. Wir brauchen dich so sehr…"

Burg Hornstein

Lorinsa hatte sich im Turm unter der Treppe versteckt. Vom Hof drang wilder Kampflärm und die Schmerzenschreie Sterbender herein. Ein Verräter hatte den Certeluriern das Tor geöffnet und Sir Thorfinn hatte mit seinen Mannen die Burg gestürmt. "Für Barnabas" und "Auf die Härte des Königs" hörte sie immer wieder Kampfrufe der Angreifer herüber hallen. Plötzlich flog die Tür zum Turm auf. Schnelle Schritte und das helle Klirren von Klingen, die aufeinander trafen, erklangen jetzt unmittelbar über ihr auf der Treppe.

"Ich werde vielleicht nicht Herzog," hörte sie eine Stimme, die sie als die von Prinz Anor erkannte, "aber du sicher auch nicht!"

Wieder wurden einige Schläge gewechselt, die Treppe hinauf und wieder hinunter.

"Stirb!" erklang noch einmal die hasserfüllte Stimme des Prinzen und ein letztes Mal schlugen hell die Schwerter aufeinander. Dann hörte sie ein ersterbendes Röcheln und schließlich war es still. Nur von draußen tönte weiterhin wie von Ferne der Kampfeslärm. Lorinsa wollte ihr Versteck nicht verlassen, doch dann hörte sie über sich ein erbärmliches Wimmern. Sie hob den Kopf und blickte auf die Treppe. An ihrem Fuß lag die Leiche des Prinzen. Aus einer sauberen Stichwunde in der Herzgegend quoll Blut. Auf der Treppe aber lag der Wirt Humpenseel. Mit schmerzverzerrtem Gesicht presste er die Hände zwischen die Beine und zwischen seinen Fingern tropfte Blut auf die hölzerne Treppe. Das Zimmermädchen wusste sich nicht zu helfen. Sie hatte keine Ahnung von Heilkunst und sie getraute sich nicht nach draußen, um Hilfe zu holen. Unschlüssig stand sie vor dem Wirt, der keine Notiz von ihr nahm, als ihr plötzlich ein Gefühl von Eiseskälte den Rücken herunter lief. Ängstlich drehte sie sich um. Hinter der Leiche des Prinzen schien sich ein Teil der Turmmauer in ein schwarzes Wabern zu verwandeln. Zunächst quoll nur dunkler Rauch zwischen den Ziegelsteinen hervor, die sich dann aber in eine dunkle, neblige Masse aufzulösen schienen. Jenseits des entstehenden Durchganges erschien eine in einen schwarzen Kapuzenmantel gehüllte Gestalt. Beim Anblick der schwarzweißen Seeburgermaske gefror Lorinsa das Blut in den Adern. Die Gestalt trat hervor, beugte sich nieder und packte die Leiche des Prinzen grob am

23

Revers.

"So leicht entkommst du mir nicht," zischte sie. "Wir haben einen Vertrag." Dann wandte sie sich um und zerrte den verrenkten Leichnam mit sich in das schwarze Loch.

Als Lorinsa wieder einen klaren Gedanken fassen konnte, war der Kampfeslärm draußen erstorben. Hinter sich hörte sie das leise Schmerzenswimmern des Wirtes. Die Wand des Turmes stand vor ihr, solide wie immer. Nur die Leiche des Prinzen fehlte. Die Tür schlug auf und die Priesterin Wiltrada stürmte herein. Ohne von Lorinsa Notiz zu nehmen, eilte sie zum verletzten Wirt. Das Zimmermädchen hörte, wie die gute Mutter leise ein Gebet zu Dana murmelte, während sie hektisch an einem Ledersäckchen an ihrem Gürtel nestelte, um Heilkräuter hervor zu holen.

"Geh raus," sagte sie an Lorinsa gewandt, "es gibt viel aufzuräumen."

Lindeninsel

"Bei Promilla," rülpste der alte Bjarne mit glasigem Blick, während er fahrig sein Methorn hob. "Auf den Schornstein von Hornstein!"

Die Krieger am Tisch wandten verwundert die Köpfe zu dem Alten und auch Eoric hob sein Horn, um ihm zuzuprosten. Nachdem sie getrunken hatten, sagte einer der Kämpfer mit höhnischer Stimme: "Der alte Bjarne hat sich Blashyrk abgewandt und winselt zu Promilla wie ein Kuhbauer."

Allgemeines Gelächter folgte. Dann lallte der Alte: "Ihr wisst gar nichts, ihr Landratten. Erinnert sich noch einer an den jungen Svann, der in den Nordlanden in meinem Haus gewohnt hat? Vater hat er mich genannt und er war wie ein Sohn zu mir. Er war noch keine drei Sommer alt, als ich ihn aus dem Süden mitbrachte. Und als er älter wurde, wurde er stark und ich dachte, ich hätte mir einen rechten Krieger herangezogen. Nur gesoffen hat er. Prost." Wieder hob er sein Horn und die anderen taten es ihm gleich.

"Einmal, er hatte noch keine zwölf Sommer, kam ich von einer Kaperfahrt heim und was sah ich da? Der junge Svann hatte zwei Bierfässer leergesoffen und war unter dem Dritten eingeschlafen. Ich musste den Hahn noch abdrehen, während das Bier in sein offenes Maul plätscherte!"

Beifälliges Gelächter quittierte die Geschichte.

"Als er siebzehn Sommer hatte, sprach er zu mir: Vater, dein Bier ist dünn und dein Met ist lausig. Ich ziehe jetzt nach Süden in das Land, wo Milch und Honigwein fließen. Dann packte er seine Sachen und machte sich davon." Eoric fragte sich, worauf der Alte hinaus wollte, doch dann kam er zum Punkt: "Kürzlich haben sie meinen Jungen zum Herzog von Hornstein gemacht!" Bjarne erntete ungläubiges Gelächter, hatte er doch schon so oft haarsträubendes Seemannsgarn von sich gegeben.

"Nichts wisst ihr, Hohlköpfe," bekräftigte er nochmals seine Worte. Dann sank sein Kopf nach vorne und schlug mit einem hohlen Klang auf die Tischplatte.

Der alte Bjarne verstarb in dieser Nacht. Er habe sich tot gesoffen, und auch den Nordmännern der Lindeninsel galt das nicht als die Schlechteste aller Todesursachen. Am Abend des folgenden Tages wurde sein Leichnam auf ein kleines Ruderboot gebart und mit Holz umschichtet. Jarl Raskir entzündete den Holzstoß und die einsetzende Ebbe zog das flammende Schiff hinaus aufs Meer.

"Wir verabschieden uns vom alten Bjarne," sagte er. "Bjarne, wir werden dich und dein Seemannsgarn vermissen."

Dämonental, Spätsommer 998 n.V.L.

Manchmal hatte Lusus das undeutliche Gefühl, den rechten Weg verloren zu haben. Nicht wie jemand, der auf dem falschen Weg ist, aber ganz richtig fühlte es sich auch nicht an. Eher wie ein Weg, der vielleicht nicht zu einem Ziel führen könnte. Oder dass es eine Zeit gegeben hatte, in der er ganz andere Ziele gehabt hatte. In solchen Momenten, die in diesem verregneten Spätsommer eher selten waren, saß er zu Füßen der großen Höhle am Fluss. Gelegentlich versuchte er zu angeln, aber dazu hatte er immer seltener die Geduld. Hin und wieder dachte er an Isabella, doch seine glühende Leidenschaft war kaltem Hass gewichen. Sie hatte ihn verraten und verstoßen und wenn sie nicht wollte, dass er auf Freias Pfaden wandelte, dann war sie dafür verantwortlich, dass er sich andere Wege suchte. Ja, mittlerweile hatte sich sein Leben stark gewandelt. Im Dämonental, jenem düsteren und wilden Tal unweit der Burg Hornstein, war er dem Schatten begegnet. Der Schatten trug eine schwarzweiße Maske mit goldener Ziselierung, die ihn zunächst etwas unheimlich hatte wirken lassen, doch sein Versprechen, Lusus die Geheimnisse der Macht zu lehren, hatten seine Vorbehalte getilgt. Der Schatten war der Gesandte eines fernen Imperiums namens Hadran. Seine momentane Behausung war eine große Höhle im Dämonental. Hier hatte er Lusus seine Gastfreundschaft angeboten. Neben Lusus und dem Schatten lebte noch ein Untoter in der Höhle, dem der Schatten seine Existenz gerettet hatte - vom Leben retten konnte man in diesem Fall nicht reden. Der wandelnde Leichnam wurde Anor gerufen und er war so etwas wie ein verstoßener Prinz im Lande Hornstein.

Lusus hatte die Aufgabe, das Geschirr zu spülen und die Wäsche zu machen, aber weil der Untote nichts aß und die Kleider niemals wechselte und auch der Schatten offensichtlich nicht auf Nahrung angewiesen war, hielten sich seine Verpflichtungen in Grenzen. So verbrachte er seine Zeit oft damit, zu angeln. Wenn er keinen Fisch fing, den er sich zum Abendessen brutzelte, brachte der Schatten etwas für ihn von seinen Ausflügen mit. Welche Wege er dabei benutzte, war Lusus unklar. Meist verschwand er in der Dunkelheit der inneren Höhle und mehr als schwarzer, wabernder Rauch, der dann nach vorne drang, war für ihn nicht zu bemerken. Wenn der Schatten zurückkehrte, brachte er einen saftigen Räucherschinken oder ein leckeres Weißbrot für ihn mit.

Auf der anderen Seite des Flusses gab es das Kloster eines Ritterordens, weshalb diese Seite für die Bewohner der Höhle verboten war. Ein Gebäude hatte Lusus noch nie erkennen können, aber manchmal schlich einer der Ritter, angetan in eine archaische Rüstung mit Verzierungen, die an Drachenflügel gemahnten, durch das Gebüsch der gegenüberliegenden Böschung. Irgendwie beobachteten sie und der Ritterorden sich gegenseitig, aber sie trauten sich niemals auf die jeweils andere Seite des Flusses.

Eines Tages beendete Lusus seinen erfolglosen Angelversuch am Ufer und kehrte zur Höhle zurück. Nahe einem alten Gedenkstein, der den Höhleneingang zierte, saß Anor, der Untote. Mit etwas Gruseln sah Lusus, dass der Verwesungszustand seines Mitbewohners schon wieder fortgeschritten war. Neben der schwarzen Wunde in seiner Brust, deren Ränder sich zunehmend zu vergrößern schienen, fing auch das Fleisch um die Lippen in seinem bleichen Gesicht an, sich zu lösen.

"Junge, bei den Anderen tut sich was," sagte Anor mit seiner gebrochenen, tonlosen Stimme. "Ich war eben oben, bei Gebrochen-Bittelschieß, da habe ich ein paar Schwarzgelbe gesehen." Gebrochen-Bittelschieß war eine uralte Ruine, die sich oberhalb der Höhle auf der Spitze eines Berges erhob. "Wir sollten es dem Meister sagen."

"Wo ist der Schatten?" fragte Lusus.

"Weg. Mal wieder," entgegnete Anor. "Wird sicher bald wieder kommen."

Er erhob sich und schlurfte in die Höhle. Lusus Blick fiel auf den Gedenkstein, bei dem er sich aufgehalten hatte:

"Hier stürzte sich Lokaj in den Spalt, um Dana zu erretten.

Lodernde Flamme, ewiges Licht - wir stehen zu Lokaj und fürchten uns nicht," stand dort in verwitterten, altertümlichen Lettern auf dem moosbewachsenen Felsen.

Anor sollte recht behalten. Nur wenig später erschien der Schatten aus dem Inneren der Höhle. Der Untote schlurfte dienstbeflissen hinter ihm her. Er winkte Lusus zu sich herüber: "Es gibt ein Problem," zischte der Hadran-Gesandte. "Die Hornsteiner haben Gunnar von Greifenhorst zu ihrem Heerführer gemacht und rüsten jetzt zu einem Zug ins Dämonental. Es ist ihnen nicht verborgen geblieben, dass wir hier sind. Wahrscheinlich stehen sie im Kontakt mit dem Ritterorden."

Der Schatten machte eine bedeutungsvolle Pause. "Leider stehen die imperialen Truppen noch nicht bereit, um dem ein für alle Mal ein Ende zu bereiten. Wir müssen andere Wege finden."

Damit legte er eine kleine, verkorkte Phiole vor sich nieder. "Du, Lusus, wirst jagen müssen. Kannst du das?"

Der Angesprochene schüttelte den Kopf.

"Dann lernst du es! Was wir brauchen, sind einige Tierkadaver. In der Phiole befindet sich ein Gift, das sich in den Kadavern vermehren wird. Diese legen wir in den Fluss. Und woher kommt das Wasser, das man auf Burg Hornstein trinkt?" fragte der Schatten. Dann nickte er langsam. "Aus dem Fluss. In Hornstein wird eine Seuche ausbrechen, die uns die Zeit verschafft, die wir brauchen. An die Arbeit!"

Burg Hornstein

Allzu oft verstand Lorinsa die Herrschaften nicht. Von dämonischen Umtrieben im Dämonental hatten sie geredet und dass es jetzt an der Zeit sei, zu handeln. Also hatte Graf Gunnar einen Heerzug ausgerüstet und war ins Tal gezogen. Doch dieser Heerzug war ein komplettes Desaster. Als einer der ersten war Herzog Barnabas von einer scheußlichen Krankheit befallen worden. Hässliche Pusteln und Knoten bildeten sich über seinem gesamten Körper und er lag so matt danieder, dass er sogar das ihm angebotene Bier ablehnte. Mit wehenden Fahnen war das Heer in das Tal gezogen, doch anstatt einen Feind zu bekämpfen, waren die Soldaten in kleinen, geschlagenen Gruppen zurückgekehrt. Viele hatten sich kaum mehr auf den Beinen halten können und etliche starben. Lorinsa und Fabritz hatten im Speisesaal ein Krankenlager eingerichtet, doch bald reichten die Räumlichkeiten nicht mehr aus. Es gab so viele Kranke zu versorgen, dass selbst Adela von Bittelschieß sich zur Krankenpflege herabließ. Die Schwester von Heerführer Gunnar und Kanzler Norbär war nach einem unlängst geschlossenen Erbvertrag zur Braut des Herzogs bestimmt worden. Um diese Rolle beneidete sie Lorinsa nicht, konnte sie sich den ungehobelten Säufer, den sie jetzt mit "Hoheit" anzusprechen hatte, kaum als treuen Ehemann oder zärtlichen Liebhaber vorstellen. Umso mehr bewunderte sie die zukünftige Herzogin. Adela war nicht nur schön, schlank und großgewachsen, sondern auch unglaublich gebildet. Mehrfach hatte das Zimmermädchen erlebt, wie sie Soldaten auf dem Krankenlager mit deren pöbelnden Zudringlichkeiten auf intelligente, schlagfertige Weise zum Schweigen gebracht hatte. Kaum waren die Krieger wieder halbwegs zu Kräften gekommen, verlangten sie nach Alkohol und Weibern. Im Gegensatz zur Herzogin hatte Lorinsa ihre liebe Not, sich ihrer zu erwehren.

Eines Abends stand Lorinsa in der Küche und rührte in einem kochenden Wasserkessel, in dem sie schmutzige Leinen reinigte, als sich die Herzogin ermattet bei ihr auf einer Bank niedersetzte. Ihre Schürze war von Blut und Eiter verschmiert und an den Ringen unter ihren Augen sah man ihre Müdigkeit.

"Soll ich euch einen Tee bringen?" fragte das Zimmermädchen. Adela nickte erschöpft. Während Lorinsa kochendes Wasser auf einige Kräuter goss, fing die zukünftige Herzogin an zu reden: "Glaubst du, dass die Götter für uns ein Schicksal vorgesehen haben, das wir erfüllen müssen?"

Lorinsa nickte mitfühlend: "Es ist sicher nicht einfach, dem Barnabas...," sie suchte nach den richtigen Worten, "...beizuwohnen."

Trotz ihrer Müdigkeit konnte sich die Edelfrau eines Lächelns nicht erwehren. Sie schüttelte mit einem leisen Kichern den Kopf: "Nein, das ist sicher nicht das Problem."

"Dann ist es wahr, was die Leute erzählen?" Das Zimmermädchen schämte sich ihrer Neugierde. Im Volk ging herum, dass der letzte Hieb des Prinzen Anor dem Gemächt des Herzogs gegolten habe.

"Was ich meine, ist von größerer Tragweite," sagte Adela und Lorinsa fragte sich, was bedeutungsvoller sein konnte als die Zeugung eines Thronfolgers.

"Ich habe die Feenkönigin gesehen," fuhr die angehende Herzogin fort.

"Schallawen?" fragte Lorinsa erstaunt. Schallawen war die schönste Frau des Universums und sie lebte irgendwo im Feenwald oder auch im Götterhimmel, wenn man den Erzählungen glaubte. Sie war eine der direkten Kinder Danas und wenn sie erschien, so verschwanden Menschen für Jahrhunderte in der Anderwelt.

"Sie sagte, dass dereinst der Gottdrache wiederkehre und dass ich eine der Erwählten sei, diese Rückkehr vorzubereiten. Neun werden gezeichnet werden. Einer wird die linke Klaue des Drachen sein, einer die Rechte. Einer wird die Essenz des Drachen tragen. Die anderen aber werden sterben."

Das Zimmermädchen hielt den Atem an. Zu unglaublich war, was ihr die Herzogin erzählte. Es schauderte sie, wenn sie an die Verantwortung dachte, die auf den schmalen Schultern der Herzogin ruhte. Es geschah so selten, dass die Adeligen ihre Diener in ihr Vertrauen zogen und sie konnte die Ehre, die ihr widerfuhr gar nicht fassen. Jetzt fiel ihr auch ein Muttermal an Adelas rechtem Arm auf. Es hatte die Form eines von einem Flammenkreis umringten Drachenkopfes.

"Wenn der Tee noch länger zieht, wird er bitter," unterbrach die Herzogin ihre Gedanken und eilig machte Lorinsa das Getränk für die Herrin fertig. Keine von beiden bemerkte den schwarzen, wabernden Rauch, der aus der rückwärtigen Wand der Küche quoll und sich schnell verzog.

Bodenloses Meer, Frühling 999 n.V.L.

Wie jedes Frühjahr, so waren auch dieses Mal die Männer von der Lindeninsel auf Kaperfahrt gezogen. Eoric hatte auf dieser Fahrt wieder den Platz eines Ruderers zugewiesen bekommen. Im Heck der Blashyrkzorn stand in diesem Jahr erstmals Halme, ein bulliger Kerl mit langen, roten Zöpfen und einem wuchernden Vollbart. Jarl Raskir hatte ihn mit der Aufgabe des Kapitäns betraut, weil er selbst keine Zeit habe. Eine diplomatische Mission in Hornstein hielt ihn davon ab, hatte er gesagt.

"Die einzige Diplomatie, die ich kenne, ist diese hier," hatte Halme grinsend erwidert und liebevoll die Streitaxt an seinem Gürtel getätschelt. Trotz der kampflustigen Worte hatte er sich fest an die Befehle des Jarls gehalten und war schnell vom Hornsteiner Ufer weg gesteuert. Auch dieses Mal erhofften sie sich ihre Beute am tikonischen oder am Seeburger Ufer. Tatsächlich sichtete der Ausguck nach einigen Tagen eine Handelskogge mit der Seeburger Flagge.

"Ein fetter Brocken," lächelte Halme. "Den schnappen wir uns. Klar zum Entern, Leute."

In voller Rammgeschwindigkeit zog das Drachenschiff auf den schwerfälligen Pott zu. Vorne am Bug hatten sich Krieger mit Enterhaken postiert, während Eoric mit aller Kraft ruderte.

"Volle Kraft in die Breitseite," schrie Halme, der sich in unbändiger Erwartung in den Bug begeben hatte und seine Streitaxt wirbelte.

Plötzlich erklang das Tosen von splitterndem Holz und eine schwere Erschütterung durchdrang den Schiffsrumpf. Eoric wandte sich um in der Erwartung, die gegnerische Kogge gerammt zu haben und viele andere Ruderer taten es ihm gleich, doch die Schiffe lagen noch ungefähr zwanzig Schritt voneinander entfernt.

"Beim Klabautermann," zischte der Ruderer an Eorics Seite, "Rotzen!"

An Bord der Kogge waren tatsächlich drei große

Tornisionsschleudergeschütze zu erkennen, die bis dahin hinter einem Verschlag verborgen waren.

"Eine Falle!" brüllte vorne einer der Seeleute. Die gegnerischen Seeleute luden eiligst wieder ihre Geschütze. Schwere Speere, die mit der letzten Salve gefeuert worden waren, hatten auf der Blashyrkzorn eine Spur der Verwüstung hinterlassen. Eines der Geschosse hatte Kapitän Halme den Kopf vom Rumpf gerissen, so dass die blutende Masse seines Schädels jetzt im Mittelgang kullerte. Das andere hatte offenbar den Rumpf des Schiffes unterhalb der Wasseroberfläche durchbrochen, so dass mit ungeheuerer Geschwindigkeit Wasser ins Innere sprudelte.

"Rudern!" brüllte Eoric, der sah, dass ihr Schiff an Fahrt verlor, "Rudern was das Zeug hält."

Viel zu langsam wandten sich die perplexen Ruderer wieder ihrer Aufgabe zu und viel zu langsam fanden sie in den notwendigen Rhythmus.

"Eins, zwei, eins, zwei," schrie Eoric in der Hoffnung, das Chaos an den Riemen zu ordnen, denn ein Kapitän, dessen Aufgabe das gewesen wäre, gab es nicht mehr. Schließlich nahm die Blashyrkzorn wieder Fahrt auf, doch zu spät. Die Gegner hatten ihre Geschütze bereits wieder beladen und wieder ging eine Salve der Geschosse auf das Schiff nieder. Eines davon zerriss das Segel, während das andere unmittelbar neben Eoric in den Mittelgang schlug. Wieder war ein Leck entstanden, durch das noch mehr Wasser quoll. Zwar hielten die Ruderer dieses Mal ihren Rhythmus, doch als die Blashyrkzorn endlich an den Rumpf des anderen Schiffes stieß, hatte sie kaum noch Fahrt. Der Drache hatte viel zu viel Wasser gezogen und so bereits beträchtlichen Tiefgang bekommen. Er war verloren. Eoric riss seinen Rundschild von der Reling und zog sein Schwert, um sich am Sturm zu beteiligen. Vorne hatten die Krieger ihre Enterhaken auf das Deck des anderen Schiffes geworfen und zwei versuchten bereits, an der hohen Bordwand empor zu klettern. Oben jedoch wurden sie von Seesöldnern empfangen, die ihren Einstiegsversuch mit langen Hellebarden quittierten. Eoric hatte Gerüchte von Piratenjägern gehört, die sich als Handelsfahrer tarnten. Einer solchen List waren sie jetzt aufgesessen.

Eines der Enterseile wurde durchtrennt und ein daran hängender Krieger stürzte mit lautem Schrei ins Wasser. Zu seinem Schrecken erkannte Eoric, dass sich an Bord der Kogge auch etliche Bogenschützen befanden, die jetzt die Angreifer mit Pfeilen eindeckten. Gerade noch rechtzeitig konnte er seinen Schild hochziehen, bevor mit einem dumpfen Knall ein Pfeil darin einschlug. Vor den Planken der Kogge spielte sich ein Gemetzel ab. Zwei Nordländer gingen in die Hocke, mit ihren

Rundschilden den Rücken gedeckt. Zwei andere sprangen auf die Schilde, um sich von den Kämpfern unter ihnen in die Höhe wuchten zu lassen. Der eine wurde von einer Hellebarde zur Seite gefegt, während der andere von einem Pfeil durchbohrt ins Meer stürzte.

"Breitseite," dachte Eoric, "wir hätten zur Breitseite gehen sollen."

Offensichtlich hatte Halme vor seinem Tod eine völlig falsche Strategie gewählt, denn wenn sie Seite an Seite mit dem anderen Schiff gelegen wären, hätten mehr Krieger gleichzeitig angreifen können. So musste Eoric darauf warten, dass sich das Gedränge vor ihm auflöste, während das eindringende Wasser langsam über seine Stiefelschäfte drang. Es war niemand mehr da, der die notwendigen Kommandos hätte rufen können, um das Schiff mit der Breitseite an die Kogge zu steuern. Eine neue Salve der Rotzen fetzte aus unmittelbarer Nähe auf das Deck. Holzsplitter trafen auf Eoric, während sie den Rumpf durchbohrten. Eines der Geschosse hatte die Mastverankerung getroffen und langsam senkte sich der schwere Mast zur Seite. Den mit Wucht umschlagenden Quermast des Rahsegels bemerkte Eoric erst, als er gegen seinen Schädel prallte und das letzte, was er wahrnahm, waren die über ihn einbrandenden Fluten.

Blashyrks Paradies war eine große Halle, in der die Helden Met aus den Schädelknochen ihrer erschlagenen Feinde tranken und derbe Heldenlieder grölten. Umso mehr war Eoric erstaunt, dass sphärischer Gesang und die lieblichen Klänge einer Harfe an die Ohren seines schmerzenden Kopfes drangen. Das Gesicht einer Frau beugte sich über ihn. Hohe Wangenknochen zierten ihr hageres Gesicht und ihr blondes Haar fiel schwerelos auf ihn herab. Ihre Ohrmuscheln endeten in schmalen, nach oben gerichteten Spitzen. "Verdammte Todesfee," dachte der Nordmann, während ihm die Frau sanft über das Haupt strich. Sie sagte etwas, doch ihre Stimme hörte sich an wie das plätschern eines Baches. Verständnislos blickte Eoric sie aus zusammengekniffenen Augen an. Sie lächelte. Dann sagte sie in gebrochenen, aber sehr melodischen Worten: "Du trägst das Zeichen," und als Eoric über die Worte rätselnd die Stirn runzelte, deutete sie auf seinen rechten Arm. Mühsam, weil ihm jeder Knochen weh tat, blickte er an diese Stelle. Was er sah, erstaunte ihn: Ein Muttermal in Form eines von Flammen umringten Drachenkopfes. Dieses Zeichen war ihm vollständig fremd und zunächst dachte er, es sei möglicherweise eine Wunde aus dem zurückliegenden Kampf. Bald aber merkte er, dass diese Erklärung für das Mal nicht hinreichend war.

Nach einigen Tagen konnte Eoric seine Lagerstatt aus wohlriechenden

Blättern und Moosen verlassen. Labende Tränke, die ihm seine Pflegerin verabreicht hatte, brachten ihn schnell wieder zu Kräften. Er genoss die Gastfreundschaft des Volkes der Seeelfen und die Blonde trug den fast unaussprechlichen Namen Siren'dao'adrea. Die Elfen hatten seinen bewusstlosen Körper am Strand gefunden, wurde ihm auf Nachfrage erklärt. Sein Krankenbett befand sich in einem Baumhaus weit über dem Boden. Mit unsicheren Schritten tappte er nach draußen auf einen schwankenden, hölzernen Balkon. Sanfter Wind zog vom unweit liegenden bodenlosen Meer durch die Blätter der Behausungen des kleinen Dorfes, die sich allesamt in den Ästen alter Bäume befanden. Siren'dao'adrea saß auf einem Ast. Zwischen den Knien hielt sie eine kunstvoll geschnitzte kleine Harfe, auf der sie liebliche Melodien zupfte. Eoric setzte sich unweit von ihr nieder und ließ die Beine vom Balkon baumeln. Nachdem die Elfe ihre Melodie beendet hatte, blickte sie freundlich zu ihm hinüber.

"Was hat das Drachenmal zu bedeuten?" fragte der Nordmann.

"Es zeigt das Haupt des purpurnen Himmelsdrachen, den die Rosenohren Lokaj nennen," antwortete die Angesprochene mit ihrer melodischen Stimme. Schallawen, die Königin unserer Völker, hat es dir geschenkt."

Eoric blickte die Elfe fragend an.

"Wir wissen nicht, was das Zeichen genau bedeutet," fuhr sie fort, "aber sicher ist, dass die Königin eine Aufgabe für dich hat."

"Kann man diese…," Eoric zögerte, "Schallawen fragen?"

Siren'dao'adrea lächelte amüsiert: "Ihr Thron befindet sich im Feenwald, im Herzen des Landes Hornstein. Aber sie zeigt sich den Sterblichen nur sehr selten. Achte auf deine Träume."

Dämonental

Als der Schatten "Wir verreisen" gesagt hatte, hatte Lusus Schwierigkeiten, sich vorzustellen, wie so eine Reise ihrer illustren Gruppe aussehen würde. Der Schatten, sein junger Diener und ein Untoter in einer Falkensteiner Postkutsche hatte er sich vorgestellt und dabei grinsen gemusst. Doch bald hatte sein Meister ihn aufgeklärt: "Es gibt viele Wege. Einige führen durch den Raum, andere durch die Zeit. Manche führen nirgendwo hin," hatte er gesagt. Nachdem Lusus seine wenigen Habseligkeiten gepackt hatte, waren sie zusammen ins Innere der Höhle gegangen.

"Unser aller Herr, der Imperator von Hadran," erklärte der Schatten, "ist ein Meister im Erschaffen von Pfaden durch den Raum. Ihm verdanken wir viele der geheimen Wege."

Weit hinten in der Dunkelheit hielt er vor einer uralten, hölzernen Tür inne. Aus dem Spalt darunter sah Lusus, der eine Fackel entzündet hatte, schwarzen Rauch quellen. Der Schatten öffnete die Pforte, die knarrend zur Seite schwang.

"Einige Götter der Sterblichen verachten diese Pfade," hob er erneut zu sprechen an. "Das Land Hornstein hat zwei Herzen. Ein altes, totes. Es befindet sich hier, wo wir gerade sind. Ein weiteres, das neue, lebendige Herz befindet sich im Feenwald."

Er war in einen finsteren, von schwarzem Qualm durchdrungenen Gang getreten und Lusus und der Untote folgten ihm. Nach einigen Schritten erreichten sie einen Raum, von dem mehrere weitere Türen abgingen.

"Eine dieser Türen führt nach Hadran," erläuterte der Schatten, "eine hinauf zur Burg. Eine leitet uns in den Feenwald. Hoffen wir, Bursche, dass wir die richtige öffnen, denn wohin die anderen führen, weiß nicht einmal ich. Mit einer unmissverständlichen Geste bedeutete er seinem Diener, eine der Türen zu öffnen.

"Und wenn es die Falsche ist?" Plötzlich war Lusus mulmig geworden.

"Dann führt sie uns in den Untergang." Des Schattens Worte ließen keinen Zweifel an der Tragweite seiner Entscheidung. Mit zitternden Fingern schob Lusus einen Riegel beiseite und lugte vorsichtig. Ratten und Fledermäuse verschwanden vor dem eindringenden Licht der Fackel. Ein in den Fels geschlagener Gang lag vor ihm. Vorsichtig tastete er sich voran und schob einige Spinnweben zur Seite. Kurz schrak er vor einer handtellergroßen Spinne zurück, die schnell in eine Felsspalte kroch. Dann tappte er ins Dunkel.

Wie lange er gelaufen war, konnte Lusus nicht mehr sagen, denn Raum und Zeit schienen in diesen Höhlen keine Rolle zu spielen. Nur Minuten oder Jahrhunderte? Vereinzelt waren sie an verwitterten Felszeichnungen vorbeigelaufen, die Bannzeichen oder Bilder von Göttern und Dämonen zeigten. Mehrmals, er konnte nicht sagen wie oft, war er vor einer Abzweigung gezwungen, sich für einen der Wege zu entscheiden. Viel später standen sie wiederum in einem Felsraum, von dem fünf Türen abgingen. Fragend blickte Lusus zum Schatten. Mit aufforderndem Nicken bedeutete dieser, eine der Türen zu öffnen. Der Diener tat wie ihm geheißen. Hinter jener, für die er sich entschied, befand sich eine niedrige, moosbewachsene Höhle. In der Ferne konnte er hereinfallendes Tageslicht erkennen. Auf allen Vieren kroch er durch den niedrigen Tunnel dem Licht entgegen. Als er ins Freie trat, blendeten ihn gleißende Sonnenstrahlen, die durch ein lichtes Blätterdach auf ihn herab fielen. Sie befanden sich in einem farnüberwucherten Laubwald inmitten uralter Bäume. Schwirrende Insekten summten zwischen großen Blüten umher. Erst als ihn eines dieser Tiere auf die Nase küssen wollte, erkannte Lusus, dass sich zwischen den Libellen- und Schmetterlingsflügeln winzige Frauenkörper befanden. Unwillig verscheuchte er das Wesen. Von hinten klopfte ihm der Schatten wohlwollend auf die Schulter: "Das hast du gut gemacht, Bursche," und wäre sein Meister nicht immer eiskalt und gefühllos gewesen, so hätte Lusus in dessen Stimme so etwas wie Erleichterung vermutet.

"Es steht ohne Zweifel, dass die Götter das Schicksal beeinflussen," erklärte der Maskenträger. "Junge und unschuldige Wesen erfahren mehr Glück als alte, deren Wege sich zu sehr verstrickt haben. Du, Lusus, bist noch jung und unerfahren. Wenn dem nicht so wäre, hättest du den Weg nicht gefunden."

Der Diener war stolz über das Lob seines Meisters.

Sie richteten sich in dem Höhlenraum mit den Türen eine Lagerstatt ein.

"Wir werden eine Weile hier warten müssen, bis unsere Gäste eintreffen," erklärte der Schatten. "Derweil erforschen wir die Gänge hinter den Türen, denn einer davon führt in die Zeit."

De Reincarnatio

[I] Nepomuk sah in die Ewigkeit und er sprach:

[II] Und dann bricht herein Verwüstung und Brodem und der Dämonensultan wird aussenden seine Heerscharen und Chaos bringen über die Gerechten.

[III] Die Heere der Menschen werden erliegen und die Krähen sich laben an den Leibern der Erschlagenen. Der Schatten wird triumphieren. Die Essenz des Drachens aber wird herniedergehen und wo die Essenz ist, wird auch sein Leib und Geist um Jahresfrist

[IV] Dann aber sah er die Danascheibe und sprach:

[V] Seht den Horizont, wo die Grenze liegt zwischen dem Reich der Dana und den Reichen der Dämonen. Nehmt Maß und schreitet von Grenze zu Grenze.

[VI] Ist der halbe Weg vollbracht, so ist dies der Mittelpunkt. Hier, wo seit Äonen Wacht gehalten wird um das Mysterium Danas, hier werdet ihr finden die Essenz des Drachen.

Burg Hornstein, Frühsommer 999 n.V.L.

Der neue Herzog machte seinem Land keine Ehre. Viel häufiger als im Thronsaal der Burg fand man ihn in der Burgschänke, dem Lindwurmstübchen. Dort saß er zusammen mit seinem Zechkumpan Trollsiff, den er eines Nachts im Suff zum Baron geadelt hatte. Seitdem musste Lorinsa den ehemaligen Schankknecht mit "Euer Wohlgeboren" ansprechen. Statt den edlen Herrschaften im Speisesaal aufzuwarten, stand sie hinter dem Tavernentresen und füllte ein um das andere Horn mit Starkbier oder Honigwein und die Saufgelage nahmen kein Ende. Müde und mit schmerzenden Beinen hatte sie sich auf ein bereitgestelltes Fass gesetzt, um abzuwarten, bis die beiden Trunkenbolde die nächste Runde orderten.

Die Türe der Halle ging auf und Kammerdiener Fabritz kam, wie immer stocksteif, hereingeschritten: "Lorinsa, die Herzogin verlangt nach dir. Ich übernehme hier."

Dankbar trollte sich das Zimmermädchen aus der Schankstube, während hinter ihr ein unflätiger Rülpser des Herzogs ertönte: "Ogerscheiße, das Horn ist leer!"

In ihren Gemächern fand Lorinsa die Herzogin in ungewohnter Aktivität. Auf dem Bett standen lederne Satteltaschen und statt der üblichen Seidengewänder trug sie Lederhosen und Reitstiefel.

"Lorinsa," sprach sie die Dienerin an, "ich habe dich rufen lassen, weil ich deine Hilfe brauche. Ich rechne mit deiner Loyalität und Verschwiegenheit. Ich werde verreisen."

Verwundert nickte die Angesprochene.

"Noch heute Nacht werde ich die Burg verlassen und ich wäre dankbar, wenn meine Abwesenheit erst morgen bekannt werden würde."

"Wohin...?" fragte das Zimmermädchen schüchtern.

"Die Feenkönigin ruft mich. Ich habe es deutlich geträumt. Zunächst werde ich mich zum Feenwald aufmachen. Aber das bleibt unter uns. Deine Aufgabe ist es, im Stall mein Pferd zu satteln. Dann lenkst du die Wache an der Ausfallpforte ab."

"Ihr verreist alleine," stellte Lorinsa entsetzt fest. "Aber wer... der Haushalt... Hump.. - der Herzog..." stotterte sie. Wenn Adela die Burg verließ, war das Zimmermädchen alleine unter den Promillajüngern gefangen und in ihrer Verzweiflung schossen ihr Tränen in die Augen. Die Herzogin wandte sich ihr freundschaftlich zu und klopfte ihr aufmunternd auf die Schultern: "Wir werden uns wiedersehen. Und jetzt tue, wie ich dir geheißen habe."

Weinend nahm Lorinsa die bereitgestellten Satteltaschen und schlich in den Stall. Hier sattelte sie den prächtigen Schimmel der Herzogin so gut sie das konnte. Sie war keine Stallmagd. Dann ging sie in die Küche und holte einen kleinen Krug Wein, mit dem sie sich zur Ausfallpforte begab. Ein einzelner Gardist hielt Wache. Das Zimmermädchen kannte ihn entfernt. Sludig war sein Name, so glaubte sie sich zu erinnern.

"Hallo," sie lächelte den Wachmann freundlich an, "ich habe dir etwas zu trinken mitgebracht."

"Ich, äh, darf im Dienst nicht trinken," entgegnete der Wachmann unsicher.

"Ach," lächelte Lorinsa und winkte ab, " das ist doch noch eine Vorschrift aus den Zeiten des alten Herzogs. Der Neue sieht das bestimmt ganz anders."

Von der Logik ihrer Argumente überzeugt griff Sludig nach dem Becher, während Lorinsa ihr verführerischstes Lächeln aufsetzte und versuchte, unauffällig ein Bein zu entblößen. Dem Wachmann gingen die Augen über und er verschluckte sich am Wein, als ihm die Absichten des Zimmermädchens aufgingen.

"Komm," sagte sie und zog ihn an der Hand mit sich fort. In einer dunklen Ecke der Burgmauer begann sie, ihn vorsichtig und zärtlich zu küssen. Langsam nestelte sie ihm das Hemd unter dem Wappenrock auf. Derweil lauschte sie angestrengt. Endlich hörte sie leises Hufgetrappel auf dem Burghof. Quietschend öffnete sich die Ausfallpforte. Sie umfasste den Kopf des Gardisten an den Ohren und küsste ihn leidenschaftlich, während die schwere Pforte ins Schloss fiel. Dann ließ sie abrupt von ihm ab.

"Es ist spät. Ich muss gehen," flüsterte sie hastig und lies den verdatterten Soldaten im Schatten stehen.

Feenwald

Eoric erreichte den Feenwald über die alte Straße von Seeburg her, die weiter nach Kelkona führte. Die meisten Händler transportierten ihre Waren über den Seeweg und die Straße das Schusseltal hinauf, so dass dieser Weg kaum benutzt wurde. Entsprechend schlecht war sein Zustand. An vielen Stellen wucherte Gras und die Ränder brachen ab in die morastigen Wiesen. Unter den ersten Bäumen saß ein Ritter im Schatten. Sein Pferd graste unweit. Als sich der Nordmann näherte, erhob er sich und hob grüßend die Hand.

"Die Götter mit euch, Fremder, wohin führt euch euer Weg?"

Er trug die Hornsteiner Farben im Rock, führte aber ein Wappen, dass Eoric unbekannt war.

"Wenn ich das wüsste, wäre ich schlauer," erwiderte er lächelnd. "Eoric von der Lindeninsel ist mein Name. Mein Ziel ist der Feenwald."

Erleichtert erkannte er unter dem hochgekrempelten Ärmel des Rockes des Fremden, dass auch dieser das Zeichen der Feenkönigin trug.

"Lasst mich raten," fuhr er fort, "eure Träume führen euch ins Zentrum des Feenwaldes."

Jetzt lächelte auch der junge Ritter. Er nahm den Helm ab und darunter kam sein kahlgeschorenes Haupt zum Vorschein. Er streckte den Arm zum Handschlag aus: "Wulf von Bittelschieß-Küssaburg ist mein Name."

Die von Küssaburg waren eine entfernte Seitenlinie jener Bittelschieß, die dem regierenden Herzogshaus so nahe standen. Ihr Herrschaftsbereich lag weit im Südwesten nahe der Seeburger Grenze. Bereits die weiten Wegstrecken zum Herzogshof verboten allzu häufigen Kontakt mit den Hornsteiner Herrschern, doch formal unterstand Wulfs Vater Götz der Regierung des Herzogs und dessen Kanzler Norbär.

Wulfs Geschichte war ganz ähnlich wie die von Eoric. Träume von der Feenkönigin und das unerklärliche Zeichen am Arm hatten ihn dazu bewogen, zum Feenwald aufzubrechen. Er wusste von einem Gasthaus namens Adelmühle im Zentrum des Waldes, das er noch vor der Dämmerung erreichen wollte. Gemeinsam machten sich die beiden auf den Weg.

Tatsächlich stießen sie am Abend auf besagtes Gasthaus. Es war eine alte Mühle an einem Bach in einer Waldlichtung. Ein gemütlicher Wirt mit

Namen Ambrosius und sein unsteter Schankknecht begrüßten sie. Einige Fuhrleute waren für die Nacht hier abgestiegen und saßen schweigsam im dämmrigen Schankraum. Im hinteren Teil des Saales dagegen fand sich eine illustre Schar bunt zusammen gewürfelter Gestalten, die angeregt aufeinander einflüsterten.

Neun an der Zahl sollten es sein mit dem Zeichen der Feenkönigin. Einer sollte tragen die Essenz des Drachen, einer sollte dessen linke Klaue sein und einer dessen rechte. Die anderen aber sollten sterben. So war es geweissagt worden. Alle hatten sie sich an diesem Abend im Gasthaus Adelmühle eingefunden: Baran, ein großgewachsener Druide der Danapriesterschaft, Adela, die elegante Herzogin des Landes, Sylven von Falkenstein, eine Edelfrau aus dem Osten Hornsteins und Bärtram, ein Ritter aus dem Gefolge des Barons von Giessen. In einer Ecke saß eine schwangere Frau, die sich als Sechera von der Schwesternschaft der Amaryllis vorstellte. Eoric konnte sich nicht alle Namen merken. Jeder trug das Zeichen des Drachenhauptes im Flammenkreis und alle waren sie durch Träume von der Feenkönigin hierher gelockt worden.

"Wo finden wir die Feenkönigin," fragte die Herzogin, die sich schnell als Wortführerin durchgesetzt hatte, den Wirt. Dieser flüsterte kurz mit seinem flatterhaften Schankknecht, der auf den eigenartigen Namen Lusfada hörte. Dann sprach der Knecht die geheimnisvollen Worte: "Nicht ihr werdet sie finden. Sie wird euch finden. Geht in den Wald und lauscht dem Wind in den Bäumen."

Feenwald

"Es ist bald soweit," hatte der Schatten gesagt, "die Zeit des Wartens nähert sich dem Ende." Bereits seit einigen Wochen hausten sie in der Höhle im Feenwald und hätte sich Lusus nicht schon längst an den Verwesungsgeruch des Untoten gewöhnt, so wäre er unerträglich gewesen. Einige Tage hatten sie mit der Erforschung der Gänge in der Höhle verbracht. Lusus hatte Ratten gefangen und an langen Schnüren hinter die Eingänge gejagt. Bei der dritten Tür schien die Ratte unerklärlich gealtert. Der Schatten lächelte zufrieden, zumindest meinte Lusus das, denn die Maske zeigte keine Regung.

Eines Abends hatte er sich zu längeren Erklärungen herabgelassen. Es schien, als wolle er Lusus in die Geheimnisse seiner Magie einweihen: "Es ist einfach, die Macht zu beherrschen," erklärte er. "Auch du, Lusus, wirst es eines Tages erlernen. Löse deinen Geist von dem, was du siehst und orientiere dich an dem, was du willst. Die Erbärmlichen," wie er die Menschen oft nannte, "werden dir Glauben schenken."

Dann erzählte er vom Imperator von Hadran: "Vor vielen hundert Jahren öffnete unser Herr diese Pfade durch die Sphären, um seine rechtmäßige Herrschaft über dieses Land anzutreten. Aber die Götter schickten ihre lächerliche Eidechse," Lusus verstand, dass er den Gottdrachen Lokaj meinte," um die Pfade zu verschließen. Viele Jahrhunderte kämpfte der Imperator gegen den Drachen. Dann schuf er einen Dämonen, der den Drachen in den Tod riss. Die Erbärmlichen glauben an die Rückkehr des Drachen, aber sie irren sich. Sein Kadaver schwebt leblos durch die Sphären."

Nach einer kurzen Pause fuhr er fort: "Der Imperator hat ein großes Heer geschickt. Es befindet sich auf dem Weg nach Hornstein und dieses Mal wird er die Sterblichen vernichten!"

In den folgenden Tagen schickte er Lusus häufiger auf Erkundungstour in den Wald. Der Diener wusste nicht, was er suchte, aber er hielt die Augen offen. Plötzlich hörte er die Stimmen einer leisen Unterhaltung und das Knacken von Zweigen, wie sie von Wanderern unter den Füssen zerbrochen werden. Er spähte und sah eine Gruppe von Menschen, wie sie unterschiedlicher nicht sein könnten. Einige waren Kämpfer oder Ritter, es war aber auch ein Danapriester und eine Kräuterfrau darunter.

"Halt, wer da," rief ein glatzköpfiger Krieger, der der Gruppe voran ging. Lusus zeigte sich.

"Ein Geweihter der Freia," hörte er eine offensichtlich adelige, großgewachsenen Frau aus der Gruppe flüstern. Lusus wurde bewusst, dass er noch immer die, wenn auch verschlissenen, Kleider eines Tempeldieners trug.

"Freia sei mit euch," begrüßte er die Ankömmlinge geistesgegenwärtig.

"Wir sind auf der Suche nach Schallawen, der Feenkönigin," ergriff wieder der Glatzkopf das Wort.

"Wartet hier. Ich kehre gleich zurück und werde euch führen," erwiderte Lusus. Er wandte sich ab und verschwand im Wald. In der Hoffnung, nicht verfolgt zu werden, suchte er den Weg zu ihrer Wohnhöhle. Dort angekommen fand er den Schatten und berichtete ihm von seiner Begegnung.

"Sehr gut," zischte dieser, "Geleite sie hier her und führe sie in das besagte Tor."

Lusus tat, wie ihm geheißen und als er mit der Gruppe zur Höhle zurück kam, wies keine Spur mehr auf den Schatten hin. Nur ein leichter Verwesungsgeruch erinnerte an den Untoten. Er kroch voran zur Wohnhöhle und als die Fremden ihm gefolgt waren, wies er auf die Tür, hinter der die Ratte gealtert war.

"Hinter dieser Pforte wartet die Feenkönigin auf euch," log er. Überrascht nahm er wahr, dass keiner der Angesprochenen an seinen Worten zweifelte. Er öffnete die Tür und wies ihnen den Weg.

"Ihr begleitet uns nicht?" wurde er von einem jungen Krieger, offensichtlich einem Nordmann, angesprochen.

"Nur den Erwählten ist es erlaubt, vor das Antlitz der Königin zu treten," erwiderte er demütig und verneigte sich. Als der letzte der Gruppe die Tür passiert hatte, schloss Lusus sie vorsichtig und schob den Riegel vor. Aus der Dunkelheit des Höhleninneren lösten sich die Umrisse des Schattens und des Untoten. Hinter der Maske erklang ein tiefes, hämisches und ausgedehntes Gelächter.

Burg Hornstein

Die gute Mutter war außer sich. Ihr Gesicht war vor Zorn, und vielleicht auch von einem Anflug von Panik, verzerrt.

"Wo ist die Herzogin? Du weißt es. Ich sehe an deine Augen, dass du es weißt!"

"Ich…," stotterte Lorinsa, "ich darf es nicht sagen…"

"Das ist jetzt egal," schrie die Priesterin. "Sie ist in großer Gefahr, ich spüre es."

"Im Feenwald, sie ist zum Feenwald geritten," brach es aus dem Zimmermädchen hervor.

"Komm, wir gehen sie suchen!"

Wiltrada packte die jüngere Frau an der Hand und zerrte sie mit sich. Ihr Weg führte in den Burghof und durch das Tor hinaus, jedoch mitnichten in Richtung des Feenwaldes. Lorinsa hatte Schwierigkeiten, mit dem Tempo der Priesterin mitzuhalten. Sie eilten in den Wald vor der Burg hinaus, zu einer Stelle, wo Lorinsa noch nie zuvor gewesen war. Es war eine Lichtung zwischen alten Eichen. Einige große Findlinge lagen herum. Hastig entzündete die Priesterin ein kleines Feuer und erhitzte darauf eine Schale mit Wasser. Mit einem Ast malte sie einen Kreis auf die Erde. Dann streute sie verschiedene Kräuter, die sie in ihrer Tasche mitgebracht hatte, in den Kreis. Offensichtlich bereitete sie ein Ritual vor.

"So," sagte sie an das Zimmermädchen gewandt, " dieser Kreis wird mich vor den Dämonen schützen. Vor Menschen und Tieren, die hier vorbeikommen, wirst du mich schützen müssen. Ich gehe auf Geistreise, um die Herzogin und die Gezeichneten zu suchen. Wenn ich bis zum Abend nicht zurückgekehrt bin, wirst du mich holen müssen."

Ein Blick zur Sonne sagte Lorinsa, dass es noch Vormittag war. Die Priesterin drückte ihr ein Fläschchen mit einer grünen Flüssigkeit in die Hand.

40

"Bei Sonnenuntergang wirst du mir das in den Mund träufeln."

Dann zerstampfte sie einige Kräuter und Beeren in einem kleinen Mörser, schüttete etwas kochendes Wasser dazu und verrührte alles zu einer zähen, violetten Paste. Sie setzte sich in die Mitte des Kreises und begann, sich die Paste ins Gesicht zu schmieren.

"Bete zu Dana, dass alles gut geht," richtete sie sich noch einmal an das Zimmermädchen. Dann legte sie sich flach auf den Rücken auf die Erde. Lorinsa, die allem nur zugesehen hatte, wartete, dass irgendetwas passieren würde. Aber es geschah gar nichts. Die Priesterin schien mit offenen Augen zu schlafen und langsam zog die Sonne ihren Weg. Lorinsa war hungrig und durstig, wagte aber nicht, den ihr zugewiesenen Platz zu verlassen. Am Rande der Lichtung zeigten sich einige Rehe, verzogen sich aber schnell, als sie der Menschen gewahr wurden. Plötzlich begann die Priesterin zu reden, als würde sie gerade jemandem begegnen. Zunächst hatte das Zimmermädchen Schwierigkeiten, sie zu verstehen, aber dann wurden die Worte deutlicher: "Euer Weg ist so falsch, dass er falscher nicht sein könnte," hörte sie die abwesende Geweihte flüstern. "Ihr seid in der Zeit verloren!"

Nach einer Pause nuschelte sie: "Nein, es gibt keinen einfachen Weg zurück. Der Weg durch die Zeit dauert so lange, dass ihr eher sterben würdet, als euer Schicksal zu erfüllen."

Wieder gab es eine längere Pause.

"Das Totenreich. Der einzige Weg führt durch das Totenreich. Ihr müsst alle sterben! Ihr seid so weit von den Orten entfernt, an denen ihr sein solltet, dass der Tod euch nicht finden wird. Ihr werdet frei in den Sphären schweben. Ich hoffe, ihr findet einen Weg. Dana segne euch."

Dann sagte Wiltrada nichts mehr. Die Sonne zog weiter und die Schatten wurden länger. Nach einer Zeit, die Lorinsa wie eine Ewigkeit erschien, berührte das Tagesgestirn endlich den Horizont. Das Zimmermädchen durchschritt den Bannkreis und entkorkte das Fläschchen, das ihr gegeben worden war. Vorsichtig träufelte sie die Flüssigkeit in den Mund der Priesterin. Es dauerte einige Augenblicke, dann schlug Wiltrada die Augen so abrupt auf, dass das Zimmermädchen erschrak. In den Augen der Priesterin schien sich die Ewigkeit zu spiegeln. Sie war erschöpft und zitterte am ganzen Körper. Schweiß stand ihr auf der Stirn. Lorinsa half ihr, sich aufzurichten. Nachdem sie all die Utensilien der Geweihten eingesammelt hatte, stützte sie sie auf dem Weg zurück zur Burg.

Eoric war gestorben. Niemand wusste, woher der Geist der Danapriesterin gekommen war, dem sie begegnet waren. Trotzdem hatten sie ihren Rat befolgt: Mit Wucht hatte er sich sein Kurzschwert in die Rippen gerammt. Panisch hatte er wahrgenommen, wie die scharfe Klinge die Haut, das Fleisch und schließlich das Herz durchbohrte. Das Leben war aus ihm gewichen und aus Zeit war Unendlichkeit geworden. Er hatte sich aus seinem toten Körper gelöst und hatte ihn zurückgelassen. Zusammen mit den Seelen der anderen Gezeichneten befand er sich auf Wanderschaft. Zeit und Raum spielten keine Rolle mehr. Landschaften, Kulturen, Epochen und Äonen waren eins geworden. Aus der Ewigkeit erschien ein Gedanke. Er hatte die Form eines Drachen. Majestätisch blickte er auf die Seelen der Gezeichneten herab. Seine roten Schuppen spiegelten gleißend das Licht und die Echsenaugen, deren Pupillen sich zu einem Schlitz verengten, zeugten von Würde und Erhabenheit.

"Ich habe euch erwartet," erklang eine tiefe, langgezogenen Stimme in Eorics Kopf. Ihr, die ihr das Zeichen meiner Herrschaft tragt, werdet meine Essenz zurück in das Reich der Sterblichen tragen."

"Was ist eure Essenz, Herr?" hörte Eoric die Stimme von Herzogin Adela sagen. Vor ihren Augen erschien das Bild eines gleißenden, roten Diamanten. Er war mindestens so groß wie ein Menschenkopf und glitzerte in einer Pracht, wie sie Eoric noch nie gesehen hatte.

"Du, Baran, bist der Träger der Essenz," erklang wieder die Stimme des Drachen. Baran war ein Druide und Priester der Dana, doch Eoric hatte ihn als einen Einzelgänger kennengelernt, der die Natur und die Einsamkeit der Gesellschaft von Menschen vorzog. Entgegen dem Leben vieler Danageweihter, die sich zu klösterlichen Gemeinschaften zusammen schlossen, hatte er sein Leben als Einsiedler im Wald verbracht. Eoric sah, wie Barans Seele den großen, leuchtenden Karfunkelstein entgegen nahm.

"Wie kommen wir zurück in die Welt der Lebenden?" erklang jetzt die Stimme des Wulf von Bittelschieß.

"Ihr müsst euch selbst besiegen," antwortete der Drache in rätselhaften Worten.

Ewigkeiten später zogen ihre Seelen noch immer unstet durch Raum und Zeit. Weil jeder Augenblick Unendlichkeit geworden war, konnte niemand sagen, wie lange sie unterwegs waren oder wann sie ihr Ziel erreichten. Ihr Ziel waren schattenhafte Wesen, durchgehend schwarz aber von menschlichen Umrissen. Schnell erkannte Eoric, dass einem jeden von ihnen eines dieser Schattenwesen zugeordnet war, dass diese Gestalten

42

nichts als Abbilder ihrer selbst waren. Eoric war der erste, der Initiative ergriff. Er zog sein Schwert und bewegte sich mit erhobenem Rundschild auf seinen Gegner zu. Dieser tat es ihm gleich und auch seine Bewaffnung schien aus einem schwarzen Kurzschwert und Rundschild zu bestehen. Der Nordmann versuchte es mit einem Standardangriff. Mit dem Schild versuchte er, die Klinge des Gegners zu blockieren, um gleichzeitig mit einem Krumphau dessen Schläfe zu attackieren. Schmerz durchzuckte seinen Schädel, denn offensichtlich war es ihm nicht gelungen, die Waffe des Gegners zu kontrollieren, so dass dieser zu seiner eigenen Schläfe hatte durchdringen können. Eoric versuchte sich mit einem Ausfallschritt, mit dem Schild die Klinge des Gegners zur Seite schleudernd. Unter dem Schild zog er mit dem Schwert weit nach vorne, um das Schattenwesen zu durchbohren. Aber wieder war es ihm nicht gelungen, dessen Waffe zu lenken. Irgendwie war sein Gegner unter des Nordmannes Schild durchgetaucht und hatte sein Schwert in dessen Seite gerammt. Mehrfach noch versuchte Eoric, seinen Gegner zu attackieren und bald blutete er aus vielen Wunden.

"Eoric," hörte er Barans tiefe Stimme, "lass ab. Es hat keinen Sinn."

Der Nordmann zog sich zurück und sein schattenhafter Gegner tat es ihm gleich. Mit weisem Lächeln sagte der Druide, der die Essenz des Drachen trug: "Wir müssen uns selbst besiegen, waren die Worte des Gottdrachen Lokaj. Es ist einfach. Wir kommen aus dem Totenreich heraus, so wie wir hineingekommen sind."

Mit diesen Worten zog er seinen Dolch und rammte ihn sich in die Brust. Sein Schatten tat es ihm gleich.

Burg Hornstein, Spätsommer 999 n.V.L.

Vergangenes Jahr hatte Herzog Barnabas den Heeresgefolgschaftseid vor König Chlodwig von Certelurien geleistet. Dies war die Formulierung, die Kanzler Norbär in einem Staatsvertrag hatte durchsetzen können, um die vollständige Lehnspflicht abzuwenden und auch wenn das Herzogtum formal unabhängig blieb, wusste doch jeder, wer die eigentliche Macht im Lande hatte. Vor einigen Wochen nun war ein Bote aus Certelurien eingetroffen und hatte vermeldet, dass sich ein Heer auf Zinsheym an der Nordgrenze des Königreiches zu bewegte und Chlodwig hatte die Gefolgschaft eingefordert. Gunnar, jetzt Graf von Greifenhorst und Heerführer, hatte auf Hornstein eine Heerschau einbefohlen und aus allen Landesteilen waren Ritter und Soldaten zusammen geströmt. Dann hatte er sich auf den langen Weg nach Norden gemacht. Der Herzog selbst war mit freundlichen Formulierungen darum gebeten worden, die

Ordnung im Herzogtum aufrecht zu erhalten, wollte doch niemand den Säufer an seiner Seite kämpfen sehen. Auch Kanzler Norbär kümmerte sich weiter um die Regierungsgeschäfte auf der Burg.

Wochen später drangen schlechte Neuigkeiten aus dem Norden nach Hornstein. Das vereinigte certelurisch-hornsteinische Heer hatte vor Zinsheym eine vernichtende Niederlage erlitten. Die Soldaten waren gefallen oder befanden sich auf der Flucht. Seitdem ging der Ruf "Die Hadraner kommen" durch das Land. Bald durchzogen Flüchtlingszüge die Gegend, denn jeder in Certelurien, der es konnte, packte Hab und Gut auf einen Karren und zog von dannen. König Chlodwig sei gefallen, hieß es und Sir Trollsiff organisiere den Widerstand zusammen mit einem certelurischen Baron namens Torkelbier. Das feindliche Heer aber bewege sich unaufhaltsam auf Burg Hornstein zu.

In diesen Tagen erschien ein fremder Ritter vor der Burg. Herzog Barnabas und Kanzler Norbär empfingen den Krieger und Lorinsa wurde angewiesen, den Herrschaften aufzuwarten. Neugierig musterte sie den Fremdling, während sie ihm Wein zur Erfrischung anbot. Er trug eine altertümliche Rüstung, die mit ausladenden Zacken verziert war, so dass sie entfernt an einen Drachen erinnerte. Auf dem roten Wappenrock trug er ein schwarzes Zeichen, das das Zimmermädchen schon einmal auf dem Arm der Herzogin gesehen hatte: Der Drachenkopf im Flammenkreis.

"Ich bin Nepomuk vom Hort," stellte sich der Fremde vor, "Großmeister des alten Drachenordens."

"Sehr erfreut," erwiderte der Kanzler freundlich. " Wo kommt ihr her?"

"Ihr werdet überrascht sein, wenn ich euch sage, dass unser verstecktes Kloster nicht weit von hier entfernt im Dämonental liegt," erwiderte der Angesprochene. "Seit tausend Jahren, als unser erster Großmeister zu Füssen des Gottdrachens die ersten Lehren erhielt, hüten wir das Vermächtnis Lokajs. Wir wissen, dass Lokaj bald wiederkehren wird und wir gehen davon aus, dass der Angriff des Heeres, das sich auf uns zu bewegt, in Wirklichkeit der Verhinderung dieser Rückkehr gilt. Mehrere Monate haben wir die Machenschaften eines hadranischen Gesandten am Sphärenriss im Dämonental beobachtet. Wir gingen davon aus, dass der Angriff von dort aus stattfinden würde. Offensichtlich haben wir uns geirrt. Jetzt sind wir hier, um an eurer Seite in die Schlacht zu ziehen und um euch unser geheimes Kloster zum Rückzug anzubieten."

Noch bis spät in die Nacht verhandelten der Kanzler und der Ordensgroßmeister, während Barnabas sanft schnarchend auf seinem Sessel daneben eingeschlafen war.

Die folgenden Tage waren mit Verteidigungsvorbereitungen erfüllt. Mauern wurden ausgebessert und verstärkt, Nahrungsmittel eingelagert und Kämpfer trainiert. Nepomuk vom Hort war mit zwanzig Ordenskriegern, alle angetan in ihren archaischen Rüstungen, auf die Burg gekommen, wo sie ihre Zelte im Hof aufgeschlagen hatten.

Vor Enge in der übervölkerten Burg und Arbeit kam Lorinsa kaum zur Ruhe. Es gab so viele Menschen zu versorgen, Fragen zu beantworten und Anweisungen auszuführen, dass sie abends todmüde in ihr Bett fiel.

Schließlich war es so weit: Das feindliche Heer zog vor der Burg auf. Das Zimmermädchen verfolgte vom Wehrgang aus, wie sich die Felder und Wiesen unterhalb der Burg mit schwarz uniformierten Kriegern füllte. Viele trugen wilde Masken, fremdartige Waffen und seltsame Helme, so als wollten sie ihre Gegner schon vor dem Kampf alleine durch ihr Aussehen schrecken. Inmitten der Horden zogen große Kaltblüter Belagerungsgerät heran: Mehrere Katapulte und einen mächtigen Belagerungsturm. Über allem wehten die schwarzen Fahnen des hadranischen Imperiums.

Bereits in der folgenden Nacht ritten die Krieger des alten Drachenordens ihren ersten Ausfall. Unten im Tal ertönte Kampfeslärm und eines der Katapulte ging in Flammen auf. Als die Reiter zur Burg zurückkehrten, waren drei von ihnen gefallen. Am nächsten Morgen brach der Sturm über Hornstein herein. Der Boden erzitterte und die Mauern erbebten, wenn eines der großen Katapultgeschosse gegen die Befestigungen donnerte. Immer wieder wurde der Burghof von Pfeilsalven eingedeckt, die die gegnerischen Langbogenschützen in großer Entfernung in den Himmel schossen und unaufhaltsam wurde der Belagerungsturm den steilen Burgweg empor geschoben. In der folgenden Nacht versuchten sich wiederum einige Krieger mit einem Ausfall, in der Hoffnung, den Turm, der, wenn er die Burg erreichte, deren sicheren Untergang bedeutete, zu zerstören. Doch dieses Mal waren sie nicht so erfolgreich wie in der Nacht zuvor. Die Wachtmannschaften des Turmes schlugen den Angriff zurück und viele der Hornsteiner Krieger, allen voran der Drachenorden, bezahlten mit dem Leben oder mit schwerer Verwundung.

Immer zahlreicher wurden die Verletzten, die in den großen Räumen des Palas aufgebart wurden. Lorinsas Aufgabe war die Krankenpflege und während sie schwärende und eiternde Wunden versorgte, überkam sie all zu oft Ekel und Übelkeit.

So ging es einige Tage, bis der Turm das Burgtor erreicht hatte. Die Katapulte hatten bereits an mehreren Stellen Breschen geschlagen, die von den Mannschaften mühsam gehalten wurden. Dann wurde es noch einmal ruhig. Manch Krieger blickte vorsichtig über die Zinnen. Einige zurrten ihre Rüstungen fester oder ölten ein letztes Mal ihre verschmutzten Schwerter. Jeder wusste, dass der Feind gleich zum finalen Angriff blasen würde. Und so geschah es: Wie ein Inferno brachen Katapulte und Pfeilhagel über die Eingeschlossenen herein. Vom Belagerungsturm aus wurde der gesamte Torbereich mit Pfeilen eingedeckt, während ein schwerer Rammbock gegen das hölzerne Burgtor donnerte. Unzählige Angreifer rannten mit Leitern auf die Breschen zu und überwanden die Befestigungen. Schnell verlagerten sich die Kämpfe ins innere des Burghofes und immer mehr Gegner kletterten über die Mauern und setzten den Verteidigern zu.

Der Herzog war durch einen Pfeil am Arm verwundet worden. Auch wenn er stets besoffen war, so blieb er doch ein passabler Kämpfer. Lorinsa, die sich mittlerweile zu einer leidlichen Heilerin entwickelt hatte, versorgte die Wunde, indem sie sie mit Weinbrand ausputzte und verband. Barnabas machte sich über den Rest der Schnapsflasche her. In diesem Moment wurde die Tür geöffnet und Nepomuk vom Hort stürzte, gefolgt vom Kanzler, herein.

"Hoheit," sprach er den Herzog an, "es wird Zeit zu gehen. Die Schlacht ist verloren und die Burg gehört dem Feind. Wenn aber der Herzog nicht verloren ist, so besteht noch Hoffnung für das Land. Folgt mir."

Auch Lorinsa eilte hinterdrein, unwissend, ob die Einladung auch ihr gegolten hatte. Im Erdgeschoss des Turmes, wo sie einst den letzten Kampf des Herzogs mit dem Prinzen Anor erlebt hatte, stellte sich der Ordensritter vor die Wand. Er vollführte seltsame Gesten und sprach Worte in einer fremden Sprache. Aus dem Mauerwerk begann schwarzer Rauch zu quellen und langsam lösten sich die Steine im Dunst auf. Nepomuk vom Hort trat hindurch, gefolgt vom Herzog, dem Kanzler und einigen verletzten Kriegern, die sich gleich Lorinsa ungefragt angeschlossen hatte. Sie folgten einem niedrigen Gang, der in den Fels geschlagen zu sein schien.

"Was ist das für ein Weg?" hörte das Zimmermädchen den Kanzler fragen, der vor ihr her hastete.

"Es ist ein geheimer Pfad, der einst vom Feind angelegt wurde," antwortete der Ordenskrieger. "Ich habe euch von dem Gesandten des Imperators erzählt, den wir in der Lokajshöhle observiert haben. Er nutzte diesen Weg und es dauerte eine gewisse Zeit, bis wir herausfanden, wie er das bewerkstelligte. Leider ist er verschwunden, bevor wir ihn stellen konnten."

Bald standen sie in einer Felsenhöhle, von der fünf alte, verwitterte Holztüren abgingen. Nepomuk öffnete eine dieser Pforten und trat in eine weitere Höhle, die nach kurzer Zeit ans Tageslicht führte. Obzwar sie alle erschöpft waren und viele der Verletzten kaum mehr gehen konnten, trieb sie der Ordensgroßmeister weiter zur Eile an. Sie folgten einem Fluss durch ein Tal, bis sie eine schmale Holzbrücke fanden. Diese überquerten sie und hetzten weiter. Plötzlich blieb der Ritter vor einer steilen Felswand stehen.

"Lasst euch nicht von diesem Felsen irritieren," sagte er an die Menschen hinter ihm gewandt. "Er ist nur Illusion."

Dann trat er einen Schritt nach vorn und war verschwunden. Der Herzog, der Kanzler, Lorinsa und die Krieger folgten einer nach dem anderen.

Feenwald

Der Untote hatte seine Eitelkeit entdeckt. Das lag an dem unerträglichen Gestank, den er verströmte und der fortschreitenden Verwesung, von der sein Körper betroffen war. Der Schatten hatte Lusus zum Gasthaus Adelmühle geschickt, wo er bei einem der durchziehenden Händler wohlriechende Essenzen und Puder für Prinz Anor erstehen sollte. Tatsächlich hatten ein tikonischer Kaufmann seinen Stand auf der Wiese vor der Taverne aufgestellt. Lusus schnüffelte an diesem und an jenem Fläschchen, bis er sich für einen lieblichen Rosenduft entschied. Er hatte nicht gewusst, mit welcher Hingabe die Frauen aus dem Kalifat von Tikon ihren Körper pflegten und musste sich eingestehen, keine Ahnung von all den Cremes und Farben zu haben, die hier feil geboten wurden.

Vor dem Gasthaus war eine stattliche Anzahl Rösser angebunden. Viele von ihnen trugen Satteldecken oder Zaumzeug in den schwarzgelben Farben des Herzogs. Auch eine Standarte, die diese Farben zeigte, wehte vor dem Eingang.

"Viel Volk in der Taverne?" fragte er den Händler. In der gebrochenen blumigen Sprache der Südländer erwiderte dieser: "Ein Sohn der unbesiegbaren Tapferkeit mit Namen Trollsiff ist dort abgestiegen, in seinem Gefolge Krieger so zahlreich wie der Nachwuchs einer Termitenkönigin."

"Könnt ihr mir sagen, was der Herr Trollsiff hier im Feenwald macht?"

Der Tikonier beugte sich über den Verkaufstisch und flüsterte verschwörerisch: "Es heißt, er schütze einen Edelstein, so groß wie der Kopf eines Menschen, so glanzvoll wie das Kleid der Feenkönigin und so wertvoll wie die Schatzkammer des Kalifen."

Vom Schatten hatte Lusus erfahren, dass es erst im Certelurischen und dann bei Burg Hornstein zu Schlachten mit einem Heer des Imperiums gekommen war. Er wusste nicht, woher sein Meister diese Informationen nahm, aber es wunderte ihn, Sir Trollsiff mit einer stattlichen Anzahl herzoglicher Soldaten hier anzutreffen. Nachdem er dem Tikonier die Münzen gegeben hatte, die er verlangte, schlenderte er zum Gasthaus hinüber. Er öffnete die Tür und sah viele der Tische mit Soldaten besetzt. An einem der hinteren Tische entdeckte er zu seinem Erstaunen jene neun Gestalten, die mittlerweile gemeinhin die Gezeichneten genannt wurden und von denen er angenommen hatte, dass sie durch sein Zutun irgendwo in der Vergangenheit gestrandet waren. Schnell, um nicht erkannt zu werden, schloss er wieder die Tür und eilte in den Wald, um dem Schatten Bericht zu erstatten. In der Höhle angekommen, erzählte er, was er erfahren hatte und nachdenklich nickte der Maskenträger über das Gehörte.

"Unser Plan scheint misslungen zu sein und des Drachen Essenz ist zu den Menschen gekommen. Das wird den Imperator nicht erfreuen. Wir müssen handeln," sagte er, während er Lusus scharf anblickte. "Du hast dir den Weg gemerkt, den wir hierher genommen haben? Eile zurück zum Dämonental und von dort zur Burg Hornstein. Unterhalb der Burg hat das imperiale Heer sein Feldlager aufgeschlagen."

Er nestelte in den Tiefen seines Mantels und brachte einen kleinen Gegenstand zum Vorschein, den er Lusus in die Hand drückte. Es war ein Siegelring aus einem mattschwarzen Metall. Das Siegel zeigte einen Skorpion.

"Dieser Ring wird dich als mein Bote ausweisen," fuhr der Schatten fort. "Verlange den Befehlshaber zu sprechen und führe eine Hundertschaft Legionäre durch den Tunnel zurück in den Feenwald."

Lusus tat wie ihm geheißen. Er verschwand in der Dunkelheit der Höhle und hetzte den Felsengang zurück, durch den sie vor einigen Wochen gekommen waren. Als er in dem Raum mit den Türen angekommen war, von dem er wusste, dass er hinter der Drachenhöhle im Dämonental liegen musste, hörte er plötzlich Schritte aus einer der anderen Höhlen. Schnell wich er in den Gang zurück, durch den er gekommen war und wartete ab. Der Schein vorbeigetragener Fackeln erhellte einige Gesichter, die eilig der Lokajshöhle zustrebten: Ein Ritter, zwei Gestalten, die Lusus als den Herzog und den Kanzler erkannte, ein Zimmermädchen und mehrere Soldaten. Er hielt den Atem an, um nicht gehört zu werden. Nachdem die Gruppe vorbei gegangen war, wartete er einige Augenblicke ab. Dann setzte er seinen Weg fort.

Als er durch das Dämonental der fernen Burg Hornstein zueilte, die erhaben über ihm auf dem Felsen thronte, musste er daran denken, wie er viele Monate zuvor diesen Weg in die andere Richtung gegangen war: Ein verzweifelter, orientierungsloser Tempeldiener, von seiner Herrin und Geliebten verlassen und verstoßen. Er stieß ein bitteres Lachen aus. Wie hatte er sich so lächerlich erniedrigen können vor einer Götterbuhle. Jetzt war er Lusus, der erste Diener des mächtigen Schatten. Auf sein Wort hörten Hundertschaften. Sie hatten ihn alle unterschätzt und dafür sollten sie jetzt leiden müssen!

Unterhalb der Burg war eine unendliche Fläche angefüllt mit Zelten, den Lichtern von Fackeln und Feuerstellen, Pferdekoppeln und dem derben Lachen feiernder Soldaten. Als er sich näherte, wurde er von einer Wache angesprochen. Er zeigte seinen Ring und genoss die geflissentliche Unterwürfigkeit, die der Gardist ihm sogleich entgegenbrachte. Ohne ein weiteres Wort wurde er zu einem riesigen, schwarzen Zelt inmitten des Heerlagers geführt. Nachdem er kurz gewartet hatte, sagte einer der Soldaten mit demutsvoller Verneigung: "Der Erzgeweihte Rasputin ist bereit, euch zu empfangen."

Lusus hatte einen hohen Militär, einen General, erwartet. Stattdessen wurde er ins Zelt eines Priesters geführt. Rasputin trug dieselbe ausladende, schwarze Kutte, die er von seinem Meister kannte, nur dass die markante Maske im Gesicht fehlte. Des Priesters Züge waren von harten, energischen Falten durchzogen und sein Kinn wurde von einem stattlichen Bart geziert. Er musterte aufmerksam den Ring, den Lusus ihm gegeben hatte.

"Der Gesandte des Imperators schickt dich," stellte er an den Diener gewandt fest. Schnell erzählte dieser, was sein Auftrag war: Eine Hundertschaft des Heeres durch die geheimen Tunnel in den Feenwald zu führen. Langsam nickte der Heerführer. Dann flüsterte er einem beistehenden Adjutanten einige Befehle zu.

Wenig später eilte Lusus an der Seite eines Hauptmannes des hadranischen Heeres zurück ins Dämonental. Die Soldaten, die ihnen folgten, waren allesamt furchtbar anzusehen. Viele hatten sich mit Menschenknochen geschmückt und einige hatten ihre Rüstungen so verziert, dass sie an Dämonen mit ledrigen Fledermausflügeln erinnerten. Einer nach dem anderen verschwand in dem schmalen Gang in der Lokajshöhle, um viele Meilen entfernt im Feenwald vom Schatten in Empfang genommen zu werden.

"Es ist eure Aufgabe," erläuterte der Maskenträger den versammelten Soldaten, "das Gasthaus zu umstellen und die Drachenessenz in eure Gewalt zu bringen. Koste es was es wolle."

Dann gab der Hauptmann den Befehl zum Aufbruch und die Soldaten setzten sich durch den Wald dem Gasthaus zu in Bewegung. Lusus, Anor und der Schatten folgten dem Zug in sicherer Entfernung. Als bereits die Lichter der Taverne in der Ferne zwischen den Bäumen sichtbar wurden, entstand im vorderen Bereiches der Truppe ein Tumult. Auf der Lichtung bei der Adelmühle wurde mit Signalhörnern Alarm geblasen. "Formation" und "Angriff" brüllte der Hauptmann am Anfang des Zuges. Offensichtlich hatte sich ein kleiner Bach am Rande der Lichtung als Hindernis erwiesen. Wachleute auf einer Brücke hatten den Feind alarmiert und während wenige Krieger den Ansturm der Hadraner auf der Brücke aufzuhalten versuchten, galoppierte bereits die Hornsteiner Reiterei zum Kampfplatz. "Haltet die Brücke," brüllte deren Befehlshaber, den Lusus als Sir Trollsiff zu erkennen vermeinte.

Das Gefecht war kurz und heftig, und obwohl der Diener durch Dunkelheit und Wald wenig erkennen konnte, so kündeten doch Kampfschreie und Schwertgeklirr von der Heftigkeit der geführten Schlacht. Teile der hadranischen Truppe versuchten den Bach abseits der Brücke zu überqueren, doch wurden sie an der Böschung von Hornsteiner Kämpfern in Empfang genommen und zurückgeschlagen. Nach einer Weile flaute der Kampfeslärm ab. Ein verwundeter Soldat kam auf den Hügel zugekrochen, auf dem der Schatten und Lusus ihren Posten bezogen hatten. Mit letzter Kraft krächzte er: "Der Hauptmann ist tot. Wir haben verloren…," dann stürzte er vornüber in den Schlamm und gab kein Lebenszeichen mehr von sich.

"Götterverfluchte Dämonenscheiße," zischte der Schatten und an Lusus gewandt: "Komm!" Dann schlichen sie sich, um nicht von den umherstreifenden feindlichen Soldaten gesichtet zu werden, geduckt in ihr Versteck zurück.

.

Feenwald

Im Gasthaus Adelmühle herrschte ausgelassenes Treiben. Der flatterhafte Schankknecht des Wirtes war bis über beide Ohren damit beschäftigt, Bier auszuschenken und die Soldaten zechten, was das Zeug hielt. Viele waren verletzt oder hatten gefallene Kameraden zu betrauern, aber die Freude über den glanzvollen Sieg überwog. "Auf den Schornstein von Hornstein" oder "auf das Ei des Lokaj" prosteten sie sich gegenseitig zu und nicht wenige forderten, Sir Trollsiff, der sich in der Schlacht mit besonderer Tapferkeit ausgezeichnet hatte, zum Heerführer zu erheben. "Auf das Geschlecht vom Schankknecht," brachte einer der Krieger seinen Trinkspruch aus. Eoric befand sich mitten im Getümmel und leerte ein Horn um das andere. Während des Kampfgetümmels hatten sie die Drachenessenz in Sicherheit gebracht. Nur die Allerwenigsten wussten, wo sich der Edelstein jetzt befand und so sollte es auch bleiben.

Im feierlichen Gelage machte plötzlich ein Gerücht die Runde: Vor dem Gasthaus im Wald hatte man Feen gesehen. Eine wunderschöne, anmutige und - natürlich - leicht bekleidete Blütenjungfer habe einen Soldaten geküsst. Nach und nach strömten die bezechten Soldaten und unter ihnen Eoric und seine Gefährten, nach draußen. Zuerst erkannte der Nordmann nichts, weil seine Augen vom Licht in der Taverne geblendet waren. Dann entdeckte er in dem Schatten zunehmend mehr seltsame Wesenheiten. Dort auf einer Wurzel hockte ein Satyr mit Bocksbeinen und Hörnern. Unter ihm machte er einen Wurzelbold mit einem Haarschopf aus Gras aus. Kleine, leuchtende, insektenartige Blütenfeen schwirrten in den Bäumen und ein zufälliger Felsblock wurde bei genauerer Betrachtung zu einem leibhaftigen Troll. Plötzlich wurde es still in der lachenden, trunkenen Menge der Gasthausbesucher. Eine flirrende Lichtkugel schwebte unstet zwischen den Bäumen, vergrößerte sich und blendete so stark, dass sich viele die Hände vor die Augen hielten. Schillernder Farbenglanz umwebte eine Gestalt, die sich langsam aus dem Licht löste. Eoric fiel aus Ehrfurcht unvermittelt auf die Knie. Die Frauengestalt, die sich im Schein manifestierte war an Erhabenheit und Anmut nicht zu übertreffen. Dem Nordmann klappte die Kinnlade herunter und gebannt starrte er auf das Geschehen.

"Ich bin Schallawen," hörte er eine Stimme, dem Zwitschern vieler Vögel gleich und wie die Welle der Brandung überkam ihn der Ruf, nach vorne zu treten. Zitternd erhob er sich und trat vor die Göttin. An seiner Seite erkannte er, dass auch die Herzogin, Wulf von Bittelschieß und die anderen Gezeichneten sich auf die Feenkönigin zu bewegt hatten.

"Ihr seid meinem Ruf gefolgt," erfasste ihn wieder die liebliche Wucht ihrer Stimme. "Ihr seid in das Totenreich gereist und ihr seid wiedergekehrt. Lasst mich meinen Dank aussprechen. Denn seht, die Feinde schlafen nicht. Ihr seid jene, die mein Zeichen tragen und die das Schicksal erfüllen werden. Bewahrt die Essenz des Drachen gut, denn um Jahresfrist wird sich das Schicksal erfüllen."

Wie lange Eoric gestanden hatte und der Göttin gebannt gelauscht hatte, wusste er nicht. Irgendwann hatte er den kühlen Nachtwind gespürt, der an seinen Kleidern zerrte. Das Licht war verschwunden und außer den Geräuschen des nächtlichen Waldes erinnerte nichts mehr an die Erscheinung. In der Menge hinter ihm wurde leise geflüstert und fassungslos ergriffen blickte er zu den anderen Gezeichneten hinüber. Langsam strömten die Soldaten wieder ins Innere des Schankraumes und nur Eoric und seine Gefährten verblieben im Freien.

"Ich denke, wir sollten uns bald trennen," erhob die Herzogin das Wort. "Wir sollten uns über das Land verteilen und die Menschen auf das, was kommt, vorbereiten. So wird es für den Feind schwieriger, uns anzugreifen. Ihr, Eoric, werdet nach Greifenhorst reisen. Man sagt, dass euer Jarl zurzeit bei meinem werten Bruder Gunnar zu Gast weilt." Wie ihm gesagt worden war, machte sich der Nordmann auf den Weg.

Dämonental, Herbst 999 n.V.L.

Lorinsa hatte in dem Felsen, in den sie dem Großmeister gefolgt waren, alles andere erwartet, als das, was sie antraf: Hinter dem versteckten Eingang gab es Kammern, Gänge und ganze Säle, die in den Stein geschlagen waren. Eine vollständige Klosteranlage befand sich versteckt im Tal. Räume voll staubiger, uralter Bücher und Schriftrollen. Eine Küche und ein Refektorium, Kapitelsaal, Tempel und Zellen für die Mönche. Hier sollten der Herzog und der Kanzler für eine gewisse Zeit Unterkunft finden, bis im Land die Sicherheit wieder hergestellt war.

Lorinsa richtete sich häuslich ein und an den Frieden der Klostermauern hätte sie sich gewöhnen können. Sie machte sich in der Küche zu schaffen und erhielt für ihre Kochkünste viel Anerkennung. Auch der Herzog, der im Kloster zu seiner Freude einen großen Weinkeller gefunden hatte, verstand es, die langen Abende mit seiner leutseligen Art und derben Witzen und Anekdoten zu füllen, so dass sich das Klosterleben recht angenehm gestaltete.

Leider sollte ihr Aufenthalt nur wenige Wochen dauern, denn bald nach ihrer Ankunft durchstreiften Gruppen von Hadranern den Wald auf dieser Seite des Flusses. Magier versuchten durch Hellsichtszauber, Höhleneingänge im Tal zu finden und es war nur eine Frage der Zeit, bis sie entdeckt werden würden. So verwunderte es nicht, dass der Kanzler und der Großmeister eines Tages eine Versammlung im Kapitelsaal einberiefen. Der Kapitelsaal war eine geräumige, rechteckige Höhle und, wie alles hier unten, mit Kerzen und Kienspänen erhellt. An den Wänden befanden sich Sitzbänke, deren einzelne Plätze durch kunstvolle Schnitzereien verziert waren. Die momentanen Bewohner des Klosters, also die überlebenden Kriegermönche und die Flüchtlinge von der Burg, zählten gerade mal fünfzehn Menschen und besetzten nicht einmal die Hälfte der Plätze. Auch Lorinsa nahm auf einer der Sitzgelegenheiten, die ursprünglich den Ordensrittern zugedacht waren, Platz.

Der Großmeister ergriff das Wort: "Ich habe euch rufen lassen, weil vor wenigen Stunden einer der feindlichen Magier einen Eingang in das Kloster gefunden hat. Wir waren uns zunächst nicht sicher, ob er den Illusionszauber tatsächlich durchschaut hat, aber mittlerweile sind sämtliche feindliche Späher von unserer Seite des Tales abgezogen. Ich denke, das bedeutet nur, dass sie einen Großangriff planen. Wir wissen, dass wir ihnen militärisch nichts entgegensetzen können. Vermutlich rechnen sie mit einer viel größeren Streitmacht im Kloster. Ich habe mich mit dem Kanzler besprochen und wir halten einen Ausfall für am erfolgversprechendsten. Mit etwas Glück können wir die feindlichen Posten umgehen und uns zu irgendwelchen Gleichgesinnten durchschlagen. Jeder packe das Nötigste, dann treffen wir uns am Nordausgang."

Lorinsa hatte sich an das vermeintlich sichere Leben im Kloster schon fast gewöhnt. Umso härter traf sie die Erkenntnis, nun wieder gehen zu müssen. Sie hatte Tränen in den Augen, als sie ihre wenigen Habseligkeiten packte und zum Nordtor ging. Bald hatte sich ihre kleine Schar dort eingefunden und Nepomuk vom Hort schritt voraus durch die Felsillusion ins Freie. Nirgends konnten sie feindliche Truppen ausmachen und der Großmeister führte sie durch verschlungene, verborgene Waldpfade durch das Tal. Plötzlich erklang vor dem Dienstmädchen ein lästerlicher Fluch: "Götterverdammte Dämonenscheiße," zürnte der Herzog. "Ich habe meinen Weinschlauch vergessen," und ehe ihn jemand zurückhalten konnte, brach er durch das Gebüsch und war im Unterholz verschwunden. Der Kanzler war außer sich über das Verhalten des Herzogs und gemeinsam beschlossen sie, noch kurze Zeit zu warten, um ihm die Möglichkeit der Rückkehr zu geben. Doch der Herzog kehrte nicht wieder. Dafür kamen die Hadraner. Zweimal durchstreifte ein Trupp nur unweit neben ihnen den Wald und nur mit Glück gelang es ihnen, unentdeckt zu bleiben. Fernen Geräuschen konnten sie entnehmen, dass die Truppen des Imperiums begonnen hatten, das Kloster zu stürmen. Als die Dämmerung hereinbrach, mussten sie sich eingestehen, dass der Herzog nicht mehr zurückkehren würde. Niedergeschlagen setzten sie ihren Weg fort.

Burg Hornstein

Nach der Niederlage im Feenwald hatten sich der Schatten, Lusus und Prinz Anor wieder auf den Weg durch den geheimen Höhlengang ins Dämonental gemacht.

"Der Imperator verzeiht Versagern nicht," hatte der Schatten geflüstert und so war ihnen der Weg nicht leicht gefallen. Dennoch hatte der Meister niemals einen Zweifel daran gelassen, dass er zum Heerlager gehen müsse. Dort angekommen hatte man sie direkt ins Zelt des Heerführers gebracht. Die Begegnung zwischen dem Gesandten Hadrans und dem Heerführer des Imperiums verlief alles andere als herzlich. Es schien, als würde eine alte Konkurrenz die beiden Herren in den schwarzen Kapuzenmänteln begleiten. Dennoch erklärte man sich im Lager bereit, ein Zelt für Lusus und den Gesandten einzurichten. Offensichtlich hatte man Respekt vor der Stellung oder aber den

Fähigkeiten des Meisters. All zu oft schien es Uneinigkeiten zwischen den beiden Kapuzenträgern zu geben. Während der Heerführer darauf drängte, das gesamte Herzogtum im Handstreich zu nehmen, bestand der Schatten darauf, erst neue Befehle aus Hadran abzuwarten.

"Rasputin," pflegte der Schatten bei solchen Gelegenheiten zu sagen, "du hast keine Ahnung von den Plänen des Imperators, also stelle dich mit deinem Heer nicht dazwischen!"

Die folgenden Wochen wurden also mit der Suche nach dem Herzog verbracht, der im Dämonental verschwunden sei ,und mit der Plünderung der umliegenden Gehöfte, um das Heer zu versorgen.

Eines Abends war Lusus wieder bei einem der Gespräche zwischen Rasputin und dem Schatten zugegen. Die beiden Kapuzenträger hatten sich auf Lehnsesseln im Zelt des Heerführers niedergelassen, während Lusus auf einem Fell im hinteren Bereich kauerte.

"Was meinst du, plant der Imperator als nächstes?" fragte gerade Rasputin sein Gegenüber. Der Schatten nickte versonnen.

"In der Akademie macht man sich große Hoffnungen auf das Wirken dieses Koboldes," erwiderte er.

"Klix," nannte Rasputin einen Namen, "er soll die Stabilität der Sphären beeinflussen können. Weißt du mehr darüber?"

Lusus wurde das Gefühl nicht los, dass Rasputin seinen Meister ausfragte.

"Nun, ich war so lange nicht mehr in Hadran wie du. Der Imperator möchte, dass der Kobold das große Dana-Siegel stiehlt. Aber das kann sowohl zur Instabilität wie auch zur völligen Erstarrung der Sphären führen."

Für Lusus waren die Ausführungen der beiden Magier völlig unverständlich. Er hatte keine Ahnung, wovon da geredet wurde. Allerdings bemerkte er, dass Rasputin plötzlich aufmerksamer zuhörte.

"Die Erstarrung…," sinnierte er, "dass heißt, niemand mehr könnte zwischen Hadran und dieser Welt wechseln? Das wäre doch gar nicht so schlecht."

Jetzt blickte der Schatten misstrauisch zu seinem Gesprächspartner.

"Wir sollten nicht darüber spekulieren, wie es wäre, uns dem Einflussbereich des Imperators zu entziehen," zischte er streng.

"Gemach," versuchte Rasputin zu beruhigen. "In der Tat hast du mein Ziel erkannt. Doch auch du, Schatten, musst zugeben, dass die Ziele unseres Herrn nach Göttlichkeit, sagen wir, etwas weit gegriffen sind. Das Imperium ist keine Sache von Pfaffen und Kriechern. Die Religion heißt Macht! Ich biete dir an, Schatten: Ergreife mit mir die Macht in diesen Landen und wir lassen den Imperator in seiner Sphäre vergammeln."

"Wie kannst du so vermessen sein, zu glauben, ich wollte mit dir zum Verräter werden?" fragte der Maskenträger. In seiner Erregung erhob er sich . "Der Imperator wird dich vernichten."

"Warte, ich möchte dir etwas zeigen", versuchte Rasputin zu beschwichtigen und stand ebenfalls auf. Er legte seinem Gesprächspartner freundschaftlich die Hand auf die Schulter und führte ihn in die Mitte des Raumes.

"Warte," wiederholte er und entfernte sich beiläufig einige Schritte. Dann sagte er: "Vermessen oder nicht, vernichtet wird hier nur einer!"

Plötzlich riss er seine Arme zu einer Beschwörungsgeste nach oben und brüllte Laute in einer fremdartigen Sprache. Schlagartig entflammte um den Punkt, auf dem der Schatten stand, ein Pentagramm. Qualm und Schwefelgestank erfüllten das Zelt und wie unter fürchterlichen Schmerzen krümmte sich der Schatten. Panisch und langgezogen brüllte er: "Nein...," und mit seinem Schrei verzog sich seine Existenz und leer, wie von einem Windhauch erfüllt, sank seine Kutte zu Boden. Nur die schwarzweiße Maske hinterließ ein schepperndes Geräusch, als sie neben der Kutte zu Boden fiel. Es herrschte Stille.

Nach einer Weile wandte sich der verbliebene Kuttenträger fast freundlich und von Befriedigung erfüllt an Lusus, der der Szene gebannt und vor Angst erstarrt gefolgt war: "Ab heute wird man mich Rasputin von den Schatten nennen. Du, Diener, kennst die geheimen Wege, die sich durch das Land ziehen. Du wirst sie mir zeigen, wenn ich ihrer bedarf." Mit einer verächtlichen Geste auf die Überreste des Schattens zeigend, sagte er: "Räume diesen Müll weg. Ich werde dich rufen lassen."

Hastig beugte sich Lusus nieder, hob die Maske und die Kutte seines Meisters auf und ging nach draußen.

Auch das Leben im Heerlager der Hadraner war erträglich. Als Diener des Heerführers brachten die gemeinen Soldaten Lusus Respekt entgegen. Er hatte einen Schlafplatz in einem Zelt neben dem Hauptzelt zugewiesen bekommen und seine neue Herrschaft verlangte nicht oft nach ihm. Er hatte Rasputin alles erzählt, was er wusste: Von dem Gang zwischen der Burg und der Lokajshöhle, von der Verbindung zum Feenwald und von dem versteckten Kloster der Ordensrittern, die er einst im Tal beobachtet hatte.

Ein bisschen vermisste er den untoten Prinzen Anor, denn auch wenn er nicht die angenehmste Gesellschaft war, so hatte er sich doch an ihn gewöhnt. Anor hatte sich kurz nach dem Tod des Schattens an Lusus gewandt und gesagt: "Mein Vertrag war mit dem Schatten geschlossen. Nach seinem Tod ist er nichtig. Dennoch endet meine untote Existenz nicht," was ihn zu verwundern schien. "Ich denke, ich habe Einiges gut zu machen am Herzogtum, denn ich war es, der dem Schatten das erste Tor geöffnet hat. Jetzt wo ich frei bin, werde ich meiner Wege gehen und dort kämpfen, wo es nötig ist. Leb wohl."

Dann war er aus dem Lager und in die Dunkelheit hineingeschwankt. Lusus hatte ihn seither nicht mehr gesehen.

Das Heer lagerte weitere Wochen unterhalb der Burg, während die Festung vollständig geschleift wurde. Einzelne Truppen plünderten die Ländereien ringsum, um Nahrung für die Soldaten zu beschaffen. Andere waren im Dämonental unterwegs auf der Suche nach dem geheimen Kloster. Auch Lusus begleitete seinen Herrn mehrfach zu den Felsen, hinter denen sie Eingänge vermuteten. Bei einer dieser Gelegenheiten erfuhr er, dass sich wahrscheinlich der Herzog und sein Kanzler dort versteckt hielten und dass bei den Hadranern deshalb so großes Interesse an dem Bauwerk herrschte.   Eines Abends dann hörte er seinen Herrn ins Hauptzelt zurück kommen. Eilig sprang er hinüber, um ihm aufzuwarten. Einige Soldaten hatten eine abgewrackte Gestalt ins Zelt geschleppt und auf dem Teppich fallen lassen. Schnell erkannte Lusus, dass es sich um Barnabas, den Herzog der Hornsteiner, handeln musste. Rasputin wies die Krieger an, den Gefangenen auf einen Stuhl zu fesseln und dann das Zelt zu verlassen. Lusus bekam den Befehl, ein Feuer zu entzünden und einige Gerätschaften aus Truhen des Heerführers herzubringen.

"Du wirst heute Abend mehr erfahren, als die lieb ist," sagte Rasputin an den Diener gewandt. Dann begann er langwierige Vorbereitungen zu einem Ritual. Er verbrannte ätzend riechendes Räucherwerk im Feuer und erzeugte darüber mehrfach eine Stichflamme. Dann intonierte er einen tiefen Gesang, bei dessen Klang Lusus unwillkürlich an die Dämonenhöllen denken musste.

"Bring mir diese Kiste," befahl er und der Diener tat, wie ihm geheißen. Er brachte eine kleine, verschlossene Holzkiste und erschrak, als er darin leises Getrappel vernahm. Rasputin öffnete das Behältnis, verharrte einige Momente und griff dann blitzschnell hinein. Als er die Hand wieder hervor zog, baumelte daran am Schwanz gefasst ein riesiges, schwarzes Skorpion. Zufrieden lächelte der Zauberer. Dann nahm er eine schmiedeeiserne Pinzette, die er zuvor bereit gelegt hatte und fasste damit langsam den Giftstachel des Tieres. Mit einem Ruck zog er den Stachel aus dem Insekt und warf es zurück in die Kiste, die er sorgfältig verschloss. "Das Gift unseres Herrn wird uns die Herrschaft bringen," flüsterte er geheimnisvoll. Er näherte sich mit der Pinzette dem apathischen sitzenden Herzog. "Lebt wohl, Hoheit," grinste er. Dann stach er zu und versenkte den Skorpionstachel mitten im Herzen des Herzogs.

An Lusus gewandt, sagte er: "Binde ihn los. Er weiß, was er zu tun hat." Dann wandte er sich ab und verließ das Zelt. Der Diener löste die Fesseln des Herzogs und wartete. Langsam, wie geistesabwesend, erhob sich dieser. Einmal blickte er kurz zu Lusus zurück. Dann schleppte er sich nach draußen und verschwand in der Dunkelheit.

Greifenhorst

Majestätisch ruhte die Feste Greifenhorst auf der höchsten Erhebung der sanften Hügellandschaft, über die sich die Grafschaft erstreckte. Graf Gunnar hatte zu einem Gelage geladen. Er hoffte so, die Herren der umliegenden Ländereien für sich gewinnen zu können und einen ernstzunehmenden Schlag gegen die Hadraner führen zu können. Noch immer waren die Kronlande im Zentrum Hornsteins vom Imperium besetzt und die Mächtigen des Landes fragten sich, wann der Feind dazu ansetzen würde, die noch freien Ländereien zu erobern. Das herzogliche Heer war zerschlagen und die Verbindung zu den westlichen Landesteilen fast unterbunden.

Tatsächlich waren die wichtigsten Machthaber des Ostens auf der Burg zusammen gekommen: Jarl Raskir von der Lindeninsel, dessen Nordmänner sich nicht wirklich als Untertanen des Herzogtums fühlten und Isabella von Kelkona, die junge Baronin, die seit dem tragischen Tod ihrer Mutter formal das Land um das Schusseltal regierte. Die alte Gräfin von Kelkona war von ihrem Gatten ermordet worden, der daraufhin mit einer Tanzlehrerin die Flucht ergriffen hatte. Die tatsächliche Macht im Schusseltal lag bei den Patriziern der Handelsstadt Kelkona und ohne ihre Finanzkraft waren auch der Baronin die Hände gebunden. Dennoch war sie ein wichtiges Bindeglied, um an die Ressourcen der Pfeffersäcke zu gelangen. Außerdem hatte sich Baronin Kyrill, die Herrin Erkynlands auf der träumenden Alb, eingefunden. An der Stirnseite der Tafel saß neben dem Grafen dessen liebliche Tochter Alana, eingerahmt vom Jarl und der Baronin. Auch Sir Trollsiff hatte seinen Weg auf die Feste gefunden, doch war er, nachdem die Forderungen, ihn zum Heerführer zu machen, immer lauter geworden waren, zu einer unliebsamen Konkurrenz für den Grafen geworden. Eoric hatte einen Platz am unteren Ende des großen Tisches gefunden, zwischen den Nordmännern, die im Gefolge Raskirs gereist waren. Am Mittag hatte er dem Jarl ausführlich Bericht über seine Erlebnisse und die Pläne der Gezeichneten erstattet. Nun genoss er die vorzüglichen Gerichte, die Graf Gunnar auftischen ließ: Schweinebraten, Semmelknödel und Kraut. Auch an Wein und Met hatte er nicht gespart. Offensichtlich wollte er den Reichtum präsentieren, über den die Grafschaft trotz des Krieges noch immer verfügte und sich so als künftiger Machthaber positionieren, sollten sich die Gerüchte über das Verschwinden des Herzogs bestätigen.

"Meine Freunde," begann Gunnar in seiner jovialen Art, nachdem er sich erhoben hatte und seine Gäste verstummt waren, "wir haben uns versammelt, um die Hadraner aus dem Land zu jagen und wieder Ordnung ins Herzogtum zu bringen." Seine vielsagenden Blicke ließen keine Zweifel daran, dass er längst wusste, wer diese Ordnung bringen sollte. "Der Herzog ist verschwunden und auch von meinem vielgeliebten Bruder Norbär fehlt jede Spur." Die vorrangigen Ansprüche seiner Schwester, der Herzogin Adela, die sich nach der Schlacht im Feenwald nach Westen gewandt hatte, verschwieg er wohlweislich. "Wie wir wissen, stand ich dem Herzog verwandtschaftlich am nächsten. Es ist also an mir, das Land zu regieren und, "mit einem grimmigen Blick auf Sir Trollsiff gerichtet, "dessen Heer zu führen, bis wir Klarheit über das Schicksal von Barnabas haben. Erheben wir die Becher und trinken auf den Herzog. Möge Dana seiner Seele gnädig sein." Alle erhoben die Becher, Gläser und Hörner und prosteten sich zu.

"Auf den Schornstein von Hornstein," brüllte Sir Trollsiff etwas unpassend in die Menge. In diesem Moment öffnete sich die schwere Flügeltür des Ritterkellers, in dem das Gelage stattfand. Die Fackeln draußen ließen nur die Silhouette der großgewachsenen Gestalt erkennen, die eintrat, doch als das Licht der Kerzen auf deren Gesicht fiel, verharrten die Anwesenden ehrfürchtig: Triefend nass vom Regen, der seit Tagen auf das Land fiel, doch von einer herrschaftlichen Haltung, wie sie beim Barnabas noch nie beobachtet worden war, betrat der Herzog des Saal. Hoch aufgerichtet und mit herablassender Arroganz sprach er: "Man trinkt auf mich, als sei ich verstorben," und, nach einem sarkastischen Lachen, "doch so schnell bekommst du mich nicht los, verehrter Schwager Gunnar. Ich habe vor der Burg Vorbereitungen für einen Heerzug beobachtet," fuhr er fort, "doch daraus wird nichts. Schickt eure Krieger wieder nach Hause. Ich, Barnabas, Herzog von Danas Gnaden, habe beschlossen, Frieden zu schließen. Wir werden Teil des Imperiums von Hadran!"

Ein Aufschrei der Empörung ging durch den Raum. Die Leute sprangen auf und machten ihrem Unmut Luft. Tumultartig rotteten sich die Anwesenden zusammen, wütende Blicke auf den Herzog gerichtet. Der aber erläuterte unbeirrt: "Meine Untertanen, es gibt keine Alternative. Ergeben wir uns jetzt."

Auch Eoric war aufgesprungen und hatte eine Beschimpfung gerufen. Plötzlich entdeckte er Sir Trollsiff und Lady Alana in seiner Nähe.

"Niemals ist das der Barnabas," hörte er Trollsiff sagen, "und schon gar nicht der Humpenseel." Die Grafentochter pflichtete ihm bei und Eoric erkannte so etwas wie Sympathie für den ehemaligen Schankknecht in ihren Augen. Einige der Anwesenden ergriffen für den Herzog das Wort und nicht wenige respektierten, dass der Barnabas zum ersten Mal einen Willen zum Regieren zeigte. Die beiden Parteien, die sich gebildet hatten, beschimpften sich und trugen Wortgefechte aus.

"Du," sagte Trollsiff an Eoric gewandt, "wir brauchen den Humpenseel alleine. Da stimmt irgendetwas nicht."

"Ich werde ihm einen Met kredenzen," warf Alana mit schelmischem Lächeln ein. Mit einem Horn voll Honigwein kämpfte sie sich zum Barnabas durch und bot ihm das Getränk an. Der jedoch bemerkte sie zunächst nicht und lehnte dann mit einer unwirschen Geste ab. Trollsiff, der die Szene beobachtet hatte, schüttelte den Kopf: "Nie und nimmer ist das der Herzog."

Zusammen mit Eoric drängte auch er sich in Richtung des Herzogs und als er diesen erreicht hatte, legte er ihm freundschaftlich den Arm um die Schulter: "Wir müssen reden," sagte er lächelnd, während er ihn sanft aus dem Gedränge und hinter einen Vorhang lenkte. Als sie einen Schürhaken passierten, warf er Eoric einen eindeutig auffordernden Blick zu und dieser ergriff hinter dem Rücken des Barnabas den Gegenstand. Kaum waren sie aus dem Blick der Masse verschwunden, zwinkerte Trollsiff wieder verschwörerisch zu dem Nordmann und dieser zog mit aller Wucht den Schürhaken über den Schädel des Herzogs. Wie ein Sack brach dieser zusammen und rührte sich nicht mehr. Augenblicklich begannen Alana und Trollsiff, ihr Opfer zu untersuchen.

"Er stinkt nicht nach Alkohol," flüsterte der ehemalige Schankknecht, "er hat seit Tagen nichts mehr getrunken."

"Hier ist etwas," zischte die Grafentochter, "die nach irgendwelchen magischen Herrschaftsamuletten auf der Brust des Herzogs gesucht hatte. Eilig schnürten sie das Hemd des Herrschers auf und siehe da: Aus seinem Oberkörper ragte in Höhe des Herzens ein winziger Stachel.

"Vorsichtig," wisperte die junge Frau und schubste Trollsiff zur Seite. Sie holte ein weißes Taschentuch hervor und versuchte, den Stachel zu entfernen.

Von hinten erklang die Stimme Gunnars, der hinter den Vorhang getreten war: "Hey, was soll das?"

Alana zog den Stachel heraus und schnell ergriff Trollsiff das Taschentuch mit dem Gegenstand: "Der Herzog wurde beherrscht. Hier ist der Beweis!"

Er hob den Stachel in die Höhe und der Lärm im Raum verstummte.

"Mit diesem Stachel im Herzen haben die Hadraner den Willen unseres Herzogs unterworfen. Ist es nicht so, Hoheit?"

Er drehte sich um zum Barnabas und zu Lady Alana, die an dessen Seite kniete, doch dessen Augen starrten leer in die Ferne und aus seinem Mundwinkel troff ihm ein schmaler Speichelfaden in den Bart.

Falkenstein, Winter 999 n.V.L.

Nach ihrer Flucht aus dem Dämonental hatten sich der Kanzler und Nepomuk vom Hort nach Westen gewandt. Tagelang waren sie durch den Herbstregen in den Vorbergen der Träumenden Alb gewandert, um schließlich das schroffe Danautal zu erreichen. Sie folgten den Fluss stromaufwärts. Hier in der äußersten Wildnis Hornsteins lag das Schloss Falkenstein, Stammsitz des gleichnamigen Geschlechts. Erschöpft und ausgemergelt erreichten sie die Festung, über der stolz das Wappen der Baronie flatterte: Ein blauer Falke auf gelbem Grund. Nach der entbehrungsreichen Wanderung wurden sie freundlich aufgenommen. Baronin Sylven von Falkenstein, die ja selbst zu den Gezeichneten gehörte, war eine herzliche Frau. Nachdem Kanzler Norbär ihr sein Ansinnen, vorläufig von hier aus die Regierungsgeschäfte erledigen zu wollen, kund getan hatte, ließ sie etliche Räume für die Kanzlei und für das Gefolge Norbärs herrichten. Zunächst hatte sich Lorinsa gewundert, weshalb der Kanzler sein Quartier in der verlassenen Einsamkeit des oberen Danautals eingerichtet hatte, doch je länger sie auf der Burg verweilten, als desto vorhersehender erwies sich der Entschluss. Einerseits hatte irgendein Vorfahr des Herzogs vor Jahrhunderten den Baronen von Falkenstein das Postrecht übertragen und diese nutzten die Befugnis hervorragend aus. Zwar kamen die Nachrichten aus den anderen Landesteilen Hornsteins oft nur mit wochenlanger Verspätung hier her, doch irgendein Bote fand immer den Weg. Sei es über das Bodenlose Meer im Süden, die Gipfel der Träumenden Alb im Norden oder, am gefahrvollsten, quer durch die besetzten Kronlande. Außerdem beherrschten die Falkensteiner den Umgang mit Brieftauben hervorragend. So waren sie aufgrund deren jahrhundertelanger Erfahrung im Postwesen niemals von Nachrichten ausgeschlossen. Weiter erlaubte die schmale Talstraße der Danau entlang eine fast undurchdringliche Verteidigung der Burg. Es war praktisch unmöglich, mit einem großen Heer diesen Weg zu passieren, und selbst wenn sich ein feindlicher Trupp näherte, so war er in dem engen Tal hilflos den

Verteidigern ausgeliefert.

Der Kanzler hatte seinem Bruder Gunnar von Greifenhorst die Verteidigung des östlichen Landesteils übertragen und momentan schien dieser seine Aufgabe erfolgreich zu bewältigen. Der Winter war hereingebrochen und die Hadraner hatten ihr Winterlager am Fuße der Burg Hornstein einrichten müssen. Sie plünderten die Kronlande so weit es ging und die Flüchtlinge, die um Burg Falkenstein untergekommen waren, zeugten davon, dass es kaum mehr Bauern in den besetzten Gebieten geben konnte. Die Witterung dagegen verhinderte, dass sich das Heer weiter in Richtung Kelkona bewegte und kleine, bewegliche Trupps des Feindes konnten von Gunnar relativ leicht gestellt werden. Die Berge im Norden und das Bannland im Süden verhinderten die Ausbreitung der Hadraner in diese Richtungen.

Lorinsa servierte Tee für eine der Besprechungen, die Norbär, Nepomuk vom Hort und Sylven von Falkenstein regelmäßig abhielten. Mittlerweile kannte sie die Vorlieben der Herrschaften gut und es fiel ihr leicht, ihre Aufgaben zu bewältigen: Der Großmeister trank den tikonischen Tee schwarz, der Kanzler wollte einen Schuss Milch und für die Baronin goss sie heimische Kräuter auf. Sie wollte sich gerade zurückziehen, als an der Tür geklopft wurde. Es war einer der Wachleute vom Tor, der sich an die Herrschaften wandte: "Die Wachen haben einige hadranische Soldaten aufgegriffen. Es scheint, als wollten sie überlaufen."

Unverwundene Überraschung war aus den Blicken Norbärs und Sylvens abzulesen. Der Kanzler sagte: "Setzt sie fest und seht zu, dass sie kein magisches Schnickschnack mit sich führen. Den Gesprächigsten bringt zu uns." Der Wachmann trat ab und Lorinsas Neugierde war geweckt. Ein echter Hadraner in Falkenstein. Das gruselte sie. Eine Seitentür führte in die privaten Gemächer des Kanzlers. Sie verschwand dort hinein, um, falls jemand fragte, die Möbel abzustauben. Wohlweislich ließ sie die Tür einen Spalt breit offen stehen und machte sich mit einem Lappen an einem Schrank unweit der Türe zu schaffen. Im Nebenzimmer flüsterten die Herrschaften erregt. Dann ging die Türe und des Kanzlers Stimme erklang gebieterisch: "Was willst du, Auswurf der Dämonenhöllen? Denke nicht, dass wir deinen Lügen Glauben schenken."

Eine fremde Stimme mit einem eigenartigen Dialekt, aus deren Klang Lorinsa Angst und Unsicherheit herauszuhören meinte, sagte: "Herr, wir wissen, dass wir eure Gnade nicht verdient haben, dennoch bitten wir…"

"Nein," unterbrach Norbär mit stechender Stimme, "Gnade habt ihr wirklich keine verdient."

Dann hörte das Zimmermädchen die Stimme der Baronin: "Der Kerl scheint ausgehungert und durchgefroren zu sein. Vielleicht gibt es bei den Hadranern nichts mehr zu Essen, weil sie alle Bauern umgebracht haben. Sag, weshalb willst du zum Verräter an deinen Leuten werden?"

"Weil auch der Heerführer Verrat geübt hat," brach die fremde Stimme heraus, und, nachdem von seinen Gegenübern nur erstauntes Schweigen zu vernehmen war, folgte: "Wir haben unserem Herrscher, dem Imperator, Treue geschworen. Unser Heerführer, Rasputin von den Schatten, kämpft aber nur für seine eigene Macht. Da haben sich einige seiner Hauptleute gegen ihn gewandt und es kam zum Kampf."

"Das sollen wir glauben?" lachte der Kanzler. "Sag, für wie blöd hältst du uns eigentlich. Sprich weiter!"

"Der Diener des Heerführers versprach, uns zurück nach Hadran zu führen, doch im Kampf haben wir ihn verloren und jetzt wissen wir den Weg nicht."

"Wache," erklang wieder die Stimme des Kanzlers, "der Kerl will uns verarschen. Schmeißt ihn und seine Spießgesellen in den finstersten Kerker."

Noch einmal hörte Lorinsa den Fremden flehentlich: "Bitte, Herr, ihr müsst mir glauben…," dann ging die Türe und er war nicht mehr zu hören.

"Was, wenn er die Wahrheit sagt," erklang die Stimme der Baronin in die Stille hinein.

Der Kanzler antwortete: "Wenn es eine Falle ist, dann haben wir sie hiermit vereitelt. Wenn es tatsächlich die Wahrheit war, dann ist es auch egal. Den Kerker haben sie so oder so verdient."

Dämonental

Der Meister wäre stolz auf ihn gewesen, dachte sich Lusus. Er hatte den Schatten aufs Vortrefflichste gerächt! Vordergründig hatte er Rasputins ergebenen Diener gespielt, hatte ihm aufgewartet und keinen Zweifel an seiner Loyalität gelassen. Nächtens, an den Lagerfeuern im Heerlager aber, hatte er sein Wissen um die Gesinnung des Heerführers gestreut, hatte erzählt von dessen Verrat am Imperator und vom Mord an dessen Gesandten.

Mittlerweile brachte der ehemalige Tempeldiener den Hadranern sympathische Gefühle entgegen. Viele trugen Rüstungen mit Dämonenzeichen und sie behängten sich mit barbarischen Fetzen. Aber tatsächlich waren etliche tief gläubig und in wahrer Treue ihrem Imperator ergeben. Nicht wenige verehrten ihn in Schreinen, die sein Zeichen, den Skorpion, trugen. Einige gar hatten ihm seine Seele vermacht und waren überzeugt davon, im Falle ihres Todes in sein Paradies zu gelangen. Was sie nicht wussten, war, wie sie, für den Fall, dass sich das Heer auflösen sollte, zurück ins Imperium gelangen konnten. Hier hatte ihnen Lusus großmütig versprochen, sie auf einem sicheren Weg zurückführen zu können. Er dachte dabei an die Höhle im Dämonental, von der er wusste, dass es von dort eine Verbindung nach Hadran geben musste. Allerdings hatte er keine Ahnung, welche Tür das war und wohin die anderen Türen führten. Das verschwieg er seinen Zuhörern tunlichst.

Es war nicht schwer gewesen, die Soldaten gegen die eigenmächtigen Ziele ihres Heerführers aufzubringen. Irgendwann hatte einer der Hauptleute das Wort ergriffen und Rasputin mit den Vorwürfen gegen ihn konfrontiert. Dann kam es zum Kampf. Überraschend viele Hadraner hielten weiterhin zum Heerführer und so erwuchs rasch ein unüberschaubares Gemetzel. Lusus hatte sich beim Kampf im Hintergrund gehalten, um jederzeit die Flucht ergreifen zu können. Als unabwendbar wurde, dass sich das Kampfglück auf die Seite Rasputins wendete, war er einfach gegangen. Im Wald hatten ihn einige der Rebellen gegen den Heerführer eingeholt und ihm sein Versprechen, ihnen den Weg nach Hadran zu weisen, vorgehalten. So war es ein erkleckliches Grüppchen Krieger geworden, die hinter ihm vor dem Eingang der Lokajshöhle standen und von ihm den Heimweg erhofften. Lusus ließ sich keine Unsicherheit anmerken. Selbstbewusst schritt er voran in die Dunkelheit. Im hinteren Teil der Höhle fand er die Tür, aus der der schwarze Nebel quoll. Er öffnete sie und trat in den Raum, aus dem die fünf Türen abgingen. Er wusste, welche davon zur Burg Hornstein und welche in den Feenwald führte. Von den drei übrigen hatte er keine Ahnung. Vielleicht führte eine in die Vergangenheit und ließ ihn dort stranden wie einstmals die Gezeichneten? Er zögerte und die Soldaten hinter ihm wurden unruhig. Er musste sich entscheiden. Kurzerhand ergriff er einen Knauf und legte den Riegel zurück. Dann stapfte er in den schwarzen Qualm, der ihm entgegen quoll. Nach kurzer Zeit, die sie durch einen niederen Felsgang gingen, kamen sie in eine Höhle von beachtlichen Ausmaßen. Tropfsteine hingen von der Decke und bildeten bizarre Skulpturen. Auf einem Felsen saß ein Wesen, wie es Lusus noch nie gesehen hatte. Den Ohren und dem Körperbau nach erinnerte es an eine Fee oder Elfe, nicht jedoch der schwarzen, zerrupften Gewandung und der wilden Mähne nach. Katzengleich schwang sich das Wesen auf und stellte sich in den Weg, den Lusus mit seiner Gruppe gerade zu gehen gedachte.

"Hier habe ich euch nicht erwartet, Hadraner. Was wollt ihr?"

Unsicher, die Hand am Knauf seines Messers, entgegnete Lusus: "Unser Weg führt nach Hadran. Wer bist du und was willst du?"

Auch die hinter ihm folgenden Krieger machten sich kampfbereit.

"Ich wache im Auftrag der Götter!" entgegnete das Wesen. "Kein Hadraner soll den Weg in die Sphäre der Menschen finden."

Lusus überlegte: "Das heißt, wenn wir den Weg in die Sphäre Hadrans suchen, so hinderst du uns nicht daran?"

Bei aller Dunkelheit und Unheimlichkeit des Wesens war ihm doch Verunsicherung anzusehen. Nach einigen Augenblicken zuckte es gleichgültig mit den Schultern und gab den Weg frei. Lusus und seine Gefolgsmänner setzten den Weg fort. Sie kamen zu einer Felsaufschüttung, die den Weg versperrte. Lusus entschloss sich, die Steine wegzuräumen und erhielt Hilfe von den Kriegern. Das Wächterwesen beobachtete sie misstrauisch. Schließlich konnten sie sich durch einen Spalt hindurchzwängen und setzten ihren Weg fort. Hinter ihnen schloss das Wesen die Lücke schnell wieder.

Sie wussten nicht, wie lange der Weg dauerte, geschweige denn waren sie sicher, wohin er führte. Wie es Lusus von den Gängen durch die Sphären gewöhnt war, verlor er jedes Gefühl für Raum und Zeit. Alleine an den niederbrennenden Fackeln konnte er die Dauer abschätzen. Schließlich weitete sich der Gang und endete in einem großen, mit dunklem Metall beschlagenen Tor. Sie versuchten gemeinsam, eine der Flügeltüren aufzudrücken und zu ihrer Verwunderung gelang es problemlos.

"Alarm, Alarm," erklangen dahinter Rufe und im Dämmerlicht erkannte Lusus hinter dem Tor einen überraschten Wachmann, der jetzt versuchte, auf sich aufmerksam zu machen. Eine Pflasterstraße, umgeben von Mauern und Häusern aus dunklem Stein, mündete an dem Tor, durch das er trat. Dahinter türmten sich finstere Basaltfelsen auf, eine Bergformation inmitten einer großen Stadt. Überall erhoben sich Häuser, Türme und Zinnen und über allem lag diesige Dämmerung.

"Hadran, Hadran," hörte er die Krieger aus seinem Trupp voll Freude in ihrer kehligen Sprache ausrufen. Dann erklang Hufgetrappel. Eine Gruppe schwer gerüsteter Lanzenträger galoppierte um eine Ecke auf sie zu. Sie zügelten die Pferde und der Anführer sprach: "Wer seid ihr und was wollt ihr?"

"Wir kommen als Freunde. Ich bringe euch die Überreste eurer glorreichen Armee, die dem Verrat des Rasputin zum Opfer gefallen ist, "erwiderte Lusus.

"Wenn das so ist, folgt mir!" Der Anführer wendete sein Pferd und setzte es in Trab.

Eoric war ein wenig enttäuscht. Den Winter lang hatten sie sich auf den Kampf mit dem hadranischen Heer vorbereitet und jetzt war er vorbei. In einem Meisterstück Falkensteinscher Nachrichtenübermittlung hatten sie den Angriff dreier Heere auf die Hadraner organisiert. Bei der ersten Schneeschmelze waren Kanzler Norbär mit den Falkensteiner Soldaten, Lady Kyrill mit den Kriegern der träumenden Alb und Heerführer Gunnar mit dem Heer der östlichen Ländereien über das feindliche Lager hergefallen. Doch anstatt eines schlagkräftigen Heeres hatten sie einige versprengte Soldaten gefunden, die in heruntergekommenen Zelten rund um die ungepflegten Belagerungsgeräte, die im Sommer zuvor Burg Hornstein zu Fall gebracht hatten, hausten. Wie Lokajs Zorn waren sie unter die Hadraner gefahren, die zu keinem nennenswerten Widerstand in der Lage gewesen waren. Sie hatten sie in Haufen vor ihren Lanzen hergetrieben und einen um den anderen getötet. Ein verirrter Pfeil hatte den Heerführer Gunnar getroffen, jedoch kaum verletzt. Ansonsten hatte es auf ihrer Seite wenig Verluste gegeben.

Eoric stieg von dem Pferd ab, das Gunnar ihm zur Verfügung gestellt hatte und stellte sich über einen verletzten Gegner. Er setzte ihm sein Kurzschwert an die Gurgel.

"Wo ist euer Heerführer?" fragte er grob.

"Er hat uns verlassen, schon vor Tagen. Niemand weiß, wo er ist," antwortete der Hadraner verängstigt.

"Und das Heer? Wo ist das unbesiegbare Heer der Hadraner?" schrie der Nordmann.

"Wenige sind mit dem Heerführer gegangen. Andere sind auf eigene Faust auf Plünderung gezogen. Und einige sollen den Weg zurück nach Hadran gefunden haben. Ich weiß nicht, wie..."

Eoric kochte vor Wut über den gestohlenen Sieg. Er rammte dem Hadraner sein Schwert in die Gurgel, so dass pochend das Blut die Klinge entlang quoll. Mit einem röchelnden Geräusch starb der Hadraner. Unweit hatten sich die Führer auf dem Schlachtfeld versammelt: Kanzler Norbär und Sylven von Falkenstein, die Baronin von Erkynland, Gunnar von Greifenhorst, Jarl Raskir und Sir Trollsiff. Eine Heilerin war gerade dabei, die Pfeilwunde in Gunnars Arm zu versorgen. Eoric wischte das blutige Schwert an der Gewandung des Hadraners ab und begab sich zu den Herrschaften, um ihnen von dem zu berichten, was er von seinem Opfer erfahren hatte.

"Ich habe von plündernden Räubertrupps in der träumenden Alb gehört," sagte Kyrill von Erkynland. "Vermutlich sind es Überreste des Hadranerheers." Kanzler Norbär nickte schwer.

"Gut, dann sollten wir hier aufräumen und zur Ordnung zurückkehren" bestimmte er. "Was ist über den Verbleib des Herzogs bekannt?" Wieder meldete sich Kyrill zu Wort: "Er ist nichts weiter als eine sabbernde Hülle. Sein Geist ist von ihm gegangen. Nach den Ereignissen auf Greifenhorst habe ich ihn mit mir nach Erkynland geführt."

"Der guten Luft wegen," ergänzte Gunnar mit schmerzverzerrtem Gesicht, weil die Heilerin seine Wunde gerade mit einer brennenden Flüssigkeit auswusch. Norbär hob zweifelnd die Augenbraue und Eoric vermutete, dass Kyrill den Herzog nach Erkynland gebracht hatte, um ihn vor den Intrigen Gunnars zu schützen.

"Wir werden beizeiten einen Krontag zusammenrufen, um über die Herrschaft zu beraten. Bis dahin übernehme ich als Kanzler die Regierung," sagte Norbär mit fester Stimme.

"Außerdem ist die baldige Rückkehr des Drachen prophezeit," ergänzte Eoric.

Feenwald, Spätsommer 1000 n.V.L.

Im Frühjahr war so etwas wie Frieden in Hornstein eingekehrt. Wohl gab es noch viele herumstreunende Räuberbanden aus versprengten Hadranern und auch aus entwurzelten Hornsteinern, die im Krieg des vergangenen Jahres Haus und Hof verloren hatten, doch Kanzler Norbär verstand es, die Regierungsgeschäfte zum Wohle aller zu versehen. In Certelurien war der junge Prinz Joshua, der Sohn Chlodwigs, zum König gekrönt worden und dessen Ambitionen auf Hornstein waren weit weniger ausgeprägt als die seines Vaters. So war es auch die gesunkene Steuerlast, die den Handel durch das Schusseltal florieren ließ und vielen Menschen einen neue Existenz ermöglichte.

Drei Monde nach der zweiten Schlacht von Hornstein war Heerführer Gunnar von Greifenhorst gestorben. Zwar war die Pfeilwunde, die er sich in der Schlacht zugezogen hatten, schnell verheilt, doch nach Wochen brach sie wieder auf und eiterte. Die Heiler attestierten ein unbekanntes Gift, mit dem das Geschoss offensichtlich behandelt worden war und so schied dieser Hornsteiner Edle vielbetrauert dahin. Die nun fehlende Vormundschaft ermöglichte Gunnars Tochter Alana die Heirat mit dem von ihr geliebten Sir Trollsiff, auch wenn die Ehe von vielen Hornsteiner Adeligen misstrauisch beäugt wurde. Allzu oft wurde die niedere Herkunft des Bräutigams als Schankknecht zitiert. Nach langen Verhandlungen und einigen Intrigen bekam die Verbindung schlussendlich auch den Segen des Kanzlers, der Sir Trollsiff zudem den vakanten Posten des herzoglichen Heerführers verlieh. Bei den gemeinen Soldaten war der tapfere Kriegsheld Trollsiff ohnehin ungeheuer beliebt.

Die neun Gezeichneten und die Herzogswitwe Adela vorneweg waren derweil durch alle Hornsteiner Lande gezogen und hatten von der bevorstehenden Rückkehr des Gottdrachen Lokaj berichtet. Im Gebirge im südlichen Kalifat hatte sich rund um die Gezeichnete Sechera ein Hexenzirkel gebildet, dem es gelungen war, alte Stelen aus der Zeit der Drachenherrschaft zu entschlüsseln. Niemand redete offen über die bevorstehende Wiederkehr des Gottdrachen, wollte doch keiner die Aufmerksamkeit der Dämonensphären auf Hornstein lenken, doch gesteuert durch das Wirken der Gezeichneten bereitete sich das Land auf die Rückkehr seines göttlichen Herrschers vor. So kam es, dass im Spätsommer des Jahres im Gasthaus Adelmühle im Feenwald ein großes Fest ausgerichtet wurde. Es war die Tag- und Nachtgleiche im tausendsten Jahr nach Lokajs Verschwinden. Vordergründig ging es darum, dass ein Vorfahr des Wirtes Ambrosius einhundert Jahre zuvor von den Feen das Recht erhalten hatte, mitten im Feenwald seine Taverne zu errichten, doch die Anwesenheit von Edlen und Helden aus allen Hornsteiner und certelurischen Landen und auch aus dem fernen Kalifat ließ weit Wichtigeres erahnen.

Lorinsa war im Gefolge des Kanzlers in den Feenwald gereist, und auch wenn sie nie etwas für die trinkseligen Promillaanbeter übrig gehabt hatte, so ließ sie sich doch auch vom ausgelassenen Treiben in der Taverne anstecken. Voll Freude war sie ihrer alten Herrin Adela wieder begegnet, zu der sie sich immer weit mehr verbunden gefühlt hatte, als zum Kanzler, dem sie derzeit diente. Nachdem an diesem Abend die Dunkelheit herein gebrochen war, kam plötzlich Unruhe unter die Zecher. Wie im Jahr zuvor munkelte man auch jetzt wieder von Feen, die die Menschen nach draußen und in die Wälder riefen. Auch das Zimmermädchen eilte vor die Tür. Vielleicht würde sie dieses Mal ebenfalls der Feenkönigin Schallawen ansichtig, von deren Erscheinung im letzten Jahr so viele schwärmend berichtet hatten. Tatsächlich entdeckte sie, nachdem sich ihre Augen an die Dunkelheit gewöhnt hatten, einige Feenwesen im Dickicht. Schöne Frauen in weißen Gewändern, eine sogar mit Libellenflügeln auf dem Rücken. Hier ein Gnom, dort ein Wurzelbold und über allem lieblicher Singsang, der direkt aus der Anderwelt herüber zu schallen schien. In den Bäumen hingen bunte Lampions und offenbar erleuchteten sie einen Weg im Wald, den Lorinsa nie zuvor bemerkt hatte. Wie all die anderen und vorneweg die Gezeichneten schloss sie sich dem Strom von Menschen an, die unter den Lichtern entlang schritten. Einige fingen an zu singen:

"Oh Dana, ewig währe dein Großmut, deine Gnad,
Des Baumes Frucht, die Ähre, das Herdfeuer, die Saat..."

Unwirklich wähnte sie den Marsch, geleitet von Feen und umschwirrt von Blütenjungfern. Sie hatte keine Ahnung, wie viel Zeit vergangen war oder wie viel Weg sie zurück gelegt hatten, als sie auf einer Lichtung einen Zirkel von Frauen in weißen Gewändern entdeckte. Sie erkannte die Gezeichnete Sechera und ordnete die Anderen den Zauberinnen des Hexenzirkels der Amaryllis zu. Sie hatten die Arme beschwörend in den Himmel gehoben und einen betörenden Zaubergesang angestimmt. Dann strömten die Menschen weiter. Es ging in ein Tal, auch wenn es sich für Lorinsa anfühlte, als gelange sie in die Unterwelt. Einen plätschernden Bachlauf entlang durch einen Tobel führte der Zug. Im Wasser erkannte sie Nixen und Wassermänner, die froh spielend im kühlen Nass plantschten. Plötzlich geriet der Zug ins Stocken. Der Bach endete vor einer Höhle, in der das Wasser verschwand. Der Gruppe voran gegangen war der Gezeichnete Baran, den sie den Träger der Drachenessenz nannten. Baran hatte einen glitzernden Edelstein von der Größe eines Menschenkopfes emporgehoben, der jetzt alles überstrahlte. Wieder wurde ein Gesang angestimmt und auch wenn Lorinsa weder die Worte verstand noch die Melodie zuordnen konnte, fiel sie mit ein und es war, als würde ihre Seele singen. Sie wusste nicht, wann der Drache erschienen war, oder wie er den Karfunkelstein, den Baran erhoben hatte, an sich genommen hatte, doch plötzlich nahm sie ihn wahr. Er war mehrere Mannslängen hoch und strahlte in silbrigem Rot. Wahrlich, er war Danas Herold des Kampfes und des Zornes. Aus seinen Nüstern blies Qualm und selbst seine Zähne, die gut eine Elle von Lorinsas Arm lang waren, brachen ein geheimnisvolles Leuchten. In seinen Augen aber sah das Zimmermädchen die Ewigkeit und von Ehrfurcht ergriffen fiel sie auf die Knie, wie es alle Umstehenden taten.
"Menschen/ Sterbliche/ Behütete," hörte sie die Stimme des Gottes in ihrem Bewusstsein und sie verstand, dass die vielen Ebenen der Drachenworte nicht in einfache menschliche Sprache zu pressen waren. "Nehmt meinen Dank/ Liebe/ Anerkennung für eure Hilfe/ Mühsal/ Entbehrung. Ich bin wiedergekehrt/ angekommen/ neu geboren für den Kampf/ Rache/ Erhebung. Seht die Zukunft/ Entfaltung/ Vollkommenheit, zu der das Schicksal/ das Geschaffene/ die Göttermutter führt: Kampf/ Rache/ Zorn!"
Unvermittelt bildete sich in Lorinsas Geist das Bild eines riesenhaften Skorpions und beinahe hätte sie erschreckt aufgeschrien. Sie sah Schlachtfelder und die zerfetzten Gliedmaßen der darauf Gefallenen. Sie

sah eine dunkle Stadt mit hoch aufragenden Türmen in einer öden, steinigen Landschaft. Dann wieder fühlte sie Geborgenheit und alles durchdringende Liebe und sie wusste, dass der Drache von Dana sprach. Sie spürte Verzweiflung und Freude. Sie empfing Eindrücke von Schallawens Schönheit und von der Extase der großen Biene, die Promilla gerufen wurde. Sie wurde geboren und starb, sah Zeitenläufe und Ewigkeiten...

Im Nachhinein konnte niemand mehr sagen, wie lange die Begegnung mit dem Drachen gedauert hatte. Irgendwann waren sie alle auf der Sandbank im Tobel vor der großen Höhle gestanden. Der laue Nachtwind wehte um ihre Kleider und vom Himmel strahlten die Sterne lieblich und schön. Die Lampions und die Feen waren verschwunden und auch vom Drachen fehlte jede Spur. Wie traumwandelnd und ergriffen von der Erhabenheit, die sie gefühlt hatten, machten sie sich auf den Heimweg durch den finsteren Wald. Beim Gasthaus angekommen setzten sie sich nieder und feierten. Es war, als wären alle, die diese Begegnung erlebt hatten, ja, alle Hornsteiner, vielleicht sogar alle Wesen guten Willens, zu einer großen Gemeinschaft geworden, die gemeinsam einen wunderbaren Traum träumten. Mädchen tanzten auf den Tischen und von der wilden Musik mitgerissen, sprang auch Lorinsa auf einen der Tische und bewegte sich zum Rhythmus. Niemals hätte sie, die sonst immer schüchtern im Hintergrund stand, gedacht, dass sie sich eines Tages so gehen lassen würde, aber sie hatte an diesem Abend Spaß wie noch nie zuvor in ihrem Leben. Der flatterhafte Schankknecht des Wirtes sprang mit riesigen Krügen umher und überschüttete jeden Krug und jedes Haupt, das sich ihm entgegenstreckte mit Bier. Oder war es Honigwein? Mancher glaubte am nächsten Morgen, Promilla selbst sei durch das Festgelage geschritten und habe ihren Segen in Form von köstlichstem Met ausgeschenkt.

De Ralot

I Der Freia dunkler Bruder war Ralot.

II Ralot war missgestalt am Geiste und am Körper. Sein Leib war von Krusten behaftetet einem Panzer gleich und endete im Schwanze eines Skorpions. Im Stachel seines Schwanzes aber sammelte er alle Bosheit und Niedertracht.

III Als Ralot der Schönheit Schallawens ansichtig wurde, da erfassten ihn Gier und Wollust und er sprach:

IV Du, Feenkönigin, sollst mein Eigentum sein, zu stillen das Feuer der Leidenschaft und Geilheit, das in mir lodert. Und er bemächtigte sich der Liebreizenden mit Gewalt.

V Da sah Lokaj die Untat, die der Wüste vollbrachte und voll Zorn stürzte er sich in den Kampf. Äonen lang stritten die Götter und keiner schien zu unterliegen.

VI Da sammelten sich die Götter und sie schenkten dem Drachen ihre Macht.

XIII Lokaj aber schleuderte den Wüstling in ein Gefängnis, das Dana selbst erschaffen hatte und in der Dunkelheit des Verlieses überdauerte der Skorpiongestaltige die Zeitenläufe.

Hadran, Herbst 1 Lokaj

Lusus hatte sich schon manchmal gefragt, wieso es richtig böse Menschen gab. Und wie funktionierte das eigentlich, böse zu sein? Sicher, wenn Isabella ihn jetzt sehen würde, würde sie ihn für abgrundtief böse halten. Aber eigentlich fühlte er sich gar nicht so. Die Menschen, oder besser die Wesen in Hadran, denn es gab etliche Orken und auch Dämonenartige, waren verhältnismäßig nett zu ihm. Er grinste. Es war vermutlich unpassend, das grunzen und kläffen von Orks als "nett" zu bezeichnen. Sie respektierten ihn. Das lag daran, dass er dem Imperator einen großen Dienst erwiesen hatte, indem er ihm vom Verrat Rasputins erzählt und die versprengten Soldaten zurück nach Hadran geführt hatte. Zunächst hatte man ihm Unterkunft in einer Kasematte gewährt. In einem Einzelzimmer mit einem richtigen Bett. Er war neu eingekleidet worden. Die zerschlissenen Fetzen, die einst das Gewand eines Tempeldieners der Freya gewesen waren, hatte er ins Feuer geworfen. Jetzt trug er eine schwarze Tunika. Sie war an den Schultern so gefasst und aufgebauscht, dass sie den Eindruck eines Schulterpanzers erweckte. Er fühlte sich größer und mächtiger. Auf das Haupt hatte er eine eigenartige, spitze Kappe gesetzt, die in Hadran derzeit Mode war.

Heute war ein großer Tag für ihn: Der Imperator gewährte ihm eine Audienz. Tatsächlich holten ihn zwei imperiale Gardisten ab und führten ihn durch die weitläufige Palastanlage zum Thronsaal. Dass grüne Pflanzen in Hadran und besonders im Kaiserpalast fast vollständig fehlten, war Lusus bereits aufgefallen. Dafür beeindruckte ihn die unnahbare Erhabenheit der Mauern, Zinnen und himmelfahrenden Türme. Als sie die Pforte zum Thornsaal erreichten, eine gut fünf Schritt hohe, goldbeschlagene Flügeltür aus schwarzem Holz, wurde er angewiesen, zu warten. Ein Bote verschwand in einer Mannspforte im Tor, so dass Lusus Zeit hatte, die Pracht der kaiserlichen Wohnstatt zu bestaunen. Alles war in Schwarz und Gold gehalten. Fein ziselierte, mit Blattgold überzogene Muster schmückten stuckgleich die Decken. Die schmiedeeisernen Gitter der Fenster zeigten filigran geschaffene Dämonenfratzen und selbst die furchterregenden, mit Krallen und Flügeln versehenen Helme und Rüstungen der Gardisten zeigten erstaunliche Kunstfertigkeit. In Hadran war es unter den Soldaten Mode, sich mit möglichst viel dämonenartigem Schmuck auszustatten. Das lag daran, dass die Krieger oft an der Seite von Dämonen kämpften und dabei die Erfahrung gemacht hatten, dass menschliche Feinde den direkten Kampf mit den finsteren Sphärenwesen scheuten.

Hinter ihm öffnete sich die Pforte im Tor und der Bote winkte ihn herein. Mit unsicheren Schritten bewegte sich Lusus in den Thronsaal. Es brauchte eine Weile, bis sich seine Augen an die Finsternis gewöhnt hatten. Auch Qualm erschwerte die Sicht. Die Ausmaße des Gewölbes, durch das er schritt, konnte er nicht ausmachen, doch am Ende war die Quelle des Rauches, der das Atmen erscherte. Nachdem er den halben Raum durchmessen hatte, gewahrte er blutig rot leuchtende Augen im Nebel. Eine schneidende, kalte Stimme fuhr ihm durch Mark und Bein: "Lusus bist du genannt und du bist das Werkzeug meiner Rache!"

Den ehemaligen Tempeldiener fröstelte. Er wartete ab. Nach einer Weile klang die Stimme wieder: "Erwarte keinen Dank. Erwarte Macht. Die Macht, die ich dir geben werde."

"Ihr seid zu großzügig...," stammelte Lusus.

Wieder ertönte die Stimme: "Dein Meister, den du den Schatten nanntest, lehrte dich. Setze deine Lehre fort. Dein Platz ist die Magierakademie von Hadran. Studiere, auf das du ein starkes Werkzeug wirst."

Dann verstummte die Stimme und an einem Niederschlag der roten Augen erkannte Lusus, dass die Audienz beendet war. Mit mehreren Verbeugungen entfernte er sich rückwärts Richtung Tor.

Als er den Thronsaal verlassen hatte, bemerkte er die bewundernden Blicke der Gardisten.

"Die Akademie," sagte einer "Alle Achtung, ihr werdet Großes vollbringen."

Lokajshort

Eoric hatte in seinem Leben schon einige Drachenschiffe kalfatert und er hatte auch beim Bau etlicher Langhäuser mitgeholfen. Steine dagegen mit Mörtel zusammenzufügen, bis aus ihnen Mauern, Erker und ganze Türme entstanden, war ihm bisher fremd. Dennoch ließ er sich willig in die Hornsteiner Art des Hausbaus einweihen. Jeder packte mit an, selbst die Herzogin Adela, denn was hier entstand, war kein Haus sondern ein Heiligtum. Die Pläne sahen eine zentrale Halle für den Gottesdienst vor und zwei weitläufige Flügel. Im einen sollte eine Art Kloster für die Gemeinschaft der Gezeichneten und allen, die ihnen folgen wollten, entstehen. Der andere Flügel sollte dereinst die größte Bibliothek Hornsteins beinhalten, so umfangreich, dass sie selbst gegen die sagenhafte Bibliothek der Akademie in Tingen bestehen konnte. Viele Handwerker, aber auch Händler, die die zahlreichen am Tempelbau beteiligten Arbeiter versorgten, hatten ihre Hütten rund um die Baustelle errichtet. Man konnte bereits von einer kleinen Stadt sprechen, die sich auf der Lichtung vor dem Gasthaus Adelmühle entwickelte. Man hatte auch schon einen Namen: Lokajshort. Und wenn es nach den Wünschen der vielen Gläubigen und Pilger gehen würde, so sollte Lokajshort dereinst die Hauptstadt des Landes sein, denn Burg Hornstein, die ehemals die Regenten beherbergte, war ohnehin zerstört. Der Nordmann hatte gerade den letzten Zement, den er angerührt hatte, auf der Mauer verstrichen, als er angesprochen wurde. Hinter ihm stand Baran, der von vielen als Abt des neuen Lokajklosters gesehen wurde. Er sagte: "Du hast genug gearbeitet für heute, Eoric. Wir werden heute Mittag zur Drachenhöhle gehen und um Erkenntnis beten. Ich finde, du solltest uns begleiten."

Seit der Wiederkehr des Drachens im Sommer zogen immer wieder Gezeichnete mit Pilgern und Gläubigen im Gefolge zur Höhle. Hier wurde gebetet, meditiert und man zelebrierte Rituale. Aus den Träumen und Gesichtern der Gläubigen hofften sie Hinweise auf den Willen des Gottes zu erhalten. Eoric hatte sich bisher noch keinem solchen Zug angeschlossen, sah er sich doch mehr als Krieger denn als Priester. Andererseits wurden alle, die das Zeichen des Drachens im Feuerkranz trugen, von den zahlreichen Gläubigen wie Heilige verehrt. Es konnte also nichts schaden, einmal mit den Pilgern zur Höhle zu ziehen und einen Gottesdienst abzuhalten, zumal auch Baran den Weg begleiten wollte. So kam es, dass Eoric am Nachmittag dieselbe Strecke marschierte, wie er es zuletzt in jener denkwürdigen Nacht im Sommer getan hatte. Voran ging Baran, der auf seinem Stab das Zeichen des Drachens trug. Hinter Eoric folgte eine Schar von ungefähr zehn Pilgern aus allen Teilen Hornsteins. Sie stimmten das Drachenlied an:

Herr Lokaj, stolzer Drachenfürst, führe uns in diesem Kampf
Herr Lokaj, dem die Rache ist, spei aus Feuer und Schwefeldampf
Deine Gaben Kraft und Mut
Deine Segnung Kampfeswut
Du stolzer Drache, geh voran, führe uns in diesem Kampf.

Als sie die Drachenhöhle im lieblichen Tobel erreichten, rasteten sie zunächst. Einige der Pilger fielen auf die Knie, andere fingen ein lautes Lamento aus Gebeten und Anrufungen an. Jeder von ihnen erwartete, dem Drachen von Angesicht zu Angesicht zu begegnen, aber tatsächlich hatte es seit dem Sommer keine nachweisbare Sichtung des Drachens mehr gegeben. Immer wieder erzählten Gläubige oder auch Spinner davon, in der Ferne den fliegenden Feuerdrachen gesehen zu haben oder auch nur seinen Kopf in den Bäumen des Waldes. Es gab sogar Leute, die durch eine Anrufung vor der Drachenhöhle Gesundheit und Heilung erfahren hatten. Aber ob tatsächlich der Drache oder nur ihr Glaube geholfen hatte, konnte Eoric nicht sagen.
Vor der Höhle war ein Altar aus Steinen errichtet worden und Baran hatte einige Kultgegenstände mitgebracht: Das Zeichen des Drachens im Flammenkreis, das seinen Stab zierte und einige Kerzen, die er jetzt entzündete. Wenn er beim Höhepunkt der Zeremonie Stichflammen aus den Kerzen schießen ließ, um das Drachenfeuer zu symbolisieren, dann wusste Eoric, dass es sich schlicht um Sporen des Bärlapps handelte, die er in der Handfläche versteckt hielt. Auf die Pilger aber machte Baran damit immer großen Eindruck. Immerhin brachten die Gläubigen viele Spendengelder nach Lokajshort, so dass es im Interesse aller war, sie bei Laune zu halten. Eoric hatte vom Hohepriester ein Weihrauchfässchen in die Hand gedrückt bekommen, mit dem er gemächlich den Altar einräucherte. Die Gemeinde fiel in einen Singsang von Lobliedern und Anrufungen, immer unterbrochen von Gebeten und Predigten Barans. Der Nordmann hatte sich niedergesetzt und dämmerte vor sich hin…
…der Bug der Blashyrkszorn setzte durch die Gischt, getrieben von einer

steifen Brise. Wind fuhr durch Eorics Haar. Er stand vorne am Platz des Ausgucks. Aber die frische Seeluft war durchsetzt von stinkenden, schwarzen Rauchschwaden. Worauf sie zufuhren, die Quelle des Rauches, war ein schwarzer Abgrund, der sich inmitten des Meeres auftat und an dessen Rändern riesige Wasserfälle in die Tiefe stürzten. Er wollte noch die Kommandos zum Beidrehen rufen, doch es war zu spät, das Drachenboot war bereits über die Kante gefahren. Während sie in die Tiefe stürzten, sah er am Boden des Abgrundes einige Gestalten in schwarzen Kutten. Sie riefen ihre finstere Skorpiongottheit an, um mit ihrer Hilfe Risse in das Gewebe der Sphären zu brechen. Im Fallen konnte Eoric das Gesicht eines der Kultisten erkennen: Es war jener unscheinbare Freiageweihte, der sie im vergangenen Frühjahr in die Höhle geführt hatte, durch die sie in der Zeit verloren gegangen waren…
"…du stolzer Drache, geh voran, führe uns in diesem Kampf!" Eoric schrak auf. Um ihn her hatten die Gläubigen das Lokajslied angestimmt und manche sangen es aus voller Brust. Die Anrufung war beendet.

Falkenstein, Winter 1 Lokaj

Obwohl Baronin Sylven auch das Zeichen des Drachen trug, lehnte sie es ab, mit den anderen Gezeichneten im Kloster Lokajshort zu wohnen. Sie hatte als Herrin der Burg Falkenstein und als oberste Postmeisterin Hornsteins andere Verpflichtungen, zumal Kanzler Norbär ihre Burg zu seinem bevorzugten Aufenthaltsort gemacht hatte. Lorinsa war froh, dass der Winter hereingebrochen war. Sie war im Herbst mit ihrem Herrn, Norbär von Bittelschieß, so viel auf Reisen gewesen, dass sie die Heimeligkeit des zugigen Falkensteins zu schätzen wusste. Seit im vergangenen Herbst der oberste Kammerdiener, Fabritz, Hals über Kopf die Burg verlassen hatte, war sie zur Führung des Haushaltes bestimmt worden. Ihr oblag es jetzt, die junge Dienerschaft anzuleiten und dafür zu sorgen, dass auf Falkenstein stets die Ordnung herrschte, die der Kanzler und die Baronin so schätzten. Eines Abends war nach Einbruch der Nacht noch eine Kutsche vor der Burg erschienen und eine sehr beleibte, nichtsdestotrotz faszinierende und anmutige Dame war in Falkenstein abgestiegen. Als sie am nächsten Morgen, wiederum noch vor Anbruch der Dämmerung aufgebrochen war, hatte Fabritz sie kurzerhand begleitet. Der steife Kammerdiener war wie ausgewechselt gewesen und das Gerücht von einer Liaison mit der herrschaftlichen Dame machte die Runde. Andere wiederum erzählten, die Dame sei ein Vampir und Fabritz nunmehr ihr Opfer gewesen. Manchmal betete Lorinsa noch ein Gebet zu Dana um die Seele des alten Oberdieners.

Auch zwischen Sylven von Falkenstein und Kanzler Norbär schien sich eine Liaison zu entwickeln. Zwar gelang es den Herrschaften hervorragend, ihre Beziehung zu verheimlichen, doch vor den wachen Augen einer Kammerdienerin blieb in der Burg nichts verborgen.

Für heute hatte sie sich vorgenommen, den Taubenschlag für die Brieftauben, der seinen Platz auf dem höchsten Turm der Burg hatte, zu reinigen. Natürlich hätte sie diese Aufgabe an irgendwelche Lakaien abgeben können, aber Lorinsa war der Überzeugung, dass sie als Anleiterin stets mit gutem Beispiel vorangehen musste, und das, obwohl sie diese Arbeit hasste. Sie war nicht ganz schwindelfrei. Zusammen mit einem neuen Diener und bepackt mit Besen und Eimern machten sie sich auf den Weg in luftige und eisige Höhen. Der Winter war der beste Zeitpunkt für ihr Vorhaben, weil die Witterung dafür sorgte, dass die Tauben trotz der Störung in den Schlag zurückkehrten. Mitten im Taubendreck, den sie zusammengeschrubbt hatte, fand Lorinsa ein kleines Röhrchen, wie es zur Aufbewahrung der Briefe an die Beine der Tauben gebunden wurde. Der zuständige Postmeister musste es übersehen haben. Also machte sich die Kammerdienerin wieder auf den beschwerlichen Abstieg hinab in die Kanzlei, um Norbär das Fundstück zu übergeben. Dort angekommen dankte ihr der Kanzler mit einem kurzen Kopfnicken und öffnete das Behältnis. Nachdem er den Brief überflogen hatte, runzelte er die Stirn: "Räuber im Schusseltal und der Hauptmann ist so gefürchtet, dass man schon überall seinen Namen munkelt: Gerold Geyer. Wenn die Schusseltäler Händler damit nicht selber fertig werden, wird das Frühjahr einen neuen Kriegszug sehen."

Hadran, Frühling 1 Lokaj

In Hadran gab es keinen Frühling und auch sonst keine Jahreszeiten. Es gab überhaupt keine Sonne. Auch der Glaube an irgendwelche Götter war nicht nur verboten, sondern es gab sie überhaupt nicht. Das hatte Lusus in Sphärenkunde gelernt. Er zog das Wissen, dass die Magister ihm und den anderen Adepten vermittelten, gierig in sich auf. Tatsächlich bestand Hadran aus nicht viel mehr als der Stadt mit dem Kaiserpalast und etwas ödem Land darum herum. Wenn man sich nur wenige Meilen vor die Stadt begab, fing der allgegenwärtige Nebel an, undurchdringlich zu werden. Und wenn man einige Zeit durch den Nebel gestapft war, war dort, wo man herauskam, wieder nur das öde Land mit der Stadt Hadran in der Mitte. Denn Hadran befand sich nicht auf der Welt, die Lusus von klein auf kannte. Es war eine eigene Welt oder Globule, wie die gelehrten Meister es zu nennen pflegten. Vor Jahrtausenden hatten die ungerechten Götter den Imperator in diese Globule verbannt und seit jener Zeit versuchte dieser, die Sphären zu durchdringen, um endlich seine Rache nehmen zu können.

Die Gesellschaft im Imperium war klar gegliedert. Über allem war der Imperator, der aus seinem Thronsaal heraus alles kontrollierte und regierte. Ihm unterstellt waren die Magier, die Abgänger der Akademie, die dort alles lernten, was notwendig war, um die Sphären zu durchdringen und die sterblichen Wesen anderer Welten für Hadran zu unterwerfen. Oft fungierten die Magier auch als Heerführer für die bewaffneten Horden, die dem Ruf des Imperators folgten. Diese Krieger waren der nächste Stand, aus dem die Gesellschaft bestand. Oft wurden abtrünnige oder bösartige Kämpfer aus anderen Welten durch die Sphären gezogen, um dem Imperium zu dienen. Wenn sich einer von ihnen dem Willen des Imperators widersetzte, so wurde er hingerichtet, um als untote Existenz weiter die zugewiesene Aufgabe zu erfüllen. Diese konsequente Rechtsprechung führte zu einer erstaunlichen Disziplin unter den Menschen, Orks, Trollen und was weiter an unaussprechlichen Rassen das hadranische Heer bevölkerte. Der unterste Stand waren die Sklaven, denen es oblag, die kargen Felder zu bestellen, um die Armee zu ernähren und gelegentlich als Blutopfer zu dienen, wenn ein Ritual der Magier ein solches erforderte. Alles in allem, dachte Lusus, war die Gesellschaft sehr gut und effizient strukturiert. Das lag an dem einen, genialen Geist, der sie erdacht hatte. Im Gegensatz zu seiner Herkunftswelt, in der sich verschiedenste Götter um den Geist der Menschen stritten und dabei nur Chaos produzierten, war Hadran für einen Magier durchaus lebenswert. Er hatte lange davon geträumt, endlich Rache an Isabella nehmen zu können für die Schmach, die sie ihm zugefügt hatte. Nun sah er plötzlich die Möglichkeit, sich nicht nur an der Hohepriesterin zu rächen, sondern sogar an Freia selbst. Denn der Imperator war nicht nur irgendein Kaiser, sondern er war ein Gott, oder zumindest, das kam auf die Definition an, den Göttern ebenbürtig.

Während der Vorlesungen und während der Mahlzeiten im Refektorium war es unvermeidlich, dass Lusus Kontakt zu seinen Mitschülern aufbaute. Er war nicht besonders gesprächig und konzentrierte sich lieber auf das Studium als auf die Lustbarkeiten seiner Kommilitonen, aber zwei Adeptinnen hatten seine Aufmerksamkeit erregt. Der durchschnittliche Magieschüler in Hadran war verknöchert und fanatisch oder aber es zeichnete ihn eine besondere Boshaftigkeit aus. Unter diesen sehr ungemütlichen Zeitgenossen stachen Elyschée und Pandorra auf ganz besondere Weise hervor. Sie besuchten die Vorlesungen eines höheren Semesters und wo immer sie sich aufhielten, entwickelte sich so etwas wie Glamour. Nicht nur, dass beide mit außergewöhnlicher Schönheit ausgezeichnet waren, sie verstanden es auch, die Einheitstracht der schwarzen Kutte mit auffallenden Accessoires zu schmücken. Dabei bediente sich Pandorra oft Knochen und Amuletten mit Naturbezug, während Elyschée einen ausgesprochen aristokratischen Habitus an den Tag legte. Beide waren Schwestern, die eine blond, die andere dunkelhaarig, und die Konkurrenz, mit der sie sich jeweils zu übertrumpfen suchten, sorgte gelegentlich für Aufsehen im tristen Schulalltag. Pandorra hielt sich für eine Hexe und sie machte keinen Hehl aus ihrer Abneigung gegen die theoretische Magie, die in der Akademie gelehrt wurde. Häufig gab sie durch Bemerkungen zu verstehen, dass es nur noch eine Frage der Zeit wäre, bis sie Hadran verlassen würde, um mit ihren Mitteln Unheil und Schrecken zu verbreiten. Elyschée dagegen ließ keine Gelegenheit aus, sich vor den Lehrkräften in gutes Licht zu stellen und nebenbei zu vermitteln, dass sie mal wieder die Schwester übertrumpft hatte.

Eine Weile lang hatte sich Lusus zu Elyschée hingezogen gefühlt. Er hatte ihre Gesellschaft gesucht und sie mit Komplimenten bedacht. Dann aber hatte er gelernt, dass man sich in Hadran nicht durch natürliche Zeugung vermehrte und dass deshalb auch die zärtlichen Gefühle zwischen den Geschlechtern unnötig waren. Hadraner wurde man durch Bestimmung. Es war so etwas wie das Jenseits für all jene, die durch ihre Taten und Verdienste zum Ruhm des Imperators beitrugen. Deshalb brauchte ein Hadraner auch nicht die Zeit mit Pflege und Aufzucht von Kindern zu verschwenden, denn wer ins Imperium kam, war meist schon ausgewachsen. Aufgrund welcher Schicksalsschläge Pandorra und Elyschée nach Hadran gekommen waren, hatte er nie zu fragen gewagt.

Lusus war abgeschweift. Eigentlich wollte er sich mit seinem Buch über Sphärenkunde beschäftigen. Er schlug das Kapitel über die Konsistenz der Weltengrenzen auf. Es gab eine Vielzahl von Theorien über den sogenannten Limbus, die Materie, aus der die Grenzen geschaffen waren. Manche behaupteten, er sei aus den Gedanken der Götter geschaffen, andere sahen in ihm die Urmaterie, das Wesen der Welt, noch bevor die Göttermutter ihre Eier gelegt hatte. Nur die Möglichkeit, Wege durch diese Sphären zu schlagen, hatte noch keiner glaubwürdig gefunden. So war man darauf angewiesen, die alten Pfade zu erforschen, die bereits seit dem Zeitalter der Götter die Welten verbanden. Lusus schwirrte der Kopf. Er beschloss, sich schlafen zu legen.

Eoric spornte sein Pferd an. Die Kriegerkavalkade fuhr über die Felder wie der Sturmwind. Kanzler Norbär hatte gerufen und auch das Kloster Lokajshort wollte sich nicht lumpen lassen und sandte seine Krieger. Ohnehin brannte die Kampfeslust in seinen Fingern und er wusste, seinen Gefährten Wulf von Bittelschieß und Bärtram vom Hopfental ging es genauso. Unlängst hatten sie mit einem feierlichen Ritual den Jahrestag von Lokajs Erscheinen gefeiert und Pilgermassen aus aller Herren Länder waren in den Feenwald geströmt. Wenn auch das von vielen erwartete Erscheinen des Gottes wiederum ausblieb, so war es doch ein Fest des Friedens und der Freude gewesen. Der Friede des Drachens, unter dem sich das Land vereint hatte, hatte seine Vorteile. Sicherlich. Die Früchte der Felder gediehen und der Handel auf Hornsteins Straßen florierte. Der Reichtum der Schusseltäler Pfeffersäcke lockte jedoch auch unehrliches Gesindel an und unter dem Räuberhauptmann Gerold Geyer hatte es eine ganze Horde gebildet. Für die Krieger war die Aussicht, den Wegelagerern ein Ende machen zu können, eine Freude, denn in der langen, kampflosen Zeit waren die Schwerter gerostet.

Es konnte nicht mehr weit sein bis zu dem Treffpunkt, der mit den Kriegern Sir Trollsiffs vereinbart worden war. Bertram vom Hopfental zügelte sein Pferd. Die anderen taten es ihm gleich.

"Ich weiß nicht, ob ich mit Freude auf die Begegnung mit Trollsiffs Schergen blicken soll," erhob er das Wort. Sarkastisch lachend erwiderte Wulf von Bittelschieß: "Vielleicht sollten wir denen auch gleich den Garaus machen."

Im Kloster war etwas Ärger über den Heerführer aufgekommen. Glühende Anhänger des Gottdrachens forderten, die Regentschaft über Hornstein den Auserwählten des Drachens zu übertragen. Zwar war Baran, der Träger der Essenz, kein ausgesprochener Politiker, doch als Abt des neuen Klosters regelte er dessen Angelegenheiten weise und umsichtig. Die Partei um Sir Trollsiff forderte dagegen ebenfalls immer lauter die weltliche Macht im Lande für Alana von Greifenhorst. Diese war zwar neben Kanzler Norbär und der Herzogswitwe Adela erst als Dritte erbberechtigt für den Thron, doch nachdem keines der beiden Bittelschießgeschwister Anstalten machte, den Herzogstitel zu ergreifen, rechnete sich diese Partei offenbar Chancen aus. Tatsächlich war die Angelegenheit etwas vertrackt. Den ältesten Legenden nach, die in der Bibliothek gesammelt wurden, hatte Lokaj einst, bevor er in seinen tausendjährigen Kampf gezogen war, dem Butelscaealum, dem

Ahnherren der Dynastie von Bittelschieß, die Verwaltung des Landes übertragen. Dessen Nachkommen hatten bis in die heutige Zeit als die Herren von Hornstein regiert und sie nannten sich Herzöge, weil sie sich formal als Lehensnehmer des "Königs" Lokaj fühlten. Deswegen hatte es in Hornstein niemals einen Monarchen gegeben. Nach der Rückkehr des Gottdrachens schien diese Regelung hinfällig, zumal älteste Überlieferungen, die die Schwestern der Amaryllis im fernen Tikon entschlüsselt hatten, von einem Verrat des Butelscaealum am Gottdrachen berichteten. Die Gezeichneten um Baran beanspruchten für sich, den Willen des Lokaj zu deuten und die Zeichen ließen keine andere Deutungsmöglichkeit zu: Immer wieder erschienen Pilger, die in Träumen und anderen Zeichen Baran als den Träger der Hornsteiner Regierungsgewalt sahen.

Neben einem Wäldchen sahen sie eine Reitergruppe, die an den schwarzgelben Wappenröcken schnell als Krieger Trollsiffs zu erkennen waren. Sie ritten darauf zu und Wulf von Bittelschieß erhob die Hand zum Gruße. Der Anführer der anderen Gruppe stellte sich als Baron Falk Belenthor von Wyngen vor.

"Ihr kommt spät, verehrte Herrschaften." Sein Tadel ließ keinen Zweifel an der Missgunst, die der Baron für die Lokajspriester hegte. Seine Späher hatten die Lage des Räuberlagers bereits ausgekundschaftet, so dass dem Aufbruch nichts im Wege stand. Hinter sich hörte Eoric aus dem Getuschel zweier Hornsteiner Soldaten das Wort "Eidechsenanbeter" heraus. Als er sich umwandte, grinsten ihn die beiden Gardisten, die er gehört haben musste, nur blöde an. Einer erhob grüßend eine Flasche, die er in der Hand hielt: "Auf Promilla," prostete er ihm zu. Eorics Ärger über die verkommenen Anhänger Trollsiffs wuchs.

De Alba

I So zog also der tapfere Erkin hinaus, sein Glück zu finden und seines Schicksals Sterne neu zu ordnen.

II Als er ein Gebirge durchwanderte, überkam ihn große Müdigkeit und als er sich niederlegte zum Schlafen, da kam Alba Traumweberin zu ihm und sprach:

III "So höre her, von Dana Geliebter, und lausche den Worten Albas, der Wächterin über Vorsehung und Schicksal. Gehe zu Albas Auge, dem Allesschauenden, und pflanze deinen Samen in Albas Geschöpf, auf dass eure Nachkommen dieses Land über alle Zeit bevölkern und bewachen vor dem Bösen."

IV So sprach Alba zu Erkin und Erkin befolgte ihre Worte und pflanzte seinen Samen in Albas Geschöpf.

V Und hiernach baute Erkin eine Unterkunft, in der sie 9 Monde und 9 Tage lebten.

VI Dana wachte über sie.

Träumende Alb, Frühling 2 Lokaj

Nach der Schneeschmelze begann für Lorinsa wieder die Zeit des Reisens. Als persönliche Kammerdienerin des Kanzlers hatte sie ihren Platz in der herrschaftlichen Kutsche neben dessen Schreiber. Auch wenn das komfortable Fahrzeug gut gepolstert war, so holperte es doch beträchtlich auf den schlechten Bergstraßen der Träumenden Alb.

"Sir Trollsiff hat auf Greifenhorst einen Promillatempel weihen lassen," sagte der Kanzler gerade. Er bearbeitete zusammen mit dem Schreiber die Post. "Wir sollten davon absehen, ihm dazu zu gratulieren," fügte er mit einer abfälligen Geste hinzu. "Was gibt es sonst noch?"

Der Schreiber kramte in einem Berg von Pergamenten, die auf seinem Schoß lagen: "Der Kalif von Tikon sorgt sich über die Umtriebe von Vampiren in der Oasenstadt Wexxel. Einer der Blutsauger, der dort sein Unwesen treibt, soll euer alter Kammerdiener Fabritz sein."

Der Kanzler winkte ab: "Solange die Blutsauger im Kalifat bleiben, haben wir nichts damit zu tun."

"Hier ist noch eine Nachricht aus der Baronie Torkelbier," und, weil er Lorinsas fragenden Blick bemerkt hatte, fügte er hinzu: "im Süden Certeluriens. Dort haben sie ein paar Kultisten gefasst, die das Zeichen des Skorpions anbeteten."

Der Kanzler nickte wissend: "Irgendwo müssen sie ja geblieben sein, die Reste des unbesiegbaren Hadranerheers."

In diesem Moment fuhr eine ungeheuere Erschütterung durch die Kutsche. Lorinsa hörte hinter sich das Splittern von Holz und gleich darauf gerieten sie in eine gefährliche Schräglage. Von draußen schallten Alarmrufe hinein und gleich darauf war das Klirren von Waffen zu hören. Der Kanzler hatte zu seiner Bedeckung zwanzig berittene Gardisten aufgeboten, so dass sich die Kammerdienerin immer sicher gefühlt hatte, aber jetzt wusste sie, dass sie überfallen wurden. Der Schreiber streckte den Kopf aus einem der vorhangbehangenen Fenster. Gleich darauf sank er vornüber und nur sein ersterbendes Röcheln drang noch in den Fahrgastraum. Der Kanzler sprang auf, zog seinen Degen und stellte sich kampfbereit an eine der Türen, während sich Lorinsa ängstlich in einer Ecke verkroch. Dann wurde die Tür aufgerissen und Norbär stach zu. Erschreckt ging eine dunkel gewandete Gestalt zu Boden, niedergestreckt durch den Degen. Doch gleich darauf sprang ein anderer vor die Türe, besser auf den Angriff des Kanzlers vorbereitet. Während sie einige Schläge tauschten, wurde auch die Türe auf der anderen Seite der Kutsche aufgerissen und eine fiese Fratze streckte sich herein. Geistesgegenwärtig griff Lorinsa nach einem Stoß Papiere und Ordner, die neben dem Schreiber zurückgeblieben waren und warf sie auf den Angreifer. Dieser duckte sich darunter weg und lachte höhnisch. Dann zückte er ein schartiges Schwert und stach nach der Kammerdienerin. Erschreckt sah sie eine klaffende Wunde in ihrer Seite, aus der Blut in ihr Kleid quoll. Dann schwanden ihr die Sinne.

Als Lorinsa erwachte, wollte sie vor Schreck erstarren: Über sie beugte sich eine schreckliche Fratze, grässlicher noch als sie sich die Dämonen vorstellte. Sie schrie gellend auf, doch eine Hand, die nach Moder und Fäulnis stank, presste sich auf ihren Mund.
"Psst, dumme Frau, du bist doch in Sicherheit," sagte das eklige Wesen mit krächzender Stimme. Jetzt blickte sie ihr Gegenüber genauer an und langsam dämmerte ihr dessen Ähnlichkeit mit einer Herrschaft, der sie einst gedient hatte: Prinz Anor! Sie stotterte vor sich hin und ihre Stimme versagte.
"Zimmermädchen," sagte der Prinz, "ich verstehe, wenn du Angst vor mir hast und mir nicht traust. Aber glaube mir, ich kämpfe für deine Seite."
Lorinsa blickte sich um. Sie war auf ein Lager aus Moos gebettet. Unweit führte die Straße, auf der sie überfallen worden war. Sie sah die zerstörte Reisekutsche. Rund umher lagen die Leichen von Hornsteiner Gardisten. Die Pferde waren fortgeführt.
"Sie haben alle ermordet," erklärte der Prinz, der ihrem Blick gefolgt war. "Ich werde ihnen folgen und sie zur Strecke bringen. Den Kanzler haben

sie entführt. Du hast nur überlebt, weil sie dich für tot gehalten haben."
"Wer war das?" fragte die Kammerdienerin.
"Paktierer," antwortete Anor, "Paktierer von einer dunklen Gottheit, die in unserer Welt nichts zu suchen hat. Wenn du dem Weg," er deutete die Straße hinab," drei Meilen folgst, gelangst du zu einem Bauernhaus. Dort wirst du Hilfe erhalten."
Lorinsa fasste an ihre Seite und fand die Wunde, die der Angreifer ihr geschlagen hatte, sauber verbunden. Sie nickte, zum Zeichen, dass sie die Worte des Prinzen verstanden hatte.
"Ich gehe jetzt, damit ich die Spur nicht verliere," sagte der Prinz, erhob sich und verschwand im Unterholz. Lorinsa blickte ihm lange nach. Dann erhob sie sich mühsam und schleppte sich den Weg entlang, der ihr gewiesen worden war.

Hadran, Frühsommer 2 Lokaj

Lusus hatte es gut in der Akademie. Er hatte eine kleine Zelle mit einem Bett und einem Schreibpult und vor allem hatte er Zugang zu einer Bibliothek, die die unglaublichsten Werke der Weltgeschichte, man musste sagen Weltengeschichte, enthielt. Auch hatte er keine Zweifel daran, dass er sich auf dem richtigen Weg befand. Im Fach Geisteskontrolle hatte er gelernt, dass der eigene Zweifel oft der größte Feind des Magiers war. Er hatte erlebt, dass ein Kommilitone noch immer die Götter seiner Heimatwelt im Sinne hatte. Diese Ketzerei hatte ihn sein Leben gekostet. Er tat jetzt als Untoter auf den Feldern vor der Stadt seinen Dienst am Imperator. Lusus hatte nie einen Zweifel an seiner Loyalität gelassen. Er kannte die Götter seiner Heimatwelt, allen voran Freia und er blickte voll Verachtung auf seine Vergangenheit als Götzendiener. Er schlenderte gedankenverloren einen der dunklen Gänge der Akademie in Richtung der Bibliothek entlang. Ein entgegenkommender Putzdämon ließ ihn nicht mehr erschaudern. Dieses schlabbernde Wesen mit dem erbärmlich breiten Maul und über und über mit Pusteln besetzt, schleimte den Fußboden entlang und hinterließ tatsächlich kein Staubkörnchen. Anfangs hatte er Schwierigkeiten mit dem Anblick der Wesen aus den niederen Sphären gehabt, die ihm in Hadran allerorten begegneten, doch mittlerweile amüsierte er sich darüber. Er kannte die notwendigen Zaubersprüche, um sie in ihre Schranken zu weisen, wenn ihr wahres Wesen von Chaos und Boshaftigkeit sie zu übermannen drohte.
Sein Lehrmeister in Sphärenkunde hatte ihm ein Buch empfohlen, als er ihm einmal davon erzählt hatte, wie er die Gezeichneten in die

Vergangenheit geführt hatte. Es handelte von Wahrscheinlichkeitsebenen und der Möglichkeit, diese zu manipulieren. Lusus erreichte die Bibliothek. Der Bibliothekar war ein Untoter, man munkelte sogar, er sei der älteste Untote in Hadran. Tatsächlich blickten ihn am Eingang die leeren Höhlen eines Knochenskeletts an. Nur vereinzelt klebten noch vergilbte Haarbüschel auf der Schädelplatte. Verachtungsvoll dachte der Adept an die Verschwendung, die in seiner Heimatwelt praktiziert wurde. Dort wurde der Untod tatsächlich als widernatürlich angesehen, so dass man die Seelen der Menschen ohne Widerstand in die Paradiese der angeblichen Götter ziehen ließ. Was dabei an Wissen und Fähigkeiten verloren ging, beachtete niemand. Lusus orderte sein Buch, einen dicken Oktavband und der Knochenmann wurde nach kurzer Zeit fündig. Mit dem Schmöker unter dem Arm machte er sich wieder auf den Weg zurück in seine Zelle.

Im Flur begegnete ihm Pandorra. Sie sprach ihn an: "Lusus, du bist als einer der Letzten durch das Tor nach Hadran gelangt. Erzähl mir davon."

Etwas verunsichert, wie er sich stets in der Gesellschaft schöner Frauen fühlte, berichtete der Adept von seinem Weg durch die Höhlen, von dem Wächterwesen und von dem Glück, die richtige Türe gewählt zu haben. Dann fragte er: "Pandorra, du hast doch nicht vor, Hadran zu verlassen. Das wäre Verrat am Imperator."

"Keine Angst," antwortete sie auf ihre geheimnisvolle Weise. "Nichts geschieht gegen den Willen des Imperators. Wenn du einen Weg in die andere Sphäre findest, dann sag es mir."

Dann schritt sie davon, ohne Lusus eines weiteren Blickes zu würdigen. Dieser setzte seinen Weg fort und begab sich in seine Zelle. Hier legte er seine Errungenschaft, das Buch, auf das Schreibpult und begann zu lesen.

Was wäre, wenn die Geschichte anders verlaufen wären? Wenn beispielsweise Rasputin den Imperator nicht verraten hätte? Oder wenn es den Gezeichneten nicht gelungen wäre, aus der Vergangenheit, in der er sie geschickt hatte, zurück zu kehren? Er hatte viel über die Sphären gelernt und dass es beinahe unmöglich war, sie ohne Hilfe der Götter zu durchdringen. Körperlich zumindest. Mit dem Traum war es eine ganz andere Sache, las er da. Im Geiste war es sehr einfach, durch die Welten zu fliegen. Etwas schwieriger war es schon, in diesen Welten so zu handeln, dass es von deren Bewohnern wahrgenommen wurde. In Hornstein kannte man eine Gottheit, die als Alba Traumdeuterin bezeichnet wurde. Die Menschen stellten sie sich als schlafende Riesin vor und ihr liegender Körper war nichts anderes als das Gebirge der Träumenden Alb. Alba nun hatte unter den Göttern, an die in dieser Welt geglaubt wurde, die Macht, Träume zu senden und vielleicht auch Wirklichkeitsverläufe zu ordnen. Wenn also beispielsweise eine Wahrscheinlichkeit ganz nah an der tatsächlichen Wirklichkeit lag, dann musste sie in der Wirklichkeit erfahrbar sein. Umso mehr, wenn die Wirklichkeit nur aufgrund widernatürlicher Manipulation entstanden war. Lusus hatte keinen Zweifel daran, dass in den Augen der Hornsteiner Götter sowohl der Weg der Gezeichneten in die Vergangenheit als auch deren Rückkehr durch das Totenreich als widernatürliche Manipulation galten. Bis tief in die Nacht studierte er das Werk und erst, nachdem alle Kerzen heruntergebrannt waren, kroch er müde ins Bett. Alba Traumdeuterin schlief. Besonders wachsam war sie sicher nicht.

Burg Derneck

Lorinsas Aufgabe war es geworden, den Herzog Barnabas zu pflegen. Nach dem Überfall auf die Kutsche des Kanzlers hatte sie Unterkunft in einem Bauernhaus gefunden, bis sie von ihrer Wunde genesen war. Dann hatte sie sich auf den Weg zu der nur wenige Tagesreisen entfernten Burg Derneck, dem Stammsitz der Barone von Erkynland, gemacht. Nachdem die dortige Baronin Kyrill mit Sylven von Falkenstein einen Boten getauscht hatte, war man überein gekommen, die Kammerdienerin nach Erkynland zu überstellen. Von ihrer Herrschaft Norbär fehlte nach wie vor jede Spur.

In der Welt draußen hatte man Herzog Barnabas vergessen. Die meisten dachten wahrscheinlich, er sei tot. Tatsächlich aber vegetierte er in einem Zimmer der Burg Derneck vor sich hin. Das Fenster war vergittert und die Türe meist von außen verriegelt, weil es schon manchmal vorgekommen war, dass sich der formale Herrscher des Landes davon gemacht und im Wald verlaufen hatte. Lorinsas Aufgabe war es hauptsächlich, ihn mit Branntwein zu versorgen. Insofern hatte sich seit den Tagen auf Burg Hornstein nichts verändert, dachte sie, aber tatsächlich war vom Herzog nichts als eine sabbernde Hülle geblieben. Mit leerem Blick starrte er vor sich hin, während ein ekliger Speichelfaden aus seinem Mund in den Bart troff. Nur manchmal geriet er außer sich. Dann schrie er brabbelnde Laute heraus, warf mit dem Schnapskrug nach ihr oder schlug willkürlich mit dem Kopf gegen die Wand. In solchen Situationen sah Lorinsa zu, dass sie die Kammer so schnell wie möglich verließ.

Eines Morgens öffnete sie wie üblich den Riegel zur Kammer und sah nach ihrem Schützling. Sie erschrak: Der Herzog lag in seinem eigenen Erbrochenen und gab kein Lebenszeichen mehr von sich. Sie kniete sich nieder, um seinen Atem zu hören oder seinen Puls zu fühlen, aber es bestand kein Zweifel: Barnabas war gestorben. Schnell eilte sie zu Baronin Kyrill, um ihr von dem Unglück zu erzählen.

Die Baronin von Erkynland hatte die Grablegung des Herrschers zwei Wochen nach dessen Tod angesetzt. Das erlaubte den meisten Edlen des Landes, nach Erkynland zu reisen, um dem Herzog die letzte Ehre zu erweisen. Den Hintergedanken, auf diese Art die unterschiedlichen Parteien des Landes an einen Tisch zu bekommen, um über die zukünftige Herrschaft zu beraten, konnte Lorinsa nur erahnen. Sie hatte den Leichnam gewaschen und mit frischen Kleidern versehen. Nach einigen Tagen war ein fast unerträglicher Verwesungsgeruch von der Leiche ausgegangen, so dass die Kammerdienerin wünschte, der Herzog wäre schon früher begraben worden. Aber Kyrill wollte, dass ein jeder der Hornsteiner Edlen dem Herzog noch einmal ins Gesicht blicken konnte.
Täglich kamen jetzt Gesandschaften aus allen Teilen des Landes zur Burg in der rauen Träumenden Alb. Sir Trollsiff und Lady Alana von Greifenhorst gaben sich die Ehre, Baronin Isabella von Kelkona traf ein, Baron Falk Belenthor von Wyngen, der junge Herr Menich von Giessen, aus Lokajshort die Gezeichneten Wulf von Bittelschieß, Bertram vom Hopfental und der Nordmann Eoric und von der fernen Lindeninsel erschien Jarl Raskir mit einer Gruppe Nordmänner. Selbst die Gute Mutter Wiltrada beehrte die Burg mit ihrer Anwesenheit. Am meisten freute sich Lorinsa über das Wiedersehen mit Baronin Sylven von Falkenstein. Nur die Witwe des Herzogs, Adela, konnte nicht kommen, weil sie mit einer Krankheit im Feenwald festsaß.
Die Gute Mutter Wiltrada zelebrierte selbst den Trauergöttindienst und als sie das "Oh Dana, ewig währe" anstimmte, traten nicht nur der Kammerdienerin die Tränen in die Augen. Der Herzog wurde in der Ahnengruft der Erkynländer beigesetzt, weil die Grablege seiner Ahnen auf Burg Hornstein zerstört war und ein letztes Mal war das Land in Trauer verbunden.
Bereits beim darauf folgenden Leichenschmaus zeigte sich, dass es mit der unter dem Barnabas zur Schau getragenen und von Kanzler Norbär mühsam gekitteten Einigkeit der Edlen nicht weit her war. Schnell gerieten Sir Trollsiff und Bärtram vom Hopfental aneinander, als es um die Frage der Thronfolge ging. Der Heerführer wollte einen neuen Herzog wählen, während der Gezeichnete auf einen Statthalter des Drachens aus seinen Reihen bestand. Mehrmals wurden Unfreundlichkeiten ausgetauscht und es fielen Beleidigungen wie "Ketzer" und "Eidechsenpriester". Lorinsa verstand nicht viel von der hohen Politik und sie begnügte sich damit, den Herrschaften süßes Gebäck und

Erfrischungen zu reichen.

So verging dieser Tag und es wurde später Abend. Plötzlich erschallte das Alarmhorn vom Burgtor her. Ein Gardist stürmte herein und brüllte: "Alarm, Hadraner, Alarm!"

Die Kämpfer unter den Herrschaften zogen sofort die Schwerter und eilten zum Tor. Andere sahen sich fragend an und Lorinsa hörte Lady Kyrill, die in ihrer Nähe stand, sagen: "Hadraner? Das kann nicht sein. Vor einem Heer wären wir gewarnt worden."

Auch Sylven von Falkenstein schüttelte ungläubig den Kopf. In diesem Moment hörte man schon wuchtige Schläge, offensichtlich von einem Rammbock, der gegen das Haupttor geschwungen wurde. Vorsichtig spähte Lorinsa durch ein Fenster. Sie sah, wie der schwere Riegel am Burgtor bereits unter den Hieben des Bockes erzitterte. Lady Kyrill eilte zum Wehrgang über dem Tor, um die Verteidigung zu koordinieren. Die Kammerdienerin blieb alleine zurück. Angstvoll spähte sie zum Burgtor hinaus. Dieses hielt noch einigen weiteren Hieben stand, schließlich aber splitterte es in tausend Stücke und das Tor wurde von den anstürmenden Horden aufgedrückt. Heldenhaft warfen sich die Hornsteiner Krieger den Angreifern entgegen. Lorinsa sah Jarl Raskir und Bärtram vom Hopfental Rücken an Rücken inmitten eines Meeres schwarzgewandeter Hadranersöldner kämpfen. Des Nordmannes Axt spaltete einen Schädel nach dem anderen. Auch der Gezeichnete Eoric und Sir Trollsiff schlugen sich Seite an Seite durch den Ansturm. Lorinsa war erstaunt über die plötzliche Einigkeit, nachdem sich die Herrschaften den ganzen Abend gezankt hatten. Dann erschien Lady Kyrill, gefolgt von der Guten Mutter Wiltrada, wieder im Saal.

"Schnell," sagte sie, "hier geht etwas nicht mit rechten Dingen zu. Wir müssen in den Burgfried!"

Die Kammerdienerin schloss sich ihnen an. Jenseits des Palas führte eine schmale Treppe in den wehrhaftesten Teil der Burg. Noch wurden die Angreifer von hier zurück gehalten. Eilig kletterte die Baronin von Erkynland über mehrere Leitern in eines der oberen Stockwerke des Wehrbaus. Hier fanden sich einige Schränke mit Schriftrollen und vergilbten Pergamenten.

"Wir brauchen etwas über meinen Vorfahren Erkyn," wies die Baronin die Kammerdienerin an und blätterte bereits in den Papieren. Auch Lorinsa nahm sich einen Stapel Dokumente und suchte. Währenddessen erklärte Kyrill: "Erkyn ist der Gründer des Hauses Erkynland. Er hat die Burg an einem besonderen Ort gebaut, nachdem er ein Abkommen mit der Riesin Alba Traumdeuterin geschlossen hat. Irgendjemand verwirrt unser aller Träume, denn diese Angreifer sind nicht real!"

Wiltrada erläuterte weiter: "Träume beschreiben oft eine Wirklichkeit parallel von dem, was tatsächlich ist. Mir scheint, dass diese Hadraner hier eigentlich in die Welt gehören, in der die Gezeichneten niemals aus der Vergangenheit zurück gekommen sind."

"Stammbuch der Kinder Erkyns in Erkyns Land," las Lorinsa laut. Auf den ersten Seiten war etwas über den Stammvater geschrieben. Die Gute Mutter riss ihr die Schrift aus den Händen und überflog sie.

"Schnell," befahl sie, " suche alle, die du finden kannst und versammle sie am Brunnen im inneren Burghof. Lorinsa sprang auf und eilte zum Kampfplatz.

Wenig später hatten sich all jene, die nicht mit der unmittelbaren Verteidigung der inneren Burg beschäftigt waren, um den großen Brunnen der Burg versammelt. Von jenseits der Mauer hallten die Schwerthiebe und Kampfschreie der Krieger zu ihnen herüber. Wiltrada breitete die Arme aus und begann, eine Anrufung an Alba zu singen. Kyrill tat es ihr gleich und nach und nach fielen alle in den Gesang ein. Dann rief die Hohepriesterin:

"Alba, Göttin des Traumes, zeige uns die Gezeichneten in der Vergangenheit!" Im Schillern der Wasseroberfläche tief unten im Brunnenschacht konnte Lorinsa etwas erkennen. Es war das Abbild der Guten Mutter.

"Ihr seid es, gute Mutter," rief der Gezeichnete Eoric aus, der wegen einer schlecht verbundenen Verletzung nicht mehr am Kampf teilnehmen konnte.

"Ja, ich bin es, als ich die Gezeichneten in den Sphären suche," erwiderte die reale Priesterin im Burghof.

"In der Vergangenheit, ihr müsst in der Vergangenheit suchen," schrie der Nordmann zu dem Abbild in den Brunnenschacht hinunter.

"Sie hört uns nicht." Kyrill schüttelte den Kopf.

"Dann müssen wir ein Tor öffnen," sagte die Gute Mutter beherzt und während alle mit der Anrufung an die Göttin fortfuhren, zog sie einen Ritualkreis um die Versammelten. Sie zündete Kerzen an und verbrannte Rauchkraut. Lorinsa war fasziniert von der Macht und der Konsequenz, mit der die Frau den Sphären und ihren Wächtern befahl. Plötzlich wandte das Abbild der Hohepriesterin, das im Schacht des Brunnens erschienen war, den Kopf nach oben. Noch mal schrie Eoric: "In der Vergangenheit! Wir sind in der Vergangenheit!"

Mit einem Nicken bestätigte das Bild im Brunnen, dass es verstanden hatte. Dann verblasste die Erscheinung. Noch kurz erklang der Kampfeslärm von jenseits der Mauer, dann ebbte er ab.

In einer Tür erschien Sir Trollsiff und rief: "Sie sind verschwunden. Sie waren plötzlich weg!"

Erleichtert fielen sich die Menschen am Brunnen in die Arme. Niemand bemerkte die dunkle Frauengestalt in einer Ecke des Hofes, die zuvor noch nicht dort gewesen war und die schnell ein ganz absonderliches Wesen mit rotem Haarschopf unter ihrem Gewand versteckte.

Hadran

Die Sterne standen günstig und auch wenn im ewig nebligen Hadran niemand viel von Sternen verstand, so waren sie doch das Einzige, was die Globule mit den anderen Welten verband. In der Akademie war es eine eigene Wissenschaft, parallele Zeitverläufe mit der Welt der Menschen zu bestimmen. Lusus hatte mit seinem Bericht über die Reise der Gezeichneten in die Vergangenheit großes Interesse geweckt. Mehrfach hatten ihn altgediente Magister dazu befragt. Heute nun sollte ein großes Ritual stattfinden. Auf der Plattform eines der Akademietürme hatten sich zwölf Magier versammelt, dazu Lusus, Pandorra und ein recht absonderliches Wesen, das in einem stählernen Käfig gefangen gehalten wurde. Es war klein gewachsen, trug eine eigenartige Mütze auf dem roten Haarschopf und hatte abstehende, spitze Ohren. Einer der Magier hatte beiläufig erklärt, dass es sich hierbei um einen Kobold handelte. Von den Anweisungen, die Pandorra erhalten hatte, hatte Lusus keine Ahnung. Er wusste nur, dass es ihr vorbehalten war, eine Reise in die andere Welt zu unternehmen, offenbar in Begleitung des Kobolds. Elyschée hatte vor Wut geschäumt, als sie erfahren hatte, dass ihre Schwester für diese Aufgabe ausersehen worden war, aber ein Magier hatte ihr erklärt, dass deren Kunst der Magie weit eher dazu geeignet war, ein Land zu verderben, als das Können irgend eines anderen Adepten.

Die Magier hatten mit dem Blut eines geopferten Sklaven einen dreizehnzackigen Stern auf den Boden gemalt. Jeder der Zauberer, auch Lusus, hielt eine schwarze Kerze, deren Qualm furchtbar stank, in der Hand. Dann rezitierten sie Zauberformeln in einer uralten Sprache und der Adept spürte die dunkle Aura der Macht, die sich über ihnen entfaltete. Pandorra stand inmitten des Sternes und ein starker Wind brachte ihr Haar und ihr Gewand zum flattern.

Die grundsätzliche Schwierigkeit, vor der man in Hadran stand, war, dass es nicht möglich war, von hier aus Tore in die andere Welt zu öffnen. Prinzipiell verstanden sich die Zauberer zwar auf diese Kunst, aber die Menschengötter hatten Wesen von großer Macht, allen voran den Gottdrachen Lokaj, beauftragt, das Erschaffen solcher Tore zu verhindern. Dort, wo es noch alte Wege gab, wurden sie bewacht und die Wächter waren für die hadranischen Möglichkeiten unüberwindlich. Die einzige Möglichkeit, die sich ergab, war es, zu warten, bis irgendwo aus der Welt der Menschen ein Tor geöffnet wurde. Dieses konnte dann so lange benutzt werden, bis die Wächterwesen es bemerkten, und dies war für gewöhnlich keine besonders lange Zeit. Durch ein solches Tor war es vor über drei Jahren gelungen, das hadranische Heer zu einem Punkt weit nördlich von Certelurien zu befördern. Die meisten Tore waren aber viel kleiner und kurzlebiger als jenes von damals.

Das heutige Ritual verfolgte ein anderes Ziel. Alba Traumdeuterin war nicht für jene Wachsamkeit bekannt, durch die sich ihr göttlicher Bruder Lokaj auszeichnete. Ein naheliegender paralleler Zeitverlauf wurde nun als Traum in die andere Welt geschickt. Vereinzelt drangen dessen Fetzen zu ihrem Ritualkreis. Der Adept konnte kämpfende Hadraner sehen. Plötzlich erschien Sir Trollsiff, der sich inmitten der Horden seines Lebens erwehrte. Ein stattlicher Nordmann spaltete einen Schädel der Soldaten um den anderen. Unvermittelt tat sich in der Mitte des Kreises ein kleiner Sphärenriss auf. Geistesgegenwärtig sprang Pandorra hinein. Den Kobold führte sie an einer Kette um den Hals mit sich. Sofort waren sie verschwunden. Die Falle war zugeschnappt.

Burg Derneck
Niemand wusste, wie es den Hadranern gelungen war, den Wirklichkeitsfluss zu manipulieren. Niemand hatte je von einer so mächtigen Form der Magie gehört. Das Wissen um die Macht der Gegner ließ alle erschaudern. Dennoch hatte man sich am Morgen nach der Schlacht wieder zu langwierigen Verhandlungen zusammen gesetzt. Lady Kyrill führte den Vorsitz und versuchte zu vermitteln, so gut es ging. Aber die Positionen ließen keinen Kompromiss zu. Eoric verteidigte zusammen mit Bertram vom Hopfental den Willen des Drachen. Ein um das andere Mal verkündeten sie, den göttlichen Willen, Baran, des Drachen Essenz, mit der Regierung des Landes zu betrauen. Wieder und wieder argumentierten sie, dass ein Herzog nur in Vertretung des Drachens regieren könne und dass jetzt, nach der Wiederkehr des Drachens die Zeit der Herzöge vorbei sei. Aber es hatte keinen Zweck. Wohl wussten die Gezeichneten im Volk großen Rückhalt für ihre Lehre Lokajs, aber die auf Derneck versammelten Adeligen teilten den Glauben des Volkes größtenteils nicht. Schließlich einigten sich die Edlen gegen den Widerstand der Gezeichneten dazu, einen neuen Herzog zu krönen und tatsächlich fand sich unter ihnen eine breite Mehrheit, die für Alana

von Greifenhorst stimmte. Eoric und Bertram überlegten, ob sie aus Protest abreisen sollten, entschlossen sich aber, zu bleiben. Auch wenn kein göttlicher Segen auf der zukünftigen Regentin liegen konnte, so konnte die Priesterschaft Lokajs doch nicht vollständig von den Entscheidungen ausgeschlossen werden.

Trollsiff, mit dem Eoric in der Nacht zuvor noch Seite an Seite gekämpft hatte, konnte seine Freude über die Wahl nicht verheimlichen. Als zukünftiger Herzogingemahl war er der Macht näher als jemals zuvor. Und niemand schien ein Problem damit zu haben, den ehemaligen Schankknecht in dieser Position zu sehen.

Die Krönung wurde auf den darauffolgenden Tag gelegt. Der Zeitpunkt schien günstig: Alle namhaften Adeligen des Landes waren auf Burg Derneck versammelt und möglichen Gegnern wollte man keine Zeit einräumen, ihren Widerstand zu formieren. Eoric und Bertram kochten vor Zorn. Als ob es sich um eine vollständig legitimierte Thronerhebung handeln würde, versammelten sich am Mittag alle Edlen, herausgeputzt in Festgewändern, um die angehende Herzogin zu geleiten. Eine junge, unerfahrene Frau als Marionette eines Schankknechtes, dachte Eoric. Zu günstig kam, dass von dem entführten Kanzler Norbär, der diese Farce sicherlich verhindert hätte, jedes Lebenszeichen fehlte. Die Gute Mutter Wiltrada, die seinerzeit die Thronbesteigung Anors verhindert hatte, wolle das Ritual durchführen, hieß es. Dabei hatte Anor damals mit Sicherheit mehr Legitimation als Alana heute, ärgerte sich der Nordmann.

Auf einer Sänfte trugen die Edlen die Thronfolgerin aus der Burg hinaus zu einem Ritualplatz, den die Hohepriesterin bestimmt hatte. Wieder erklangen die liturgischen Gesänge, allen voran das "Oh Dana, ewig währe". Selbst die Natur schien die neue Herzogin zu begrüßen: Sanft schien die Sonne hernieder und durch die Blätter der Bäume wehte ein angenehm lauer Wind.

Nach der Krönung versammelten sich die Edlen im Burghof, um die neue Herzogin zu feiern und Promilla zu huldigen. Eoric und Bertram vom Hopfental sattelten derweil die Pferde. Die Adeligen des Landes schienen Promilla mehr zugetan als Lokaj, der ihr rechtmäßiger Herrscher war. Auf Alana von Bittelschieß lag kein Segen, darin waren sich die Gezeichneten einig, als sie durch das Burgtor in die rauen Berge der Träumenden Alb ritten. In Lokajshort sollte es Beratungen geben, wie weiter vorzugehen war.

Lorinsa hatte eine neue Heimat gefunden. Bei jenem rauschenden Fest auf Burg Derneck, das der Krönung Alanas gefolgt war, war Sir Trollsiff auf sie zugetreten. Obwohl er schon ausgiebig Promilla gehuldigt hatte, was sein schwankender Gang und die intensive Alkoholfahne seines Atems verriet, versprühte er immer noch den Charme, für den er berüchtigt war. Die Kammerdienerin konnte die Frauen, allen voran Lady Alana, gut verstehen, die für ihn schwärmten. Dieser Charme war es neben anderen Fähigkeiten, der ihn so schnell vom Schankknecht zum Herzogingemahl hatte aufsteigen lassen. In seiner männlich überzeugenden Art hatte er sich lässig vor sie hingestellt und gefragt: "Na, Lorinsa, jetzt, wo der Kanzler verschwunden und der alte Herzog tot ist, bist du ja arbeitslos".

Die Kammerdienerin hatte sich geehrt gefühlt, dass er sich nach den Jahren noch an ihren Namen erinnerte. Sie hatte erklären wollen, dass sie sowohl auf Derneck wie auch auf Falkenstein ein Auskommen hatte, doch der Heerführer hatte sie unterbrochen: "Wir brauchen auf Greifenhorst eine Dienerin, die der Herzogin Alana würdig ist. Bist du bereit?"

Natürlich war sie bereit, am neuen herzoglichen Hof zu arbeiten. So war sie nach Greifenhorst gekommen, von wo aus neuerdings das Land regiert wurde. Ihre neue Arbeit war denkbar einfach. Einerseits herrschte bei Sir Trollsiff und Lady Alana ein verglichen mit den Gewohnheiten des Kanzlers sehr ungezwungener Umgang, andererseits war es wesentlich anständiger und gesitteter als zu Zeiten des Säufers Barnabas. So hatte sie sich schnell eingewöhnt.

Es war bei einem der Mittagsmahle, die sie den Herrschaften auftrug, als sie Zeugin eines Gespräches der Herzogin mit dem Herzogsgemahl wurde: "Verstehst du, liebe Gemahlin, was drüben in Wyngen gerade passiert?" fragte Trollsiff gerade. Dort war es zu merkwürdigen Umtrieben gekommen. Man flüsterte von einem Prediger, der die Leute um sich scharte. Aber wenn der Hof oder der Baron von Wyngen Untersuchungen anstellte, schwiegen alle Einwohner eisern. Die Herzogin zuckte mit den Schultern: "Nein. Wir sollten jemanden mit Untersuchungen beauftragen." Dann wechselte das Thema: "Aus Giessen ist eine Einladung zu einer Festivität gekommen. Man sagt, Baron Menich sei mit den Feen im Bunde. Er möchte ein Fest im lieblichen Hopfental geben."

"Menich sympathisiert mir zu offen mit den Drachenanbetern," antwortete Trollsiff abfällig. "Ich weiß nicht, ob wir seine Veranstaltung beehren sollten."

"Doch, ich möchte dort hin gehen. Es hat sich eine Menge Edler des

Landes angekündigt. Und ich bin die Herzogin aller Hornsteiner."

So war es beschlossen und einige Tage später packte Lorinsa die herzogliche Kutsche für die Reise ins Hopfental. Alana hatte ihr schönstes Kleid eingepackt und die Kammerdienerin war überzeugt davon, dass sie mit ihrer Anmut alle adeligen Frauen des Landes in den Schatten stellen würde.

Durch die sanften Hügel der Greifenhorster Lande ging die Reise den Gestaden des Bodenlosen Meeres zu. Das Hopfental lag friedlich in die Landschaft eingebettet und überall wuchsen die namensgebenden Pflanzen, die die Baronie Giessen für ihr vortreffliches Bier berühmt machten. Baron Menich hatte am Rande des Tales mit Lampions und Girlanden einen prachtvollen Festplatz einrichten lassen, umgeben von Zelten und Hütten, in denen die Bediensteten eilfertig Köstlichkeiten für den versammelten Adel zubereiteten. Über allem lag der liebliche Duft einer Vollmondnacht im Sommer. Grillen zirpten und in den Zweigen und Ästen des naheliegenden Waldes brach sich erfrischend die laue Brise, die vom Meer herüber wehte. Lady Kyrill von Erkynland und Lady Isabella von Kelkona übertrafen sich selbst in der Schönheit und Pracht ihrer Gewänder, doch als die Herzogin hinzu trat, verstummten die Gäste bewundernd.

Aus allen Hornsteiner Landen waren Besucher gekommen: Jarl Raskir von der Lindeninsel, Lokajspriester aus dem Feenwald, Edle aus fast allen Baronien und sogar die Gute Mutter Wiltrada gab sich die Ehre. Musikanten spielten auf und labende Getränke wurden kredenzt. Das Fest nahm seinen beschwingten Lauf und es schien, dass sich ein jeder amüsierte.

Inmitten der Feierstimmung erregten plötzlich Lichter am Waldesrand die Aufmerksamkeit der Gäste: Es schwirrten Blütenjungfern umher und eine überirdische Musik brachte die Musiker andächtig zum Verstummen.

"Feen…," flüsterte man sich einander zu und ein jeder machte sich auf den Weg hin zu den Bäumen, die den Festplatz umgaben, um von den Erscheinungen nichts zu verpassen. Auch Lorinsa, deren Aufgabe es war, der Herzogin und Sir Trollsiff aufzuwarten, ließ sich von der Menge mitziehen. Eine zunächst unscheinbare Lichtkugel, die nur für eine der Blütenjungfern gehalten wurde, breitete sich plötzlich aus, wuchs an Größe und Helligkeit, so dass sich die Zuschauer geblendet abwenden mussten und nahm unvermittelt die Formen einer wunderschönen Frau an.

"Schallawen!" hörte die Kammerdienerin das Flüstern der Umstehenden und einige sanken auf die Knie. In einem betörenden Singsang begann die Erscheinung zu sprechen: "Sterbliche, Menschen, seid mir gegrüßt.

Dana, unser aller Mutter, sei mit euch."

Wie im Traum hörte Lorinsa, dass die Stimme fortfuhr: "Ich bringe euch den Gruß und die Botschaft meines Bruders Lokaj. Der Herrliche hat beschlossen, sich mit der Herzogin des Landes zu vereinen, um die Einheit von Göttlichen und Sterblichen zu besiegeln und den Menschen seinen Erben zu schenken. Dies ist die Entscheidung des Drachen. Zur Tag- und Nachtgleiche im Herbst, wenn sich seine Wiederkehr zum dritten Mal jährt, will er die Braut heimführen." Noch einmal lächelte die Feenkönigin. Dann zog sich die Lichterscheinung in sich zusammen und verblasste so unvermittelt, wie sie gekommen war. Die Kammerdienerin war noch ganz im Bann der Göttin, als sie bemerkte, dass Herzogin Alana an ihrer Seite kreidebleich geworden war. Sir Trollsiff hatte die Lippen zusammengekniffen und die Faust um seinen Schwertgriff geballt. "Niemals wird das geschehen," zischte er und die Dienerin bemerkte, wie sich die Getreuen des Herzogingemahls, allen voran Jarl Raskir, um sie scharten. Auf der anderen Seite bildete sich eine Gruppe um die Gezeichneten Bertram vom Hopfental, Eoric und Wulf von Bittelschieß, die leise flüsternd, aber erregt das Gehörte diskutierten.

Baron Menich von Giessen trat hervor: "Wir sollten nichts übereilen. Lasst uns die Botschaft des Drachen in Ruhe deuten. Wir sollten mit dem Fest fortfahren. Musikanten, spielt auf!"

Während die Kapelle ein neues Lied anstimmte, kehrten die Gäste langsam auf den Festplatz zurück. Das Misstrauen aber war geblieben.

Hopfental

Eoric konnte es nicht fassen. Zwei Jahre lang hatten sie gebetet und unscheinbare Zeichen gedeutet und jetzt sprach der Drache plötzlich in aller Klarheit durch den Mund der Feenkönigin zu ihnen. Bertram vom Hopfental, der mit den anderen Gezeichneten und der Hohepriesterin Wiltrada an seiner Seite stand, sagte gerade: "Die Nachricht war klar und deutlich. Lady Alana wird sich dem Willen des Drachen fügen müssen. Das Wohl des Landes gebietet es." Wiltrada erwiderte: "Gibt es nicht auch eine andere Möglichkeit, die Worte zu deuten?"

"Was für eine andere Möglichkeit meint ihr, Gute Mutter?" fragte Wulf von Bittelschieß. "Es gibt nur eine Herzogin im Land."

"Wir sollten nicht so offen reden," unterbrach Bertram," es gibt zu viele Zuhörer. Lasst uns ein Stück gehen."

Gemächlich schlenderte die Gruppe in Richtung des Waldrandes.

"Ist nicht auch Adela so etwas wie eine Herzogin? Sie war Herzogsgemahl und von der Blutlinie stünde sie dem Thron noch näher als Alana. Außerdem trägt sie das Drachenmal," erläuterte die Hohepriesterin ihre Idee.

"Sie ist nicht gekrönt," warf Wulf ein und so entspannte sich eine Diskussion über das Für und Wider der möglichen Drachenbräute. Eoric hörte plötzlich das Knacken eines zertretenen Zweiges im Unterholz. Er blickte auf und zog sein Schwert. Im Gehölz stand eine schwarz gewandete Gestalt mit einem bleichen, unappetitlichen Gesicht. Er wollte Alarm rufen, doch Wiltrada unterbrach ihn.

"Prinz Anor!" rief sie fassungslos. Auch die Anderen starrten entgeistert auf den tot geglaubten ehemaligen Thronanwärter, den Eoric noch nie zuvor gesehen hatte.

"Da staunt ihr, euer Heiligkeit," grüßte der Prinz mit brüchiger Stimme und einem undeutbaren, vielleicht sarkastischen Lächeln seiner halb abgefaulten Lippen. Nach einer kurzen Pause fuhr er fort: "Schon eine Weile lausche ich euerem Gerede. Ich denke, ich habe auch etwas dazu zu sagen. Glaubt mir, dort, wo ich herkomme, habe ich umfassendere Einblicke in die Wirklichkeit, als euch lieb sein kann."

"Nun, was habt ihr zu sagen?" fragte die Hohepriesterin deutlich reserviert und Wulf ergänzte: "Könnt ihr uns vielleicht sagen, welche Herzogin vom Drachen gemeint ist?"

Der Prinz lachte bitter auf: "Wie könnt ihr es fragen? Lokaj gibt sich niemals mit etwas Zweitklassigem ab. Es gibt nur eine Herzogin im Land, und das ist Alana von Bittelschieß!"

"Was ist aus euch geworden, als ihr verschwunden seid, und wie kommt es, dass ihr unter uns weilt?" fragte die Gute Mutter insistierend, doch Anor verzog nur den Mund zu einem schiefen Lächeln: "Na, eure Allwissenheit ist eben doch begrenzt."

Auch Eoric wollte zu einer Frage ansetzen, doch der Schwarzgewandete im Unterholz wandte sich um und stapfte ins Innere des Waldes davon.

"Soll ich ihn verfolgen?" fragte der Nordmann, doch Bertram vom Hopfental schüttelte unmerklich den Kopf. Der Guten Mutter war die Fassungslosigkeit über die Begegnung anzusehen. Der Prinz hatte gerade eben für alle deutlich ihre Glaubwürdigkeit in Frage gestellt. Offensichtlich hatte er ihr nicht verziehen, dass sie damals die Thronfolge des Barnabas durchgesetzt hatte.

"Ich denke, wir sollten handeln, bevor es Trollsiff gelingt, ernstzunehmenden Widerstand zu organisieren," ergriff Wulf von Bittelschieß das Wort. Bertram und Eoric nickten und Wiltrada sagte nichts mehr. Die Gezeichneten schlichen sich davon in Richtung der Herzogin. Diese stand etwas abseits, nur in Begleitung von Jarl Raskir, der sie offenbar bewachte.

"Euer Hoheit," ergriff Wulf von Bittelschieß an Alana gewandt das Wort, "wir müssen euch bitten, uns zu begleiten."

Raskir, wie immer breitschultrig, mit nacktem Oberkörper und dem rauschenden Bart, der ihm aus dem Gesicht quoll, lächelte nur und tätschelte liebevoll die doppelblättrige Streitaxt, die an seiner Seite lehnte. Eoric kannte diese typisch nordländische Waffe gut und er wusste, wie schwierig es war, damit Schläge zu parieren. Er wusste auch, dass der Jarl der ungeschlagene Meister mit dieser Waffe war. Raskir traf mit der geworfenen Doppelaxt so genau wie ein passabler Schütze mit Pfeil und Bogen. Dennoch konnte er niemals mit dieser behäbigen Waffe zwei gleichzeitige Angriffe abwehren. Es war Eoric bewusst, dass er sein Blut als Nordmann verriet und dass man ihm auf der Lindeninsel diese Tat niemals verzeihen würde. Dennoch, auch wenn es ihm schwer fiel wie keine Entscheidung davor, setzte er sich entschlossen für die Sache des Drachen ein. Fast unmerklich nickte er Bertram vom Hopfental zu. Dieser zog sein Schwert, doch noch bevor er zum Schlag ausholen konnte, hatte der Jarl seine Axt empor gewirbelt. Krachend schlugen die beiden Waffen aufeinander. Im selben Moment jedoch hatte auch Eoric sein Kurzschwert gezogen und hieb es mit aller Wucht mit der Breitseite gegen Raskirs Hinterkopf. Er meinte noch, ein wissendes Erkennen im Blick des Jarls zu sehen, als dieser nach vorne kippte und auf dem Boden fiel. Wulf fasste die Herzogin unsanft am Handgelenk und zog sie mit sich in den Wald. Die beiden anderen Gezeichneten folgten ihm. Hinter ihnen unter den Gästen war es zu Tumulten gekommen. Offensichtlich wurden jene, die Alana beistehen wollten, allen voran Trollsiff, von den Anhängern des Gottdrachen zurück gehalten.

Eoric und die Entführer der Herzogin hetzten einige Schritte in den Wald hinein, um den kürzesten Weg zur Pferdekoppel zu finden. Plötzlich hörte Eoric hinter sich einen wütenden Schrei. Er wandte den Kopf und sah Jarl Raskir, der sich offensichtlich aufgerappelt hatte, mit erhobener Streitaxt auf sich zustürmen. Er wusste, dass er mit seinem Kurzschwert niemals die Wucht eines von Raskir geführten Hiebes würde parieren können. Einen Moment sah er den Tod vor Augen, dann taumelte der Jarl und die Axt ging krachend eine Hand breit neben Eoric nieder. Am Boden, wo zuvor Raskirs Füße gewesen war, sah er eilig einen Wurzelbold von dannen hoppeln. Der Jarl wollte sich erheben, doch eine Blütenfee, die aus dem Nichts gekommen zu sein schien, streute einen glitzernden Staub in dessen Gesicht. Raskir verdrehte die Augen und schlief ein.

"Dana braucht ihn," flüsterte das Feenwesen an Eoric gewandt, "geh du!"

Eilig drehte sich der Nordmann um und folgte seinen Gefährten.

Lusus stand am Lesepult in seiner Zelle über ein altes Buch gebeugt. Der Kienspan, der an der Wand glomm, spendete nur ein dämmriges Licht, doch es reichte, um die vergilbten Lettern zu entziffern. Es war ein vor Ewigkeiten in Hadran geschriebenes Buch, das er las, und es handelte von den Eroberungen des Imperators in Hornstein vor über tausend Jahren. Die Götter hatten dessen Gefängnis so konstruiert, dass es für ihn unmöglich war, in andere Welten auszubrechen. Wie er es damals dennoch geschafft hatte, einen riesigen Spalt zu öffnen, war dem Adepten noch weitgehend unklar. Von dem Buch erhoffte er sich neue Erkenntnisse.

Es klopfte. Unwillig hob er den Kopf und murmelte ein verärgertes "Herein".

Die Tür öffnete sich und Elyschée trat in den Raum. Deutlich interessierter merkte Lusus auf. Sie trug ihr blondes Haar offen und war mit einem leichten, weißen Nachthemd, einer Farbe, die man in der Akademie nur selten sah, gekleidet. Unvermittelt regten sich in dem Adepten lange vergessene, begehrliche Empfindungen. Besuche der Schüler untereinander so spät in der Nacht waren mehr als unüblich. Wie selbstverständlich setzte sich die Besucherin auf die Pritsche.

"Lusus, du musst mir helfen," begann sie unvermittelt das Gespräch. Der Angesprochene sah sie fragend an.

"Pandorra wird den Imperator verraten," fuhr sie fort. "Es war ein großer Fehler, sie alleine nach Hornstein zu schicken. Sie wollte immer nur ihre eigenen Ziele verfolgen."

Lusus wusste um die Eifersucht, die zwischen den beiden Schwestern herrschte und tat Elyschées Einwände als verletzten Stolz ab. Etwas mitleidig sah er auf sie herab.

"Bitte, Lusus," Elyschée ergriff seine Hand und zog ihn neben sich auf das Bett. Ihre Berührung elektrisierte ihn. "Du kennst Wege aus Hadran heraus. Hilf mir, nach Hornstein zu gelangen, um Pandorra im Zaum zu halten."

Der Adept wusste, dass es verboten war, aus eigenmächtigen Motiven heraus die Globule zu verlassen. Und tatsächlich glaubte er seiner Besucherin kein Wort. Pandorra war für den Auftrag ausgewählt worden, weil sie über sehr mächtige Magie verfügte und von den Magistern als geeignet angesehen worden war. Sie jetzt zu behindern, hieß die Pläne des Imperators zu durchkreuzen. Aber Elyschée war so wunderschön anzuschauen mit ihren hellen, offenen Haaren, die ihre Schultern umspielten. Ihr Gesicht war nur wenige handbreit von seinem Gesicht entfernt und sie hielt noch immer seine Hand. Lusus öffnete den Mund, um zu einer vernünftigen Erwiderung anzusetzen, doch stattdessen küsste er sie. Seine Bedenken waren verflogen.

Greifenhorst, Spätsommer 2 Lokaj

Lorinsa hatte Trollsiff noch nie so wütend erlebt. Noch im Hopfental hatte er seine Gefolgsleute zur Heerfolge aufgefordert und außer sich vor Zorn war er ins heimatliche Greifenhorst zurückgekehrt. Innerhalb von nur zwei Wochen wollte er ein Heer aufstellen, um Alana zu befreien, wo immer sie auch gefangen gehalten wurde. Er sprach von einem Angriff auf Lokajshort und dass er den dortigen Tempel dem Erdboden gleich machen wolle.

Die Dienerin hatte die Aufgabe, die vielen Boten, die im Schloss ein und aus gingen, zu versorgen, Nachtlager einzurichten und den Edlen, die sich zu Verhandlungen über die Modalitäten der Heerfolge im Schloss befanden, aufzuwarten.

"Lorinsa," rief der Herzogingemahl. Er befand sich gerade in seinem Empfangszimmer mit einem Botschafter, den er ihr vorstellte: "Dies ist Thjundar Horwinnen, ein Vogt des Barons von Wyngen. Sorge dafür, dass es ihm an nichts mangelt und gib ihm Unterkunft in unserem besten Gemach."

Die Kammerdienerin empfand den Herrn Horwinnen als äußerst schmierigen Typen. Es gelang ihm immer wieder, genau die Worte zu finden, die sein Gegenüber hören wollte und trotzdem ließ sie das Gefühl nicht los, dass dieser Vogt die Herrschaften manipulierte. Offensichtlich hatte er Trollsiff sehr gute Neuigkeiten gebracht und tatsächlich hörte Lorinsa später, dass Wyngen mit erstaunlich vielen, gut gerüsteten Kriegern dem Heer folgte.

So kam es, dass sich innerhalb von nur zwei Wochen eine schlagkräftige Streitmacht in Greifenhorst versammelte. Als Heerschau gehalten wurde, waren nicht nur Soldaten aus der Mark Greifenhorst zusammen gekommen. Wilde Nordmänner von der Lindeninsel dürsteten danach, das Verschwinden ihres Jarls aufzuklären und die vermeintlichen Entführer zu strafen. Sogar Kämpfer aus dem fernen Certelurien hatten sich eingefunden. Sir Torkelbier, einer der dortigen Barone und ein Freund Trollsiffs, hatte es geschafft, seine Mannen in der kurzen Zeit aus dem Nachbarland hier her zu führen. Auch Lorinsa hatte einen Platz im Tross gefunden, wo es ihre Aufgabe war, den Hurenwaibel zu unterstützen.

Als sich der Heerzug, gefolgt von vielen Versorgungswagen, schließlich in Bewegung setzte, waren alle davon überzeugt, der Angriff gelte dem Kloster Lokajshort im Feenwald. Umso mehr war die Kammerdienerin verwundert, dass die Hauptleute einen Weg in südlicher Richtung auf das Bodenlose Meer zu einschlugen. Hier wartete ein große Flotte auf sie. Hauptsächlich waren es Drachenschiffe von der Lindeninsel, aber auch mehrere Handelskoggen lagen bereit. Langsam sprach sich herum, dass der Angriff der Küssaburg im fernen Südwesten Hornsteins gelten sollte. Hier wurde die Herzogin offensichtlich gefangen gehalten. Durch die Geheimhaltung des Zieles wollte Trollsiff verhindern, dass die Gegner ihnen ein eigenes Heer entgegenstellen konnten.

Küssaburg

Ihr Plan war gut gewesen, dachte Eoric. Die Gezeichneten hatten gewusst, dass sie Sir Trollsiff militärisch nur wenig entgegen stellen konnten. Zu gut war dessen Rückhalt unter den Edlen des Landes und als Heerführer Hornsteins stand ihm auch formal der Oberbefehl zu. So waren sie dem Vorschlag Wulfs von Bittelschieß gefolgt, die Herzogin auf der heimatlichen Burg des Gezeichneten zu verstecken. Götz von Bittelschieß-Küssaburg, Wulfs Vater, war gerne bereit, der Abordnung des Klosters Lokajshort Unterschlupf zu gewähren. So kam es, dass Eoric, zusammen mit Wulf und der gefangenen Herzogin, zu Gast auf der abgelegenen Küssaburg war, während sich die übrigen Gezeichneten im Kloster auf einen Angriff des Heerführers vorbereiteten. Umso überraschender war es, als ein Bauer die Nachricht auf die Burg brachte, dass an der Küste, nur eine halbe Tagesreise von der Burg entfernt, eine riesige Flotte Kämpfer und Kriegsgerät entlud. Es blieb kaum Zeit, eine Belagerung oder einen Gegenschlag vorzubereiten. In nur wenigen Stunden wurden alle verfügbaren Vorräte auf die Burg geschafft, um wenigstens für einige Tage einer Belagerung widerstehen zu können. Glücklicherweise verfügte die Küssaburg über stattliche Verteidigungsanlagen und einen beachtlichen Burggraben.

Es dauerte nicht lange, da zogen bereits die ersten Mannschaften im Areal vor der Burg auf und die Zugbrücke wurde empor gezogen. Eoric erschauderte, als er die Streitmacht anrücken sah. Besonders machte ihn die große Menge Nordländer von der Lindeninsel betroffen. Von den Zinnen aus sah er viele bekannte Gesichter: Freunde, gar Nachbarn, mit denen er einst Seite an Seite gefochten hatte.

Er wusste, dass seine Lage als Verteidiger verzweifelt war. Es war nicht damit zu rechnen, dass das Kloster ein angemessenes Entsatzheer aufstellen konnte. Und selbst wenn das gelang, so würde dessen Zug zur fernen Küssaburg Wochen dauern, denn die Unterstützung von Schiffen, wie sie Trollsiff genoss, war den Lokajsanhängern verwehrt.

Generalstabsmäßig wurde vor der Burg die Belagerung vorbereitet. Gräben wurden ausgehoben und Palisaden in die Erde gerammt. Wenn sich ein Angreifer zu nah an die Burgmauern wagte, so wurde er mit Pfeilen der Verteidiger bedrängt, doch Eoric wusste, dass auch der Vorrat an Pfeilen begrenzt war. Es bedrückte ihn, dass er als Belagerter dazu verdammt war, tatenlos auszuharren. Herzogin Alana wurde gut bewacht in der Kemenate gefangen gehalten, während der Nordmann auf den Zinnen über dem Tor bereit stand. Schleppend vergingen die Stunden und in der ersten Nacht der Belagerung fand er nur wenig Schlaf. Am folgenden Tag beobachtete er, wie vor der Burg Bäume geschlagen wurden, um eine massive Behelfsbrücke und mehrere starke Rammböcke zu erstellen. Gegen Nachmittag waren die Arbeiten beendet und die Belagerer rüsteten sich zum Sturmangriff. Trollsiff wusste seine Mannen sehr diszipliniert zu leiten. Schließlich wurde die Behelfsbrücke in Stellung gebracht und krachend über den Burggraben geschlagen. Ein riesiger, von Schildträgern gedeckter Rammbock wurde vor das Tor getragen und begann sein zerstörerisches Werk. Von den Zinnen aus wurde kochendes Wasser und Öl geschüttet. Immer wieder stoben die Angreifer von den heißen Flüssigkeiten getroffen auseinander und ihre Schmerzensschreie hallten nach oben. Aber immer wieder rückten neue Abteilungen nach, um die Verletzten zu entsetzen. Schlag auf Schlag donnerte der Rammbock gegen das Tor. Die Bogenschützen dezimierten die Angreifer, doch Trollsiffs Streitmacht war noch immer unüberblickbar groß.

Nach mehreren Stunden wurde klar, dass der massive Riegel des Tores nur noch wenigen Schlägen standhalten würde. Der alte Götz von Billelschieß, der den Oberbefehl über die Verteidigung inne hatte, beorderte seine Krieger zur Verteidigung des Torweges. Auch Eoric folgte dem Ruf. Barrikaden wurden errichtet, um die Eindringlinge am Vorrücken zu hindern, hinter denen sich der Nordmann und seine Kampfgefährten verschanzten. Plötzlich splitterte der Riegel krachend in zwei Teile und das Tor wurde mit Wucht aufgerissen. Herein quollen Horden von Angreifern, die nun die Verschläge bestürmten. Bald hatte Eoric jeden Überblick verloren. An seiner Seite war es Trollsiffs Horden gelungen, ins Innere der Burg einzudringen. Der Nordmann wich zurück, um seinen Rücken von der Wand des Torweges zu decken. Von mehreren Seiten wurde er angegriffen. Wieder und wieder gelang es ihm, Kurzschwert und Rundschild zwischen sich und die Gegner zu bringen, doch schließlich, bereits aus mehreren Wunden blutend, ermüdete er. Für eine letzte Parade war er nicht schnell genug. Ein Schwert fuhr ihm unterhalb des Rippenbogens in die Eingeweide. Er kippte vornüber und brach zusammen.

Hadran

Lusus und Elyschée schlichen sich in das Transversal-Labor. Es war den Adepten untersagt, außerhalb der Unterrichtszeiten in den Arbeitsstätten der Magister herum zu stöbern, aber Elyschée hatte Lusus überzeugt, dass es ein Fehler war, Pandorra unbeaufsichtigt in Hornstein agieren zu lassen. Das Transversal-Labor war jener Ort, in dem, soweit möglich, Ein- und Ausgänge und überhaupt der Kontakt zu den anderen Welten aufgezeichnet und überwacht wurde. Es gab immer wieder Hadraner, die die Globule gegen den Willen des Imperators verlassen wollten und so waren sich die Adepten bewusst, welches Risiko sie eingingen. Flucht wurde mit Verrat gleichgesetzt und endete normalerweise mit dem Untod auf den Feldern vor der Stadt. Andererseits zeichneten sich die Bewohner der Akademie durch große Loyalität aus, weshalb der Raum selbst nicht bewacht war.

Ein großes Schloss in der massiven Holztür hinderte sie am Weiterkommen. Elyschée zog eine Haarnadel aus ihrer Frisur und machte sich daran zu schaffen. Ihr Begleiter staunte über den Eifer und den Ehrgeiz, mit dem sie ihre Pläne verfolgte. Nicht lange darauf schob sie den Riegel mit leisem Klackgeräusch zurück und der Weg war offen. Sie entzündete eine Kerze und leuchtete in die Finsternis: Im Labor befanden sich mehrere, mit Aktenbergen überhäufte Schreibpulte. An der Wand prangte eine riesige Landkarte, auf die mit Nadeln Notizen gepinnt waren. In der Mitte des Raumes, auf einem Kissen liegend und mit einem Podest erhöht, befand sich eine eindrucksvolle Glaskugel, umgeben von magischen, auf den Boden gezeichneten Schriftzeichen. Zunächst untersuchte Lusus die Glaskugel. Offensichtlich war es hier möglich, mittels Hellsichtmagie bestimmte Informationen aus der anderen Welt zu erlangen. Dann beschäftigte er sich mit der Karte an der Wand. Schnell erkannte er ihm bekannte Länder wie das Kalifat von Tikon, Hornstein oder Certelurien. Auch das Bodenlose Meer konnte er verorten. Dass die Welt darüber hinaus aber noch viel größer war, erstaunte ihn. Er fand an den entsprechenden Stellen Notizen, beispielsweise über das Höhlensystem zwischen dem Dämonental, dem Feenwald und Hadran, dass er mittlerweile recht gut kannte. Im nördlichen Greifenhorst war auf einem Waldgebiet ein Zettel mit Pandorras Name angebracht und über dem Städtchen Wyngen fand er die Notiz: "Möglicher Aufenthaltsort von Rasputin?"

Er suchte weiter. Im Grenzgebiet zwischen Hornstein und Certelurien fand er Aufzeichnungen über einen "loyalen Zirkel von Hadran-Veteranen" und dabei den Namen "Weibel Morrvin". Diese Information fand er besonders interessant für Elyschées Pläne. Er krustelte weiter auf den Pulten und in den Schränken, um Informationen über diesen Weibel Morrvin zu erhalten. Offensichtlich hatten sich versprengte Reste des großen Heeres in den abgelegenen Bergen der Baronie Torkelbier einen Unterschlupf geschaffen, von dem aus sie die Pläne des Imperators verfolgten. Dieser Weibel Morrvin hatte es geschafft, den Hornsteiner Kanzler Norbär zu entführen.

Zuletzt vertiefte sich Lusus in Unterlagen über Sternenkonstellationen und wann die Zeiten für Übergänge besonders günstig waren, um Kontakt in die andere Welt herzustellen. Schließlich nickte er seiner Begleiterin zu: "Wir haben, was wir wollen."

Befriedigt verließen sie das Labor, nicht ohne darauf zu achten, alles so zu verlassen, wie sie es vorgefunden hatten.

Auf der Landstraße, Herbst 2 Lokaj

Das Reisen im Tross des Heeres war beschwerlich. Rüde holperte das Fuhrwerk über Steine und Schlaglöcher. Die Straßen im Westen Hornsteins waren denkbar schlecht in Stand gehalten. Vor ihnen, so weit das Auge reichte, zog sich das Heer Trollsiffs schwerfällig dahin. Reiter, Pikeniere, Plänkler. Auch hinter ihrem Wagen erstreckte sich der endlose Tross aus Fahrzeugen aller Art, Marketender und Trosshuren, Reiter und Fußgänger.

Lorinsa war die Aufgabe zugewiesen worden, einen verletzten Gefangenen zu pflegen. Sein Name war Eoric und er war ein Nordmann von der Lindeninsel. Allerdings schien er bei seinesgleichen nicht sonderlich beliebt zu sein. Als er auf einer Bahre in den Wagen, der mit einer schweren Plane bedacht war, gebracht wurde, hatte die Kammerdienerin wütende Blicke und Beschimpfungen von den Nordmännern im Heer bemerkt, die an ihren Patienten gerichtet waren. Dieser hatte eine tiefe Schwertwunde in der Magengegend. Lorinsa hatte die Wunde ausgewaschen und mit Branntwein behandelt. Darauf hatte sie heilende Kräuter gelegt und einen Verband angebracht. Mittlerweile war der Nordmann aufgewacht. Mühsam gegen das Holpern des Wagens balancierend versuchte die Dienerin, ihm einen Kräuteraufguss zu reichen. Dankbar nahm er an. Um ihm beim Trinken behilflich zu sein, stützte Lorinsa seinen Oberkörper. Am Bein war Eoric mit einer massiven Kette an den Wagenkasten gefesselt. Lorinsa fand diese Vorkehrung ganz und gar unnötig, weil der Gefangene aufgrund der Verletzung kaum würde fortlaufen können, aber Sir Trollsiff hatte persönlich darauf bestanden. Außerdem saßen zwei Wachleute auf dem Kutschbock. Der Gardist, der die Kette angebracht hatte, hatte den Schlüssel für das Schloss Lorinsa in die Hand gedrückt. Offensichtlich hatte er vom Heerführer keine klaren Anweisungen bekommen. Draußen ritt ein Herold die Reihen entlang. Er schrie die Befehle, ein Nachtlager einzurichten und gemächlich schwenkte der Zug auf ein großes Feld ein. Die Wagen wurden in Kreisform zusammen gestellt und überall errichteten die Krieger Zelte. Über kleinen Lagerfeuern wurde Abendessen gebrutzelt.

Die Kammerdienerin verließ kurz den Wagen, um für sich und den Gefangenen etwas Nahrung zu besorgen. Sie bekam Getreidebrei und eine Speckschwarte. Als sie zum Planwagen zurückkehrte, stellte sie eine Schüssel vor Eoric hin. Dieser richtete sich auf und begann dankbar zu essen. Eigentlich hätte Lorinsa gerne ein Gespräch angefangen, aber sie wusste nicht, was sie sagen sollte. Zuletzt kaute der Gefangene an der Schwarte, die so zäh war, dass er sie nicht durchbeißen konnte.

"Kannst du sie klein schneiden?" wandte er sich an Lorinsa. Die angesprochene kramte ein kleines Messer heraus, das sie immer bei sich trug und begann, an dem zähen Stück Fleisch herumzusäbeln. Dann ging plötzlich alles ganz schnell. Ehe sie sich versah, hatte Eoric ihr das Messer entwunden, an den Hals gesetzt und zusätzlich ihren Mund zugehalten. Aus den Augenwinkeln blickte sie zu den Wachleuten auf dem Kutschbock. Aber dort war niemand. Offensichtlich saßen sie am Feuer vor dem Wagen.

"Still, wenn du weiterleben willst," zischte der Nordmann. Er griff in ihren Beutel und angelte den Kettenschlüssel hervor. Nie hätte Lorinsa gedacht, dass er sie beobachtet hätte, als sie den Schlüssel dort verstaut hatte, aber so, wie es aussah war Eoric wacher und gesünder, als sie angenommen hatte. Der Nordmann nahm eines ihrer Taschentücher, ballte es zu einem Knebel und stopfte es in ihren Mund. Dann begann er zu ihrem Entsetzen, ihr die Kleider vom Leib zu reißen. Eoric schlüpfte in ihren Rock und setzte sich ihre Haube aufs Haupt. Dann fesselte er sie und warf sich eine Decke über die Schultern, mit der er auch sein Gesicht verbarg. Schließlich kletterte er aus dem Wagen. Als er gegangen war, versuchte Lorinsa, sich mit dem Fuß gegen den Kastenrand klopfend, bemerkbar zu machen. Endlich erschien in der hinteren Öffnung der Kopf eines Gardisten.

Mühsam klammerte sich Eoric am Rücken des Pferdes fest, das er heimlich bei einem Bauern entwendet hatte. Er hatte den Rock der Kammerdienerin in Streifen gerissen, um zusätzlich seine Wunde zu verbinden. Aber es war sinnlos. Blut troff aus seinem Bauch auf seinen Schenkel und auf die Flanke des Pferdes. Immer wieder musste er sich konzentrieren, um das Bewusstsein nicht zu verlieren. Wenn das Pferd doch alleine den Weg finden würde! Er hatte bereits die ersten Bäume des Feenwaldes erreicht. Es war finstere Nacht und seine Kraft verließ ihn mehr und mehr. Er wusste nicht, ob er zu Blashyrk, Dana, Schallawen oder Lokaj beten sollte. Es konnten nur noch einige Meilen des Weges sein, die ihn vom Tempel trennten. Noch einmal versuchte er, all seine Kraft zusammen zu nehmen, doch es gelang ihm nicht mehr. Dass er vom Rücken des Pferdes rutschte und schwer auf den Boden fiel, merkte er nicht mehr.

Als er wieder zu sich kam, sah er huschende Gestalten, hektisches Treiben und einige besorgte Gesichter auf ihn herab gerichtet. Er lag auf einer Bahre und wurde durch den Wald getragen. Dann war er im Tempel. Barans sorgenvolles Gesicht blickte auf ihn.

"Was berichtest du uns?" hörte er ihn fragen.

"Trollsiffs Heer bewegt sich auf uns zu. Küssaburg ist gefallen," antwortete der Nordmann. Mühsam lauschte er dem Getuschel der Umstehenden.

"Er wird nicht wagen, uns zur Tag- und Nachtgleiche anzugreifen," flüsterte Bärtram vom Hopfental.

"Was ist mit Wulf?" hörte er die besorgte Stimme der Herzoginwitwe Adela. Er zog die Schultern hinauf. Eoric hatte keine Ahnung, ob der Gefährte überlebt hatte.

"In diesem Fall wird der göttliche Drache seine Braut selbst holen müssen," konstatierte Baran. "Lasst uns den morgigen Tag vorbereiten. Es werden viele Pilger kommen. Sir Trollsiff wird es nicht wagen, zur Zeremonie anzugreifen."

Eoric wusste nicht, wie lange er bewusstlos gewesen war. Aber er wusste, dass es nicht mehr lange zur Tag- und Nachtgleiche hin war. Sollte es bereits morgen so weit sein? Würde der Gottdrache seine Braut holen? Erschöpft fiel er wieder in den Schlaf.

Der darauf folgende Tag verlief in hektischer Betriebsamkeit. Aus allen Landesteilen kamen Pilger, die die Jahreswende in Lokajshort erleben wollten. Im Kloster wurde ein großer Gottesdienst vorbereitet und auch wenn das anrückende Heer Trollsiffs in aller Munde war, so fehlte es doch nicht an gläubigen Menschen. Im Gegenteil. Viel einfaches Volk war gekommen, gerade um Trollsiffs Angriff trotzig zu bestehen.

Weil der Herbsttag sonnig und warm war, bat Eoric den Bibliothekar und seinen Gehilfen, seine Bahre vor den Tempel zu tragen. Sheel Orbanasol, so war der Name des Bibliothekars, hatte sich große Verdienste um die Sache Lokajs erworben. Er hatte die Bibliothek des Tempels aufgebaut und stand mit seinen Forschungen den Gezeichneten zur Seite. Doch auch sein Unbehagen angesichts der Bedrohung durch Trollsiff konnte der Nordmann deutlich spüren.

Eoric beobachtete das Treiben von seiner Liegestatt aus. Die kleine Stadt um das Wirtshaus und den Tempel war mit Zelten und einfachen Verschlägen der Pilger gefüllt. Überall hetzten Gezeichnete und Tempeldiener umher.

In einem ruhigen Moment gelang es ihm, einige Worte mit Baran, der Essenz des Drachen, zu sprechen.

"Wenn Trollsiffs Heer auf all diese schlecht gerüsteten Pilger trifft, gibt es ein Massaker," sagte er dem Abt. Dieser nickte bedächtig: "Ja, wir haben ihm militärisch nichts entgegen zu setzen. Viele Pilger glauben, dass der Gottdrache auf unserer Seite in den Kampf eingreifen wird."

"Und du, glaubst du das auch?" fragte Eoric.

Baran schüttelte langsam den Kopf. Der Nordmann bekam einen Eindruck von der unglaublichen Verantwortung für all diese Menschen hier, die der Abt trug.

"Das Heer ist noch zwei Tagesreisen von hier entfernt," erhob Baran jetzt die Stimme. "Wir werden sehen, was heute passiert. Und vielleicht müssen wir dann Lokajshort räumen und uns zurück ziehen."

So verstrich der Nachmittag. Als die Schatten bereits länger wurden, bemerkte Eoric einen Tumult am Waldrand, den er über die lange Straße, die auf den Tempel zu führte, erblicken konnte. Pilger liefen zusammen und bildeten eine Gasse für eine stämmige Gestalt, die dort aus dem Gehölz getreten war. Als der Ankömmling näher gekommen war, erkannte Eoric ihn. Obwohl er keinen Helm, sondern einen Kranz aus Efeu und Herbstblättern auf dem Haupt trug, entfuhr dem Nordmann ein Ruf des Erschreckens. Auch die anderen Gezeichneten waren auf den Mann aus dem Wald aufmerksam geworden. Alle, selbst der Bibliothekar und die Tempeldiener, versammelten sich auf den Stufen des Tempels, um den Ankömmling zu erwarten: Es war niemand geringeres als Raskir, der Jarl der Lindeninsel.

Eoric wusste, dass der Jarl seit den Ereignissen im Hopfental als verschwunden galt. Man hatte gemunkelt, die Feen hätten ihn entführt.

Schließlich erreichte Raskir die unterste Treppenstufe. Die Pilger, die ihn umringten, waren von Ehrfurcht ergriffen. Auch Eoric bemerkte am Flirren in der Luft und den eigenartig gebrochenen Sonnenstrahlen, die das Haupt des Kriegers umleuchteten, das Wirken der Feenwelt.

"Der grüne Ritter," flüsterten einige, "Danas grüner Ritter."

Raskir erhob die Stimme, so dass sie weithin schallte: "Ich bin Raskir, der Dana grüner Ritter. Ich bringe euch den Gruß und den Segen der Göttermutter. Lasst ab vom Kampf gegeneinander, ihr, die ihr von Dana geliebt seid."

Was hatte der Jarl erlebt in den Monaten, die er verschwunden war, fragte sich Eoric. Nur zu gut hatte er Raskir als einen in Erinnerung, der den Glauben an andere Götter als Blashyrk verachtet hatte und dem nichts über seinen blutsaufenden Meeres- und Kriegsgott gegangen war.

"Der alte Feind schläft nicht," fuhr er fort. "Deshalb fordert die Göttermutter den Frieden unter ihren Kindern. Lasst die Waffen ruhen."

"Gut und recht," ergriff Bärtram vom Hopfental das Wort, "aber wir werden uns Trollsiffs erwehren müssen."

"Das lasst meine Sorge sein," erwiderte der grüne Ritter. Dann wandte er sich um schritt von dannen. Wieder bildete sich eine Gasse in der Menge und bald hatte der Wald den Jarl verschluckt. Über den Bäumen ging die Sonne unter. Jeder der Umstehenden rätselte über die seltsamen Schicksalsfügungen der Götter.

Schließlich unterbrach Baran die Stille: "Wir müssen zum Gottesdienst schreiten. Lasst uns gehen."

Wenig später fanden sie sich im Tempel wieder. Eoric war mitsamt seiner Bahre hineingetragen worden. Längst hatten nicht alle Pilger in dem großzügigen Anbetungsraum Platz, so dass die Tore geöffnet blieben, um auch den Außen stehenden die Teilnahme zu ermöglichen. Alle sangen das Lokajslied: "Herr Lokaj, stolzer Drachenfürst, führe uns in diesem Kampf..."

Die Gezeichneten umstanden den Altar: Baran in der Mitte, Sechera mit ihrer Tochter Sira, die auch das Zeichen trug, Adela, Bärtram... Nur Eoric musste an der Seite liegen. Weihrauch dampfte aus Kesseln und überall hingen rote Fahnen mit dem goldenen Zeichen des Drachens im Feuerkranz. Baran predigte, doch man merkte ihm deutlich an, dass ihn die Begegnung mit dem grünen Ritter aus dem Konzept gebracht hatte. Niemand wusste, was heute geschehen würde und ob sich die Worte Schallawens bewahrheiten würden und Lokaj seine Braut holen würde.

Plötzlich erklang von draußen ein ungeheures Tosen. Pilger schrien und drängten durcheinander. Viele wurden von der panischen Menge niedergetrampelt und dort, wo sich unmittelbar vor den Toren ein freier

Platz gebildet hatte, landete mit rauschenden Flügelschlägen prächtig der rote Drache. Sein massiger Leib wirbelte Staub auf und in den schillernden Schuppen spiegelte sich das Licht der unzähligen Schuppen. Obwohl eben noch von Panik überkommene Menschen geschrien hatten und das Chaos unüberblickbar schien, kehrte schnell eine andächtige Ruhe unter den Gläubigen ein. Mit qualmenden Nüstern streckte sich majestätisch das Drachenhaupt in den Tempelraum. Rot und golden glitzerten die Schuppen auf dem leibhaftigen Gott: "Ich/ wir/ der Göttliche bin gekommen, um meine Braut/ Weibchen/ was mir zusteht zu holen," erschallte es in den Ohren und Geistern aller. "Gebt dem Göttlichen seine Partnerin/Geliebte/Opfergabe."

Stille herrschte. Schließlich sagte Baran, der auf die Knie gefallen war, mit bebender Stimme: "Wir haben sie nicht…"

"Unsinn/ Torheit/ Menschengeist!" erschütterte das Drachenbewusstsein die Zuhörer. "Die Herzogin/ Bewahrerin/ Blutlinie ist hier." Dann senkte er sein mächtiges Haupt herab und starrte geradewegs auf die Herzoginwitwe Adela. Diese trat hervor und sprach: "Wenn es so sein soll, so will ich deine Braut sein."

Sie ging an die Seite des Hauptes und setzte sich würdevoll auf den Hals des Drachen. Dann zog sich das Ungetüm aus dem Tempelraum zurück, breitete die Flügel aus und unter Tosen und Rauschen enthob er sich dem dunklen Nachthimmel entgegen. Adelas Blick war bang in die Zukunft gerichtet.

De Sigulum

I Nach Äonen der Gefangenschaft gelang es Ralot, in die Geister der Menschen einzudringen.

II Er sprach: Ich bin Ralot, der Göttliche. Wer mir dient, dem verspreche ich unendliche Macht.

III Und die Schwachen fingen an, Tunnel zu bauen von der einen Welt in die andere.

IV Die Götter aber sprachen: Unheil ist das Tun des Ralot. Verderben ist seine Botschaft.

V Sie schufen ein Siegel, um die Welten zu trennen und doch zu verbinden.

VI In diesem Siegel ordneten sie die Sphären so, dass ein jedes Wesen seinen rechten Platz hatte. Den Göttlichen den Himmel, den Sterblichen die Erde und dem Ralot die Unterwelt.

VII An die Tunnel, die die Schwachen gegraben hatten, befahlen sie Shaak Ti, jenes Wesen, dem Schallawen nach der Schändung durch Ralot das Leben geschenkt hatte.

VIII Sein Zorn gegen den Vater war groß.

Hadran, Winter 3 Lokaj

Es war wieder eine der Nächte, in denen die Sterne günstig standen. In der anderen Welt musste gerade der Winter seinem Ende entgegen gehen. Elyschée hatte sich unter den Magistern umgehört. Offensichtlich plante heute niemand, das Transversallabor zu benutzen. Also hatte sie Lusus bedrängt, heute ihren Plan zu verwirklichen. Gemeinsam schlichen sie durch die Gänge zum Labor. Wieder gelang es Elyschée mühelos, das Schloss zu öffnen. Beide machten sich an die Arbeit. Lusus zeichnete mit Zauberkreide magische Symbole auf den Kreis, der die Glaskugel in der Mitte des Raumes umgab. Seine Begleiterin entzündete schwarze Kerzen und stellte sie an die vorgeschriebenen Positionen. Dann intonierten sie die Beschwörungsgesänge. Lange geschah nichts.

Plötzlich öffnete sich die Tür zum Labor. Einer der Magister stand verwundert darin: "Was in des Imperators Namen habt ihr hier zu suchen?" herrschte er die Adepten an. Geistesgegenwärtig wandte sich Elyschée zu ihm um. In der Hand hielt sie ein Pergament, dass sie von einem der Schreibpulte genommen hatte: "Hier, die Erlaubnis..," sagte sie, ging einige Schritte auf den Magister zu und reichte ihm das Schriftstück. Der Magier kniff die Augen zusammen, um trotz der Dunkelheit lesen zu können. Beiläufig griff Elyschée an ihren Kopf, zog ihre Haarnadel hervor und stach zu. Ein, zwei, drei Mal durchbohrte sie den Brustkorb des überraschten Magisters und röchelnd brach dieser zusammen. Schnell schloss die Adeptin hinter ihm die Labortür.

"Machen wir weiter," sagte sie wie beiläufig zu ihrem Begleiter und Lusus schauderte ob der Kaltblütigkeit seiner Geliebten.

Wieder stimmten sie die Gesänge an und endlich zeigte sich das bärtige Gesicht eines unscheinbaren Bauern in der Kugel.

"Waibel Morrvin," sagte Lusus mit gebietender Stimme. Das Gesicht des Bauern schaute sich erstaunt um. Offensichtlich konnte er die Herkunft des Gehörten nicht bestimmen und war erschreckt darüber, mit seiner wahren Identität konfrontiert zu sein.

"Waibel Morrvin," wiederholte der Adept, und er bemühte sich dabei, möglichst tief und eindrucksvoll zu klingen, "der Imperator braucht dich!"

Der Angesprochene sank auf die Knie.

"Wie kann ich zu Diensten sein," fragte er demütig.

"Du beherrscht keine Magie. Dennoch kannst du ein Tor nach Hadran öffnen," fuhr Lusus fort. "Öffne die Pforten des Blutes. Bringe ein Opfer dar. Aus einer alten Blutlinie, ein Herrscher des Landes. Dies wird ein Tor öffnen. Gehe zu deinem Gefangenen."

Die Bilder im Hintergrund des Kopfes veränderten sich. Offensichtlich bewegte sich Waibel Morrvin. Bald erhellte eine Fackel die Szenerie. Im Hintergrund erkannte Lusus das ausgezehrte Gesicht des Kanzlers Norbär von Bittelschieß.

"Zeichne einen Kreis um dein Opfer," wies der Adept an. "Erhebe dein Messer und rufe Ralot an. Sprich mir nach: Seien die Wunden des Herrschers die Wunden des Landes! So wie Blut aus diesem Opfer quillt, so quelle die Macht Ralots in dieses Land! Und jetzt stich zu."

Der Waibel tat, wie ihm geheißen und plötzlich öffnete sich ein gleißender, wabernder Sphärenspalt unmittelbar vor Lusus. Elyschée hauchte dem Adepten einen Kuss auf die Wange und sagte: "Leb' wohl, wir sehen uns in der anderen Welt."

Dann verschwand sie im gleißenden Wabern und gleich darauf schloss sich der Spalt wieder.

Lokajshort, Frühling
In Lokajshort war es vergleichsweise einsam geworden. Zwar hatte Trollsiff nach Raskirs Vermittlung zur Erleichterung aller das Heer aufgelöst und die meisten Krieger nach Hause geschickt, aber viele Gläubige hatten sich enttäuscht von Lokaj abgewandt. Viele hatten gehofft, der Drache fahre unter Trollsiff und seinen falschen Promillakult

108

und halte blutige Ernte. Doch sie wurden enttäuscht.

"Es liegt nicht an uns, die Wege der Götter zu durchschauen," hatte Baran resigniert festgestellt. "Ob der Drache in einem Sphärenspalt kämpft oder ob er im Himmel an der Seite seiner göttlichen Geschwister feiert - wir wissen es nicht. Aber eines können wir erahnen: Einer unserer Tage ist für ihn ein Augenblick und das Leben eines Menschen ist für ihn zu kurz, um es nennenswert zu nennen. Mag sein, dass er uns in hundert Jahren die Erlösung bringt. Mag auch sein, dass ein Kind von Adela und Lokaj uns in einigen Jahrzehnten anführt. Wir wissen es nicht. Ich gehe in den Wald um zu beten." Mit diesen Worten hatte Baran sich abgewandt und war verschwunden. Seitdem fehlte jedes Lebenszeichen von ihm.

Weil das Kloster damit keinen Abt mehr hatten, wählten sie Bärtram vom Hopfental zu ihrem Anführer. Aber die Pilger strömten weniger und die Spendengelder flossen geringer als in früheren Zeiten.

Eines Tages kam ein Bote der Falkensteiner Postreiter. Das Pergament, das er brachte, war an den Tempel adressiert. Es stammte aus der Baronie Torkelbier, das am Nordrand der träumenden Alb im Süden Certeluriens lag. Eoric war bekannt, dass Baron Mortil Torkelbier einer der Waffengefährten Trollsiffs war, der ihn in den Kämpfen gegen die Gezeichneten begleitet hatte.

"Es ist eine Einladung," sagte Wulf von Bittelschieß, der das Schreiben geöffnet hatte. Wulf war in der Schlacht von Küssaburg in Gefangenschaft geraten, war aber auf Vermittlung Jarl Raskirs später wieder frei gekommen.

"Sir Torkelbier und der grüne Ritter Raskir laden zu einem Turnier auf Schloss Torkelbier," fuhr er fort. "Die Gewinner sollen einen Platz finden an der Tafelrunde Torkelbiers. Es geht darum, die Verhältnisse der Länder Hornstein und Certelurien zu ordnen."

In Certelurien herrschte seit dem Verschwinden Joshuas in der ersten Hadranerschlacht ein Interregnum, weil sich die Edlen nicht dazu durchringen konnten, König Joshua für tot zu erklären und sich auf einen Nachfolger zu einigen. Jeder Edle des Königreiches kochte sein eigenes Süppchen und es war von Glück zu reden, wenn sie nicht bewaffnet aufeinander los gingen.

"Ein abgekartetes Spiel," argwöhnte Bärtram vom Hopfental. "Sie werden alle Edlen versammeln, um ihre unrechtmäßige Herrschaft zu legitimieren. Wie damals auf Derneck."

"Wir sollten trotzdem hingehen," erwiderte Wulf von Bittelschieß. "Auch wenn unser Einfluss gering ist, sollten wir die Sache des Drachen vertreten."

So war es beschlossen.

Wieder hatte sie eine lange Reise im Tross des Herzogs, denn so wurde Trollsiff mittlerweile allgemein genannt, hinter sich gebracht. Sie waren der Schussel aufwärts gefolgt, hatten die Danau überquert und die östliche Träumende Alb passiert. An deren Nordrand, in einer unwirtlichen, steinigen Landschaft, stand die Burg Torkelbier. Lorinsa saß auf dem Kutschbock der herzoglichen Kutsche. Alana, die sich im Inneren des Gefährtes befand, fühlte sich unwohl. Nur wenige wussten, dass sie bereits die zweite Fehlgeburt gehabt hatte. Wenn Trollsiff endlich einen Thronfolger präsentieren könnte, wäre seine Dynastie gesichert. Lorinsa hatte großes Mitleid mit der Herzogin.

Vorneweg ritt Trollsiff mit den Bewaffneten. Auch wenn er Alana stets hegte und umsorgte, so war ihm doch auch die Niedergeschlagenheit anzumerken. Er liebte Alana, das wusste die Kammerdienerin.

"Wusstest du, dass man in Torkelbier eine eigene Gottheit verehrt?" fragte der Kutscher an Lorinsa gerichtet. Er trug einen stattlichen Schnauzbart und hatte einen breiten Hut auf das Haupt gesetzt. Lorinsa richtete den Blick auf ihn.

"Tatsächlich?" tat sie interessiert.

"Sie nennen ihn Cerclonnu. Der mit den großen Steinen wirft."

Trotz seiner Schwatzhaftigkeit amüsierte sich die Kammerdienerin über den Kutscher.

"Sie fürchten hier nur eines. Und das ist, dass Cerclonnu sie mit Steinen bewirft," fuhr ihr Gesprächspartner fort.

"Ob dieser Steinewerfer auch ein Kind Danas ist?" sinnierte Lorinsa.

"Sicherlich. Alle Götter sind Danas Kinder," bestätigte der Kutscher. Langsam bewegte sich ihr Zug die Serpentinen eines Talrands hinauf. Oben auf der Passhöhe dräute stattlich Burg Torkelbier. Es war ein sehr wehrhafter, gedrungener Bau, sicherlich uneinnehmbar für jeden Angreifer. Schon von weitem konnte man erkennen, dass sich dieser Tage viel Volk auf Torkelbier befand. Auf der Ebene um die Burg waren zahlreiche Zelte errichtet, deren bunte Wimpel die Farben aller Herren Länder im Wind flattern ließen. Als sie näher kamen, erkannte Lorinsa auch einen prächtig gerichteten Turnierplatz. Die Banden in der Mitte und die Zuschauerpodeste an den Rändern waren mit buntem Stoff umwickelt, was dieser fernen Einöde einen Hauch von weltmännischer Kultur verschaffte. Lorinsa freute sich auf das Fest.

Als Trollsiff in den Burghof einritt, jubelten ihm die Leute entgegen. Aus dem Rittersaal kamen ihm Baron Torkelbier und Jarl Raskir persönlich entgegen und holten ihn zu einem Umtrunk ab. Die Kammerdienerin dagegen kümmerte sich darum, die Herzogin zu versorgen und ihr eine bequeme Liegestatt in ihren Gemächern zu richten. Auch das Gesinde, die Pferde und das Gepäck mussten versorgt werden. Es gab genug zu tun und morgen sollten bereits die ersten Turnierkämpfe stattfinden.

Torkelbier

Bärtram vom Hopfental war stinksauer. Zusammen mit Eoric, Wulf und einer Novizin war ihm eine winzige Kammer auf Burg Torkelbier zugewiesen worden. Auch Eoric fühlte sich alles andere als wohl. Zwar herrschte offiziell Frieden im Land, doch die ehemaligen Gefährten von der Lindeninsel ließen ihn deutlich spüren, dass sie ihn für einen Verräter hielten. Nur Wulf von Bittelschieß schien die Sache auf die leichte Schulter zu nehmen.

"Wir kämpfen weiter," sagte er schlicht. "Und jetzt werden wir uns die Achtung im Turnier erkämpfen."

"Wir sind von den Göttern bestimmt," setzte Bärtram dagegen, "es obliegt weder dem Baron Torkelbier noch seinem Turnier, zu bestimmen, ob wir etwas zu sagen haben. Es ist unter unserer Würde, hier zu kämpfen!"

Eoric dagegen hatte sich ebenfalls zum Turnier angemeldet.

Die besten Kämpfer sollten einen Platz an der Tafelrunde bekommen und wenn sie Torkelbiers Pläne richtig durchschauten, sollte es dieser Tafelrunde obliegen, die Streitigkeiten in Hornstein und Certelurien zu schlichten. Wenn es ihm tatsächlich gelang, die stärksten Kämpfer der Lande an einem Tisch zu vereinen, würde er mit diesem Ansinnen Erfolg haben, zumal Trollsiff auf seiner Seite stand. Die Legitimation der Götter hatte er dagegen nicht.

Für das Turnier waren die klassischen Disziplinen Schwert, Tjoste mit Lanzen und Bogen vorgesehen. Weil Eoric niemals mit Lanze oder Bogen zu kämpfen gelernt hatte, hatte er sich nur für den Schwertkampf eingeschrieben. Damit waren seine Chancen, in der Gesamtwertung erfolgreich zu sein, denkbar gering. Wulf dagegen hatte eine vollständige Kriegerausbildung genossen, so dass er in allen drei Waffengattungen versiert war.

Es war Zeit, sich auf den Kampfplatz zu begeben. Eoric hatte sich eine Lederrüstung angezogen, das Kurzschwert gegürtet und den Rundschild festgezurrt. Das Schwert war, den Regularien entsprechend, nicht geschärft. Von den Rängen winkten die Adeligen. Sir Torkelbier ließ keinen Zweifel daran, dass er sich als den starken Mann Certeluriens sah. Zusammen mit seiner Gemahlin, Sir Trollsiff und Lady Alana hatte er die höchste Tribüne eingenommen. Solange ihm Hornsteins Heermacht zur Seite stand, hatte kein Adliger seines Landes seinen Ansprüchen etwas entgegen zu setzen.

Als Eoric erkannte, welchen Gegner man für ihn ausersehen hatte, schwand ihm der Mut. Wohl war er ein respektabler Kämpfer und in der Lage, viele Gegner zu besiegen. Doch diesem Gegner konnte er unmöglich gewachsen sein: Auf der anderen Seite bestieg Jarl Raskir den Ring. Wie gewohnt trat er mit nacktem Oberkörper auf. Mit Schild und Schwert ließ er die Muskeln spielen. Danas grüner Ritter, dachte Eoric resignierend, der uns Danas Frieden bringt. Mit dieser Rachsucht hatte er nicht gerechnet.

"Möge der Kampf beginnen," rief Torkelbier von der Tribüne herunter. Der Jubel des Volkes ließ keinen Zweifel daran, dass seine Sympathien dem Favoriten Raskir galten. Langsam umkreisten sich die beiden Nordmänner, wobei Raskir seinen Gegner um mehr als einen Kopf überragte. Dann ging alles ganz schnell. Mit erhobenem Schwert stürzte der Jarl auf Eoric zu. Dieser brachte seine Schwerthand unter dem Schild in Deckung, um aus der Abwehr heraus zustoßen zu können. Aber natürlich kannte der Jarl diese Technik. Während er mit dem Schwert den Gegenangriff parierte, rammte er den massiven Rand seines Schildes in Eorics Gesicht. Dieser spürte, dass ihm die Schneidezähne eingeschlagen worden waren. Zusammen mit Blut spuckte er deren Reste aus. Raskir hatte sich etwas zurückgezogen und grinste befriedigt. Unvermittelt stürzte er wieder auf seinen Gegner zu. Dieses Mal versuchte Eoric unter seinem Schild weg zu tauchen, um dem Angriff zu entgehen. Dabei verlor er den Jarl für einen winzigen Augenblick aus dem Blickfeld. Gerade so lange, wie dieser brauchte, seinen schweren Schwertknauf auf Eorics Schädel nieder sausen zu lassen. Der junge Nordmann fürchtete, dass seine Sinne schwänden. Es hatte keinen Sinn. Der Jarl war ihm um ein Vielfaches überlegen. Er warf Schwert und Schild vor seinem Gegner nieder, spuckte nochmals Blut und Zahnreste aus und rief: "Es ist keine Schande, gegen den Jarl der Lindeninsel zu verlieren!"

Dann ging er hocherhobenen Hauptes, wenn auch unter dem hämischen Johlen der zuschauenden Nordländer vom Platz.

Torkelbier

Lorinsas Aufgabe war es, den Herrschaften auf den Tribünen mit Spezereien aufzuwarten. Schnell hatte sie das Interesse an dem grausamen Schauspiel unten auf dem Kampfplatz verloren. Mehr als einmal wurden Krieger mit blutenden Wunden und gebrochenen Knochen zu den Heilern getragen. Gegen Abend des zweiten Tages standen endlich die Gewinner fest. Neben Baron Torkelbier, Sir Trollsiff und Jarl Raskir hatte sich der Gezeichnete Wulf von Bittelschieß und Baron Falk Belenthor von Wyngen einen Platz an der Tafelrunde erkämpft. Ein Prinz aus Seeburg, ein Zwergtroll aus der Trollau und weitere Edle aus Certelurien waren mit von der Partie. Insgesamt war ein guter Querschnitt der Krieger der Länder nördlich des Bodenlosen Sees entstanden. Aber eben nur der Krieger. Wenn die Tafelrunde das neue Machtzentrum dieser Länder werden sollte, so war es gelungen, die Priesterschaften sämtlicher Götter von der Macht auszuschließen. Sir Torkelbier stand auf der Tribüne und verkündete unter dem Jubel aller die Gewinner des Turniers. Nachdem der Beifall abgeklungen war, machte er eine effektvolle Pause. Dann rief er: "Am morgigen Tag wird die Tafelrunde zusammen treten und erstmals Recht sprechen. Und hernach werden wir dieses Ereignis mit einer allgemeinen Orkhatz feiern."

Von unten brandete der Applaus herauf, während Lorinsa zweifelte. Die Gute Mutter hatte immer gepredigt, dass Orken, die grüngesichtigen, halbintelligenten Räuber, die zugegebenermaßen in Hornstein sehr selten waren, ebenso Geschöpfe der Dana seien wie die Menschen. Ein solches Spektakel schien ihr sehr grausam. In Torkelbier, wo die Grüngesichter offensichtlich eine Landplage waren, herrschten andere Sitten. Derweil winkte der Baron sie zu sich. Er sagte: "Du bist die Dienerin des Herzogs. Es ist deine Aufgabe, die Verpflegung der Herrschaften bei der Orkhatz zu gewährleisten."

Was es auf einer solchen Hatz zu verpflegen gab, war Lorinsa völlig schleierhaft. So lag es an ihr, sich mit den Gebräuchen der Torkelbierer vertraut zu machen. Späher hatten ein kleines Orkdorf wenige Meilen südlich der Burg in den Bergen ausfindig gemacht. Offensichtlich wurden die Jäger in zwei Gruppen geteilt, derer eine für den Überfall auf das Dorf zuständig war. Die andere Gruppe, der auch edle Damen zugehörten, wurde am Waldrand mit Pfeil, Bogen, Wein und Spezereien postiert. Wenn die fliehenden Orken den Waldrand passierten, liefen sie direkt vor die Bögen dieser Gruppe. Ähnlich wurden in Hornstein Treibjagden veranstaltet. Die Kammerdienerin wusste also, was zu tun war und veranlasste das Notwendige. So war sie beschäftigt, während am Abend die Gewinner des Turniers eifrig Promilla huldigten. Auch am nächsten Morgen während des Hochgerichtes war sie unterwegs. Sie hatte sich einige Bedienstete und Bewaffnete als Geleitschutz genommen. Diese trugen Tische, Sitzgelegenheiten und allerlei Leckereien an einen Waldrand am Ausgang eines Tales. Offensichtlich lag das Orkdorf im oberen Bereich des Tales, so dass ein naheliegender Fluchtweg an dieser Stelle vorbei führte. Bald war alles vorbereitet und sie mussten warten, bis die Herrschaften am Nachmittag kamen. Die Krieger, die die Rolle der Treiber spielen sollten, waren bereits früher aufgebrochen, um einen der Gipfel zu umgehen und von hinten in das Tal einzudringen. Nachdem die Herrschaften einige Zeit den Spezereien zugesprochen hatten, kündete das Horn eines Postens vom Nahen der Orks. Tatsächlich brachen schon wenig später einige der pelzigen Grüngesichter aus dem Unterholz und versuchten die Wiese zu überqueren. Zu ihrem Entsetzen sah Lorinsa, die sich nur wenig mit Orks auskannte, dass es sich keinesfalls um grässliche, brutale Krieger handelte, sondern um eine Gruppe Frauen und Kinder. Während die ersten Pfeile nieder gingen und sich die Orks panisch zur Flucht wandten, erkannte Lorinsa etwas, was sie im höchsten Maße irritierte.

"Halt, haltet ein," schrie sie, ihre Stellung als Kammerdienerin vergessend. "Die Orkin hält ein Menschenkind im Arm."

Die umstehenden Edlen wandten sich ihr interessiert zu und Herzogin Alana, wie immer bleich im Gesicht, pflichtete ihr bei: "Ja, ich habe es auch gesehen. Die eine trug ein Menschenkind."

Thjundar Horwinnen, der schmierige Vogt des Barons von Wyngen, der sich ebenfalls in der Jagdgesellschaft befand, winkte mehrere Wachen zu sich und machte sich auf den Weg in den Wald. Wenig später kam er wieder. Während die Wachen eine alte, jammernde Orkin brutal hinter sich her zogen, trug er einen schreienden Säugling auf dem Arm.

"Gebt das Kind mir," sagte Alana besorgt und nahm dem Vogt das kreischende Bündel aus dem Arm. Fürsorglich beugte sie sich darüber und begann mit ihren Fingern, mit dem Kind zu spielen. Nicht lange, und aus dem Bündel klang ein glucksendes Lachen.

Derweil hatten die Wachen die Orkin den Edlen vor die Füße gestoßen. Baronin Torkelbier ergriff das Wort: "Sag, wo hast du dieses Kind her?"

Geduckt und unterwürfig antwortete die Grüngesichtige in ihrer gebrochenen Sprache: "Ich finden, in Wald. Ich sorgen."

"Blödsinn," herrschte die Baronin die Orkin an, "du wolltest eine Suppe daraus machen."

Beschwichtigend erwiderte die Angesprochene: "Nein, nicht. Kind ist besonderes. Götter lieb. Drachenkind."

"Lass deine barbarischen Blutgötter aus dem Spiel," schrie die Torkelbiererin, doch sie wurde von Herzogin Alana unterbrochen. Diese hatte die Tücher des Bündels etwas zur Seite genestelt: "Seht, das Kind trägt ein Zeichen."

Auf der Brust des Säuglings prangte ein Muttermal, das Lorinsa nur zu gut kannte. "Der Drache im Flammenkreis," stotterte sie.

114

Mehr als vier Jahre war Lusus bereits in Hadran. Er galt als loyaler, zuverlässiger Schüler und mit seinen Einsichten zur Sphärologie konnte er mit dem Verständnis der meisten Magister längst mithalten. Es war ihm gelungen, seine Beteiligung an Elyschées Flucht geheim zu halten und längst unterrichtete er jüngere Semester in seinen Spezialgebieten. So empfand er es als große Genugtuung, aber auch als Selbstverständlichkeit, als er endlich zur Versammlung der Magier geladen wurde. Diese hatten ihren Besprechungssaal in einem der Türme der Akademie. Rundum waren Sitze in die Wand gemeißelt und auf fast jedem hatte sich einer der Lehrmeister nieder gelassen. Ein jeder angetan mit einer schwarzen Robe, wie sie der Adept bereits vom Schatten und von Rasputin in Hornstein kennen gelernt hatte. Es gab sechs an der Zahl. Der Siebte, dessen Tod von der Hand Elyschées Lusus selbst miterlebt hatte, war bisher noch nicht ersetzt worden. Der Hochmeister war ein hagerer, fast skelettierter Greis, der nur noch selten am Lehrbetrieb teilnahm. Ihm gebührte der Titel "Deuter Ralots", denn bis auf wenige Ausnahmen oblag ihm die Kommunikation mit dem Imperator. Er ergriff das Wort: "Der Imperator ist unzufrieden," krächzte er mit fast tonloser Stimme. "Seit der Translokation von Pandorra können wir keinen Erfolg mehr verbuchen. Die Flucht von deren Schwester hat den Imperator erzürnt!"

Einer der Umsitzenden wandte ein: "Seit der Inkarnation des Drachens werden die Sphären bewacht..."

"Sag mir nichts, was offensichtlich ist," brachte der Greis den Einwerfenden zum Schweigen. Nach einer kurzen Pause richtete er seinen starren Blick auf Lusus: "Adept, weißt du, warum du hier bist?"

Lusus war verunsichert, weil es immer möglich war, dass seine Beteiligung an Elyschées Tat auf irgendeine Weise ans Tageslicht kam. Dennoch gab er sich selbstsicher: "Weil ihr meiner Hilfe bedürft?" setzte er selbstbewusst entgegen. Ein unwirsches Grunzen des Hochmeisters bestätigte ihn in seiner Annahme.

"Wir haben beschlossen, dich in den Lehrkörper aufzunehmen. Fortan obliegen dir die Forschungen im Transversallabor. Erhebe dich."

Das war mehr der Ehre, als der Adept erwartet hätte. Zögernd erhob er sich und begab sich in die Mitte des Raumes. Auch der Deuter Ralots erhob sich mühsam. Jetzt erst sah Lusus die schwarze Robe, die dieser neben sich bereit gelegt hatte. Er ergriff das Kleidungsstück, humpelte gebrechlich auf den Adepten zu und legte es ihm um die Schultern.

"Es ist deine Aufgabe, die Armeen in die andere Welt zu führen.

Enttäusche den Imperator nicht!" hörte er die Stimme des Greisen zischen.

Wenig später war Lusus in seine Kammer zurückgekehrt. Einer der Magister hatte ihm zwar nahe gelegt, in eines der Gemächer umzuziehen, die dem Lehrkörper zustanden, doch mit dem Umzug wollte Lusus die Sklaven erst am morgigen Tag beauftragen. Er konnte seinen Erfolg noch immer kaum fassen. Gedankenverloren kramte er in seiner Truhe. Bald fand er, was er gesucht hatte: Die alte, schwarzweiße Maske mit der goldenen Ziselierung, die einst seinem ersten Meister, dem Schatten gehört hatte. Er setzte sie sich aufs Haupt und betrachtete das Bild, das sich flackernd im Kerzenlicht in den Butzenglasscheiben seines kleinen Fensters spiegelte.

"Von heute an nennt mich den Schatten," flüsterte er und bemühte sich, seiner Stimme einen unheimlichen, kehligen Klang zu verleihen.

Greifenhorst, Winter

Natürlich, wie immer, hatten die Gezeichneten etwas auszusetzen gehabt. Erst war von ihnen, wie von anderen auch, die Identität des Säuglings als Sohn Lokajs und Adelas bezweifelt worden. Dann hatten mehrere Rituale der Guten Mutter Wiltrada keinen Zweifel an dieser Identität gelassen. Weiter hatten sie darauf bestanden, dass der Drachensohn im Kloster Lokajshort aufwachsen müsse. Doch Herzogin Alana hatte das Kind nicht wieder aus den Armen gelassen. Erst hatte Sir Trollsiff in dem Kleinen einen Konkurrenten gesehen, doch bald hatte er sich davon überzeugen lassen, dass er mit einer Adoption so etwas wie eine Dynastie sichern konnte, denn dass Alana keinen Erben von seinem Blut gebären würde, stand mittlerweile kaum mehr in Frage. Schließlich waren die Gezeichneten voll Groll zurück in ihr Kloster gezogen und hatten sie in Ruhe gelassen.

Auf Greifenhorst war vieles anders geworden, seitdem Kindergeschrei die Hallen erfüllte. Morgens erwärmte Lorinsa Milch, die sie mit einem Stofflappen dem Kleinen einträufelte, denn an die Brust einer Amme wollte er sich nicht gewöhnen. Überhaupt war das Kind sehr eigenwillig. Bald verlangte es nach Brot und Fleisch. Auf allen Vieren krabbelte es durch den Rittersaal und stiftete Unordnung, wo es nur ging. Wenn es schrie, so ließ es sich nur von Alana beruhigen und selbst Lorinsa hatte ihre liebe Not. In einem Danagöttindienst hatte die Gute Mutter Wiltrada dem Kind den Namen Lorandor verliehen, den Gelehrte in alten Schriften für den Drachensohn gefunden hatten.

Ansonsten herrschte Frieden im Land. Der Allianz der Tafelrunde hatte niemand etwas entgegen zu setzen. Tatsächlich waren zwischen Baron Torkelbier, Sir Trollsiff und Jarl Raskir echte Freundschaften entstanden. Dabei regierte ersterer faktisch Certelurien, Trollsiff Hornstein und der Jarl den äußersten Süden. Wenn jemand ihren Machtanspruch anzweifelte, so standen sie sich gegenseitig bei. Aus Lokajshort meldeten sich immer wieder Unzufriedene, die auf eine Regentschaft des Drachen pochten, doch durch seinen Adoptivsohn wurde Trollsiff selbst dieser Anforderung mehr oder weniger gerecht.

Aus Wyngen drangen Gerüchte über die Umtriebe eines gewissen Rasputin, der Sektierer um sich sammele, doch Vogt Horwinnen, der Verwalter des Barons, der deshalb gelegentlich nach Greifenhorst gerufen wurde, fand beruhigende Worte für das Herzogspaar. In Wyngen sei alles in bester Ordnung, sagte er.

Über die Zustände in Certelurien konnte Lorinsa wenig sagen. Immer wieder sandte Trollsiff Abordnungen des Heeres in den Norden, um seinem Waffenbruder Torkelbier beizustehen. Doch auch dadurch, dass die Regenten in Hornstein und Certelurien dem Promillakult weitgehende Rechte einräumten, beruhigten sie das Volk. Gerade in Nordcertelurien hatte dieser Kult durch das Wirken des heiligen Ignatius viele Anhänger, denen sich Trollsiff und Torkelbier so als die rechtmäßigen Herrscher präsentierten. Mittlerweile waren die zechenden Wandermönche Promillas, die nach der ignatianischen Lehre lebten, auch auf Greifenhorst ein alltägliches Bild.

Was braucht ein Land mehr, als einen Herrscher, der ihm Frieden gibt, fragte sich Lorinsa. Und so fand sie sich eines Abends selbst auf dem Weg in den Promillatempel, den Trollsiff schon vor Jahren auf Greifenhorst eingerichtet hatte. Eigentlich hasste sie den alkoholgeschwängerten Gestank der Gläubigen. Um den Schrein, der das Zentrum des Tempels bildete, hatten sich mehrere Zecher eingefunden. Mit salbungsvollen Trinksprüchen prosteten sie ihrer Göttin zu. Auf dem Altar sah Lorinsa das Bild einer Person, die sie erkannte: Es war der betende Herzog Barnabas, die Hände hingebungsvoll zur Göttin gestreckt. Darunter standen die Worte: Komm, Sankt Barnabas, sei unser Gast. Sauf weg, was du uns bescheret hast.

Die Kammerdienerin musste lächeln. Diese Heiligsprechung stand dem verstorbenen Herzog wahrlich zu.

Dämonental, Frühling

Der Lokajkult hatte Orientierungsschwierigkeiten. Nach wie vor versah Bärtram vom Hopfental die Rituale, aber immer weniger Pilger fanden

den Weg nach Lokajshort. In Hornstein wurde zu Promilla gebetet. Einzig Wulf von Bittelschieß hatte sich mit den neuen Verhältnissen abgefunden. Als Mitglied der Tafelrunde verbrachte er viel Zeit auf Burg Torkelbier. Hier war er daran beteiligt, Recht zu sprechen und die Konflikte der Edlen zu schlichten. Ob er dies nach dem Willen des Drachen tat oder ob ihn nur der Zufall und die eigenen Wünsche leiteten, wusste Eoric nicht. Niemand kannte die Wege des Drachen. Schließlich fasste der Nordmann einen Entschluss: Noch immer musste im Dämonental der verborgene alte Drachenorden existieren. Ihn wollte er über den Willen des Drachen befragen. Er sattelte sein Pferd und verabschiedete sich von den Gefährten. Dann ritt er nach Norden. Nach mehreren Tagesreisen erreichte er die Ruine der Burg Hornstein. Von hier aus überquerte er die Bannlinie und begab sich in das Dämonental. Bald fand er die mächtige Höhle, an der der verwitterte Gedenkstein von Lokajs Opfer für Dana kündete. Hier schlug er sein Lager auf. Tagelang lebte er im Wald, mit dem Aufgang der Sonne und mit ihrem Untergang, mit den Vögel, den wilden Tieren und dem Plätschern des Flusses. Von den legendären Drachenrittern fand er keine Spur. Schließlich, er kehrte gerade von der Jagd heim zur Höhle, sah er dort einen großgewachsenen Mann an seiner Feuerstelle sitzen. Obwohl der Gast in vollem, altmodischem Harnisch am Feuer saß, war ihm sein hohes Alter anzusehen. Den Topfhelm hatte er zur Seite gelegt und darunter wallte schlohweißes Haar auf seine Schultern. Eoric trat von hinten an ihn heran: "Ich grüße euch. Ihr müsst Nepomuk vom Hort sein," sprach er ihn an. Der Alte reagierte mit gemächlichem Nicken.

"Setzt euch zu mir, junger Ritter. Vielleicht bin ich der, den ihr sucht," lud er Eoric ein. Der Nordmann folgte der Einladung. Er legte das junge Reh, das er erlegt hatte, zur Seite und setzte sich dem Alten gegenüber. Schließlich begann dieser das Gespräch: "Ich bin Nepomuk vom Hort. Der 31., der diesen Namen trägt. Die ersten von uns trugen das Drachenmal, so, wie du es heute tust. Vor über eintausend Jahren wurde Hornstein von Hadran bedrängt, weit mehr noch, als es in den letzten Jahren der Fall war. Hier, an dieser Stelle, wo wir jetzt sitzen, öffnete der Imperator ein Tor, das größer war, als alle vorherigen. Da stieg Lokaj leibhaftig herab von seinem Hort und warf sich den Horden entgegen. Ein langer Kampf entbrannte und dann war der Drache entschwunden. Die Gezeichneten der damaligen Zeit und ihnen voran der erste Nepomuk waren vielleicht in einer ganz ähnlichen Lage, wie ihr heute. Auch sie wussten nicht, was das Schicksal für sie bestimmte. Butelscaealum betrog sie um die Macht. So erbauten auch sie ein Kloster, hier im Tal, auf der anderen Seite des Flusses. Sie sammelten die Schriften und sie trugen das Wissen um den Drachen zusammen und hüteten es bis in unsere Tage."

Hier unterbrach er sich und blickte lange und bedächtig seinen Gesprächspartner an. Dann fuhr er fort: "Ich bin alt geworden und seit den Kämpfen mit den Hadranern vor einigen Jahren sind nur noch wenige von uns übrig. Folge mir. Ich möchte dir unsere Klausen zeigen. Vielleicht findest du dort dein Schicksal."

Hadran, Frühsommer

Seit Lusus der Herr des Transversallabors war, war vieles anders geworden. Niemand beherrschte die Bestimmung der richtigen Sternenkonstellationen für den Kontakt mit der anderen Welt besser als er. Er hatte sich angewöhnt, die Maske des Schattens zu tragen und die Macht, die von ihr ausging, beeindruckte Schüler und Lehrmeister gleichermaßen. In der heutigen Nacht beabsichtigte er, im Geiste erneut die Grenzen der Globule zu überschreiten. Er kannte Elyschée gut, die sich irgendwo auf der anderen Seite aufhalten musste. Sie wollte er rufen. Er zog den Ritualkreis mit seinen Zeichen um die Glaskugel und stimmte die Gesänge an. Bald sah er im Wabern der Kugel das vertraute Gesicht der Freundin.

"Elyschée, ich rufe dich aus den Tiefen Hadrans. Hörst du mich?"

Die Angesprochene blickte sich erst verwundert um, verstand dann aber die Herkunft seines Rufes. Sie lächelte.

"Lusus, welche Freude. Ich habe lang nichts mehr von dir gehört."

"Wo bist du?" fragte Lusus. Wieder glitt ein Lächeln über ihr anmutiges Gesicht.

"Momentan halte ich mich in Wyngen versteckt."

Schnell fand Lusus den Ort auf der Karte, die an der Wand prangte.

"Und was tust du?" fragte er.

"Der gute Rasputin von den Schatten hat hier ein Heer gesammelt. Unbeachtet von den Hornsteinern in der Nachbarschaft. Er hat viele versprengte Soldaten unseres Heers vereint und zudem Neue gefunden. Er gibt vor, im Namen des Imperators zu handeln."

"Der Mann muss wahnsinnig sein," zweifelte Lusus. "Irgendwann wird ihn die Rache des Imperators ereilen."

Doch Elyschée schüttelte den Kopf: "Er hat Kontakt zu Pandorras Kobold, der für ihn das Siegel stehlen will."

"Welches Siegel?"

"Es gibt ein Siegel, mit dem die Götter einst die Sphären verschlossen haben. Es hat die Form eines Eies. Mit ihm werden die Sphären stabil und doch durchlässig gehalten."

"Aber dann werden doch alle Sphären ineinander fallen, wenn das Siegel gestohlen wird," stellte Lusus verblüfft fest. "Das kann niemals sein Ziel sein."

"Nur für einen Moment," antwortete Elyschée. "Dann werden die Grenzen so undurchlässig, dass nicht einmal mehr die Götter sie durchdringen können, meint zumindest Rasputin."

"Und dann kann Rasputin schalten und walten wie er will und weder der Imperator noch die anderen Götter werden ihn stören."

Lusus war entsetzt, als er die Tragweite des Planes erkannte. Derweil fuhr Elyschée fort: "Bevor die Grenzen erstarren, werden sie Rasputins Forschungen zufolge besonders durchlässig. Diesen Moment müsst ihr abpassen. Nur dann werdet ihr ein Heer nach Hornstein führen können."

"Wir werden bereit sein," bestätigte Lusus. Dann waren die Sterne so weit gewandert, dass der Kontakt zur anderen Welt abbrach. Das Bild Elyschées verblasste.

Torkelbier, Sommer

Wieder hatte sich der Hofstaat auf die beschwerliche Reise nach Norden begeben. Sir Torkelbier hatte die Tafelrunde zusammen gerufen. In einem seiner Dörfer hatten seine Soldaten einen Kultistenzirkel ausgehoben. Dessen Umtriebe versetzte die Herrschaften in große Sorge. Nun wollten die Ritter Gericht halten und das weitere Vorgehen planen. Es war Trollsiff schwer gefallen zu reisen, denn aus Wyngen drangen beunruhigende Botschaften: Offensichtlich war es zum Streit zwischen Baron Falk Belenthor und seinem Vogt Horwinnen gekommen und der Vogt hatte den Baron gefangen gesetzt. Herzogin Alana war deshalb in Greifenhort geblieben, um den eigenmächtigen Verwalter zur Räson zu bringen.

So lag es an Lorinsa, für den kleinen Lorandor zu sorgen, auf dessen Begleitung Trollsiff nicht verzichten wollte, legitimierte ihn der Junge doch zur Herrschaft mehr noch, als die Herzogin dies tat.

Bereits auf dem Weg nach Torkelbier hatten sie eine denkwürdige Begegnung: Sie waren einem Karren begegnet, auf dem ein Bauer sein gesamtes Hab und Gut transportierte. Dieser Bauer und seine verängstigte Familie, die sich um ihn scharte, hatte behauptet, dass in der Nacht zuvor sämtliche Toten des Friedhofs ihr Dorf heimgesucht hätten. In einem Land, wo die Toten wandelten, wollten sie nicht leben.

Auf Torkelbier feierten die Herren der Tafelrunde eine ausgelassenes Wiedersehen. Zunächst wurde Promilla gehuldigt. Dazu gab es viel zu erzählen. Das Gericht war erst für den kommenden Tag angelegt. Lorinsa war froh, so erst einmal ein bisschen Ruhe für den kleinen Lorandor zu haben, den die Reise sehr angestrengt hatte. Sie richtete Trollsiffs Kammer und nebenan eine Kammer, die für sie und den Jungen gedacht war. Derweil wurde sie immer wieder von Lorandor unterbrochen, der es überhaupt nicht haben konnte, wenn nicht alle Aufmerksamkeit auf ihm lag. Ein starker Willen, und jähzornig, dachte die Kammerdienerin. Endlich schaffte sie es, den Jungen in den Schlaf zu wiegen. Vorsichtig legte sie ihn in einer Wiege ab und sank dann selbst erschöpft auf ihre Lagerstatt. Schnell war sie eingeschlafen. Mitten in der Nacht schrak sie auf. Ein Geräusch hatte sie geweckt. Draußen, vom Gang, waren schlurfende Schritte zu vernehmen.

"Halt, keinen Schritt weiter," hörte sie eine starke Stimme von draußen. Sir Torkelbier war dort, dachte Lorinsa erleichtert. Derweil fing Lorandor in seiner Wiege an zu schreien. Die Kammerdienerin nahm den Kleinen auf den Arm und wiegte ihn sacht. Glücklicherweise schlief er gleich wieder ein. Was immer im Flur vorgefallen war - offensichtlich hatte Sir Trollsiff die Lage unter Kontrolle, denn die schlurfenden Schritte entfernten sich. Lorinsa warf vorsichtig einen Blick aus dem Fenster in den Burghof. Was sie sah, ließ ihr Blut in den Adern gefrieren: Halb verweste, zum Teil schon skelettierte Gestalten wurden von Bewaffneten aus den Gängen der Burg hinaus getrieben, dem Burgtor zu. Lorinsa wusste, dass es in Torkelbier unter dem Adel üblich war, die verstorbenen Ahnen in Grabhügeln beizusetzen. Sie hatte solche Hügel vor der Burg gesehen. Es fiel ihr deshalb nicht schwer, sich vorzustellen, wohin diese Untoten getrieben wurden.

Am kommenden Morgen gab es auf der Burg natürlich nur ein Gesprächsthema: Das Erscheinen der Ahnen Torkelbiers in der Nacht. Niemand konnte sagen, was sie gewollt hatten oder was ihr Ziel war. Die toten Körper waren einfach nur durch ihre Seelen aus dem Totenreich belebt worden.

Endlich trat die Tafelrunde zusammen um Gericht zu halten. Weil Lorandor schlief, gab Lorinsa ihrer Neugierde nach und mischte sich unter das Publikum. Der wichtigste Angeklagte war ein Schurke namens Morrvin. Als er hereingeführt wurde, musste er von Gardisten gestützt werden, weil er selbst nicht laufen konnte. Überall an seinem Körper waren die Spuren von Folterungen zu sehen. Wulf von Bittelschieß verlas die Anklageschrift: Morrvin kam aus Hadran und war in Torkelbier untergetaucht, als das Heer versprengt worden war. Hier hatte er andere Menschen dazu verführt, eine finstere Gottheit namens Ralot anzubeten. Mit den anderen Kultisten zusammen hatte er in der Träumenden Alb die

Kutsche des Kanzlers Norbär von Bittelschieß überfallen. Lorinsa war froh, dass in diesem Fall endlich Recht gesprochen wurde, war sie doch selbst bei diesem Überfall nur knapp mit dem Leben davon gekommen. Schließlich hatte dieser Morrvin den Kanzler seiner finsteren Gottheit geopfert, um so ein Tor nach Hadran zu öffnen, durch das weitere Hadraner nach Hornstein eindringen konnten. Der Richtspruch der Tafelrunde war einstimmig. Einer nach dem anderen bestätigte das Urteil: Tod durch Verbrennen.

"Tod durch verbrennen," bestätigte auch eine Stimme, die so nicht zur Tafelrunde zu gehören schien. Erstaunt sah Lorinsa auf. An einem der Plätze, die leer geblieben waren, saß eine eigenartige Gestalt, wie sie die Kammerdienerin noch nie zuvor gesehen hatte. Auch die Mitglieder der Tafelrunde waren überrascht aufgesprungen und hatten nach ihren Schwertern gegriffen. Das Wesen, das wie selbstverständlich auf einem Sessel der Tafelrunde saß und von dem niemand wusste, wo es hergekommen war, war klein gewachsen, hatte knallrotes Haar, weit vom Kopf abstehende Ohren und eine absonderliche Mütze auf dem Haupt.

"Wer seid ihr?" ergriff Sir Torkelbier herrisch das Wort.

"Oh, erlaubt, dass ich mich vorstelle." Eilfertig sprang das Wesen auf, so dass es mit beiden Beinen auf dem Polster des Sessels stand. "Hocherlauchtigst Klix, Ritter der Tafelrunde!"

Wie viele im Raum konnte sich auch Lorinsa eines Grinsens nicht erwehren, als das Wesen seinen eigenartigen Hut vom Kopf zog und einen tiefen Kratzfuß vor Torkelbier vollführte.

"Und was wollt ihr?" Torkelbiers Schwerthand entspannte sich und er blickte interessiert auf das Wesen.

"Euch einen Handel vorschlagen." Wie aus dem Nichts zog Klix ein großes Ei hervor und legte es vor sich auf den Tisch. "Ich bekomme Süßigkeiten und goldene Nüsse und ihr bekommt das Ei."

Die Ritter der Tafelrunde sahen sich verwundert an. Torkelbier fuhr fort: "Was sollen wir damit?" Klix zog die Schultern hoch und zeigte die Handflächen zum Zeichen, dass er keine Ahnung hatte.

"Dann wollt ihr das Ei nicht? Gut!" Mit diese Worten nahm er das Ei wieder an sich und einen Augenblick später war er verschwunden. Zurück blieb nur der leere Sessel an der Tafelrunde.

Hadran, Spätsommer

Lusus, der mittlerweile nur noch als der Schatten betitelt wurde, war voller Ungeduld. Wieder war es gelungen, ein Heer zu versammeln, das jenem, das einst Hornstein und Certelurien verwüstet hatte, wenig nachstand. Martialische Kriegerhühnen standen neben Ogern und Kampfdämonen. Mammuts waren vor Katapulte und Wehrtürme gespannt und über allem wehte tausendfach das schwarze Banner Hadrans. Viele Wochen hatte man alle Anstrengungen auf diesen Tag ausgerichtet. Sklaven waren bis zur Erschöpfung zum Bau der Kriegsmaschinen angetrieben worden und die Magier der Akademie hatten Artefakte und Zauber gewoben. Lusus war einer der wichtigsten Männer im Gespinst dieser Vorbereitungen. Er hatten Tage und Nächte in seinem Labor zugebracht. Er hatte Sphärenverflechtungen und die Wirkung des Dana-Siegels erforscht. Schließlich konnte er berechnen, wie sich der Raub des eiförmigen Artefakts auf die Stabilität der Sphären auswirken würde. Es war ihm sogar gelungen, anhand verschiedenster Anzeichen die Sphärenbrüche, die sich ereignen würden, vorauszusagen und deren Zeitpunkt zu bestimmen. Mit anderen Magiern zusammen hatte er riesige Pentagramme gezeichnet und magisch aktiviert, so dass es gelingen würde, das gesamte Heer mitten ins Herz der Hornsteiner Lande zu transferieren. Schließlich stand er mit einem riesigen, auf einem Dreibein befestigten Fernrohr vor dem Heer und beobachtete den Sternenhimmel. Das Sternbild des Drachen bestand aus 13 Sternen, die in einer komplizierten Konstellation zueinander standen. Der letzte, kleinste und entferntest Stern wurde unter Sterndeutern als das Siegel bezeichnet. Tatsächlich hatte Lusus herausgefunden, dass es sich dabei um nichts Geringeres als um das Dana-Siegel handelte, das die Stabilität der Sphären gewährleistete. Plötzlich verblasste dieser Stern und verschwand. Es war soweit. Der Magier setzte alle Hebel in Bewegung. Signalbläser übermittelten Befehle und jeder im Heer wusste, was er zu tun hatte. Die riesenhaften Pentagramme am Boden begannen zu leuchten und von den Zauberern wurden kehlige Gesänge intoniert. Dann öffneten sich die Sphären.

Dämonental, Herbst

Eoric hatte einen langen und arbeitsreichen Tag hinter sich. Tatsächlich lebten außer Nepomuk vom Hort nur noch ein alter Diener und ein Novize im verborgenen Kloster. Und seit drei Monden auch er. Der Großmeister wollte ihm vieles beibringen und so bestanden seine Tage aus Übungen der Kampfkunst und Studien in der Bibliothek. Tatsächlich war es gelungen, einen Großteil der Schriften vor den Hadranern zu verstecken, als diese vor einigen Jahren das Kloster eingenommen hatten.

In der kommenden Nacht sei eine interessante Sternenkonstellation, hatte Nepomuk gesagt und so fanden sich der Großmeister und Eoric nach Einbruch der Nacht auf einem Hügel am Talrand, um die Gestirne zu beobachten. Nepomuk zeigte ihm das Sternbild des Drachen, der langsam über das Firmament zog, den Wagen der Feenkönigin und auch das Ei, das Sinnbild der Dana, im Zentrum des Sternenkreises.

"Seltsam," murmelte er. "Ich sehe das Siegel nicht. Normalerweise ist am untersten Punkt des Drachens ein schwacher Stern zu sehen, den wir das Siegel nennen. Vielleicht ist die Luft zu dunstig…" erklärte er. Dann kehrten sie zurück ins Kloster. Müde sank Eoric auf die schmale Pritsche seiner Zelle und schnell war er eingeschlafen. Er träumte.

Der Drache breitete die Schwingen aus. Kalt zog ihm der Wind zwischen den Sphären entgegen. In seinen Nüstern wogte Feuer und Rauch. Seine rotgolden glitzernden Schuppen spiegelten das Licht der Sterne. Sanft segelte er durch die Ewigkeit und es herrschte Stille. Plötzlich fuhr der Drachenkopf herum. Die Augen, deren Pupillen katzengleich aus einem schmalen Schlitz bestanden, verengten sich. Dann entstand ein Grollen, wie das eines Vulkanes aus dem Inneren der Erde. Doch es war der Drache. Als er sah, was geschah, zerfetzte sein wütender Schrei die Sphärenstille und in ungestümer Macht stürzte er sich auf seine Opfer. Dort, weit unten, jenseits der Welt, auf der untersten Ebene des Sphärengefüges, hatte sich eine Armee gesammelt. Tore taten sich auf und die Heermassen strömten hervor, um die Welt der Menschen, die unter seinem Schutz standen, zu überschwemmen. Schwarze Leiber, angetan mit Rüstungen und stachelbewehrten Waffen quollen hervor. Doch schon war der Drache unter sie gefahren. Ungestüm zerfetzte er sie. Spieße und Knochen brachen, wenn sein Schweif durch ihre Reihen fuhr. Mit Krallen und Zähnen riss er die Krieger entzwei. Mit Flammen und Schwefelqualm versengte er sie. Schreiend stoben die Bewaffneten auseinander, flohen zurück, dorthin, woher sie gekommen waren. Als alle fort gerannt waren, verharrte der Drache. Tief sog er die Luft ein. Ein tiefes Grollen erfüllte seine Brust.

Eoric schrak auf. Schweißgebadet fand er sich auf seiner Liegestatt. Erst schüttelte er den Kopf und rieb sich die Augen. Dann richtete er sich auf. Sanft fiel das Sternenlicht durch die Luke seiner Zelle auf den Boden herab. Es war eine laue Sommernacht. Draußen zirpten die Grillen. Im Kloster herrschte Frieden.

Lokajshort, Frühling 5 Lokaj

Eoric war vom Kloster im Dämonental nach Lokajshort zurück gekehrt. Eine eilige Nachricht Wulfs von Bittelschieß hatte ihn gerufen. Es war ein angenehmes Gefühl, sich wieder in den vertrauten Mauern, die er einst selbst mit aufgebaut hatte, zu bewegen. Nachdem Bärtram vom Hopfental auf eine lange Pilgerreise aufgebrochen war, war Wulf als einziger Gezeichneter in Lokajshort verblieben. Offensichtlich stand er vor einer weitreichenden Entscheidung, die er nicht alleine fällen wollte. Deshalb hatte er Eoric gerufen.

"Ich möchte dir jemanden vorstellen," sagte Wulf, nachdem sie sich begrüßt hatten. Er führte Eoric in den Tempel. Hier kniete eine Gestalt und betete inniglich vor dem Bildnis Lokajs im Flammenkreis. Als sie sich näherten, räusperte sich Wulf leise und die Gestalt drehte sich um. Der Mann hatte blonde Haare und trug einen Wappenrock der Baronie Wyngen. Freundlich grüßte er die Hinzugetretenen.

"Darf ich vorstellen: Thjundar Horwinnen, Vogt von Wyngen," begann Wulf das Gespräch, "und dies," sagte er an den Vogt gewandt, "ist der Gezeichnete Eoric von der Lindeninsel, der Gefährte, auf den wir gewartet haben. Eoric," fuhr er fort, " Herr Thjundar ist in einer schwierigen Situation: Er hat ein Problem mit Sir Trollsiff."

"Ihr müsst wissen," erklärte der Vogt, "dass unser geliebter Baron Falk Belenthor, ähem," er zögerte, "sagen wir geistig etwas umnachtet ist. Die Regierungsgeschäfte in Wyngen liegen längst in den Händen anderer, aber nun fängt der Baron an, sich und sein Volk in Gefahr zu bringen. Zu seinem Schutz habe ich ihn unter Hausarrest gestellt. Ich habe natürlich sofort das Herzogenpaar von dieser Maßnahme unterrichtet, aber nun muss ich feststellen, dass den Hoheiten ein gewisser politischer Weitblick fehlt."

Eoric nickte verständnisvoll. Den fehlenden Weitblick Trollsiffs hatte er schon mehrfach bemerkt.

"Nicht alle im Lande Hornstein sind einverstanden mit Trollsiffs blasphemischen Promillakult," fuhr Horwinnen fort. "Ihr müsst wissen: die Wyngener sind ein tiefgläubiges Volk, das fest zu Lokaj und seiner göttlichen Mutter Dana steht. Aber unter Trollsiff verrohen die Sitten und der Glaube an die Göller schwindet. Es ist Zeit, das Land zu retten."

"Euer Wort in Lokajs Ohr," bestätigte Eoric zornig. Zu tief saß die Verletzung über den schmählichen Frieden, den Trollsiff einst den Lokajsanhängern aufgezwungen hatte. Seine Zunge fuhr über die Stümpfe seiner Schneidezähne, die ihm einst von Raskir ausgeschlagen worden waren.

"Trollsiff und die Tafelrunde haben keinerlei Legitimation." Auch Wulf von Bittelschieß nickte bestätigend.

"Im Grunde genommen ist es einfach," fuhr Horwinnen fort. "Es wird Krieg geben. Alles, was ihr tun müsst, ist, euch bereit zu halten."

Sir Trollsiff war in den Krieg gezogen. Thjundar Horwinnen, der Vogt von Wyngen, hatte sich gegen die Befehle der Herzogin gestellt. Trotz mehrfacher Aufforderung hatte er den Baron, den er gefangen hielt, nicht frei gelassen. Schließlich hatten Herzogin Alana und Sir Trollsiff ein kleines Heer gerüstet und waren gegen Wyngen gezogen. Während sie fort waren, war Lorinsa alleine für den kleinen Lorandor zuständig. Aus diesem war ein stattlicher, junger Bursche geworden. Er hatte laufen gelernt und plapperte lustig vor sich hin. Waffen, Kämpfe, Kutschen, Pferde…, wenn er gut aufgelegt war, kannte sein Redeschwall keine Grenzen.

"Lorinsa, warum ist der Himmel blau? Warum haben Zwergtrolle Hörner und warum ist Lokaj mein Papa und nicht der Herzog?"

Die Kammerdienerin wusste kaum, wie sie sich der Fragen erwehren sollte oder wie sie Antworten finden konnte, die von dem Kind verstanden wurden.

Im Hof ertönte Hufgetrappel und eilig gerufene Befehle. "Mama," plapperte Lorandor, der die Stimme seiner Ziehmutter Alana erkannt hatte und Lorinsa spähte neugierig durch die Gardinen, weil sie die Rückkehr des Herzogspaares so schnell nicht erwartet hatte. Sie erschrak, als sie den Zustand der Krieger, die mit ihnen zurück gekehrt waren, sah. Viele waren verletzt und alle sahen zerschlagen und übermüdet aus. Die Tür zum Kinderzimmer wurde aufgerissen und die Herzogin stürzte herein. Auch sie war in keinem besseren Zustand als ihre Krieger. Ihr Haar war zerzaust und der linke Arm lag in einer Schlinge.

"Lorinsa, pack die Sachen für Lorandor" sagte sie hektisch, während sie Lorandor liebevoll in die Arme schloss. "Das Heer Horwinnens ist viel größer, als wir dachten. Er hat uns mit Leichtigkeit besiegt. Morgen bereits werden seine Truppen vor Greifenhorst stehen und wir haben ihm nichts entgegen zu setzen. Wir müssen uns zurück ziehen. Trollsiff lässt in Lokajshort Heerschau halten. Ich möchte, dass Lorandor bei mir ist, denn hier seid ihr nicht mehr sicher."

Ausgerechnet Lokajshort hatte sich Trollsiff für seine Heerschau ausgesucht. Mit Befriedigung hörte Eoric von den Niederlagen, die sein Heer gegen die aufständischen Wyngener hatte hinnehmen müssen. Nun war er in der Stadt eingeritten und hatte wie selbstverständlich im Kloster Quartier bezogen, obwohl ihm sehr wohl bewusst sein musste, dass er hier nicht beliebt war. Aus allen Landesteilen und selbst aus Certelurien hatte er seine Verbündeten versammelt und rund um das Städtchen und das Wirtshaus Adelmühle entstand eine ansehnliche Zeltstadt. Über die Aufständischen hatte Trollsiff die scheußlichste Propaganda verbreitet: Dämonenpaktierer seien sie, die einem Zauberer folgten. Er rückte sie gar in die Nähe des Imperiums von Hadran.

Weil auch Wulf von Bittelschieß zur Tafelrunde gehörte, hegte er keinen Zweifel an der Loyalität des Gezeichneten. In einer ruhigen Minute traf Eoric auf Wulf von Bittelschieß. Flüsternd besprachen sie ihr weiteres Vorgehen.

"Das Heer Thjundars liegt am südlichen Rand des Feenwaldes," begann Wulf die Unterredung.

"Wenn wir uns offen zu den Aufständischen bekennen, werden die Lokajanhänger in Trollsiffs Heer überlaufen," erwiderte Eoric. "Dann hat er keine Chance mehr. Die meisten Anhänger des Gottdrachens kämpfen ohnehin schon für den Aufstand."

"Ich fürchte, hier im Kloster können wir nichts mehr für unsere Sache ausrichten. Wir sollten im Schutze der Dunkelheit den Wald durchqueren und den Angreifern als Führer zur Verfügung stehen," überlegte Wulf.

Der Nordmann nickte und so war es beschlossen. In der Nacht stahlen sie sich aus dem Kloster und weil sich niemand in Trollsiffs Heer so gut wie sie in der Gegend auskannte, war es für sie ein Leichtes, nicht entdeckt zu werden. Nach mehreren Stunden Marsch durch den nächtlichen Wald erreichten sie das Lager der Aufständischen. Eoric war überrascht von der Größe und der guten Organisation des Heerlagers. Thjundar Horwinnen begrüßte sie herzlich. Als besondere Ehre unterstellte er einen Teil des Heeres dem Befehl der Gezeichneten.

"Im Morgengrauen greifen wir an," sagte er bestimmt.

So kam es, dass Eoric zusammen mit Wulf von Bittelschieß an der Spitze einer ansehnlichen Heeresabteilung durch den morgendlichen Wald marschierte. In der Nacht hatten sie einen Schlachtplan ausgearbeitet und aufgrund der Ortskenntnis der Gezeichneten würde Trollsiffs Heer ihnen nichts entgegen setzen können. Während das Hauptheer im Tal unterhalb der Stadt aufzog, umgingen mehrere Banner die Siedlung, um von der entgegen gesetzten Richtung Überraschungsangriffe zu führen und bestenfalls die Stadt im Handstreich zu nehmen.

Von einer Bergkuppe aus blickten die Gezeichneten ins Tal: Vor der Stadt sammelten sich die gegnerischen Heere und nahmen Aufstellung an. Offensichtlich wollte Trollsiff seinen Gegnern in offener Feldschlacht begegnen. Das war gut so, denn bei einer Belagerung wäre Lokajshort höchstwahrscheinlich zerstört worden.

Während sie ihre Truppen auf entlegenen Pfaden ins Tal führten, hörten sie durch Signalhörner und beginnendes Kampfgeschrei, dass die Heerführer ihre Plänkler aufs Feld geschickt hatten.

Für Wulf, Eoric und ihre Mannen war es ein leichtes, Lokajshort zu besetzen. Trollsiff hatte nur sehr geringe Bedeckung in der Stadt zurück gelassen und durch verborgene Eingänge, die nur den Gezeichneten bekann waren, gelang es schnell, diese Wachen zu überwältigen. Derweil war die Schlacht auf den Feldern vor der Stadt in vollem Gange. Trollsiff hatte beabsichtigt, die Stadt als Rückzugsort für die Verwundeten zu verwenden, doch jetzt liefen diese Verwundeten direkt in die Arme von Wulf und Eoric und mussten sich ergeben oder wurden sofort nieder gemacht.

Trollsiffs Heer hielt sich erstaunlich wacker. Obwohl es gegen eine Übermacht ankämpfte, war es noch kaum zurück gewichen. Das würde sich schnell ändern! Die Gezeichneten sammelten ihre Truppen im Schutz der Stadt. Dann fielen sie in einem massiven Angriff in den Rücken von Trollsiffs Heer. Unter den Feinden herrschte Chaos. Die gesamte Aufstellung der Truppen zerfiel. Nur Trollsiff und Raskir gelang es geistesgegenwärtig, die sie umgebenden Krieger zu einem Kreis zu schließen, der schnell rund um von Angreifern umgeben war. Die Schlacht währte bis zum Nachmittag. Schließlich war es nur noch ein kleines Häufchen Getreuer, die um Trollsiff und Raskir versammelt waren. Plötzlich nahm Eoric Unruhe am Waldesrand wahr. Aus dem Wald brach eine Gruppe Bewaffneter. An den Farben erkannte der Nordmann, dass es sich um Trollsiffs Leute handeln musste. Auf die Spitze einer Lanze gespießt trugen sie das abgeschlagene Haupt eines Menschen mit sich. Einer der Männer schrie: "Wir haben eueren Hexenmeister getötet, Paktierer. Gebt auf! Rasputin von den Schatten ist tot."

Verunsichert blickte Eoric zu Thjundar Horwinnen hinüber, der von einem Feldherrenhügel auf der gegenüber liegenden Seite seine Befehle gab. Dieser sah tatsächlich kreidebleich und schockiert aus. Verwundert schaute der Nordmann zu den Gegnern. Er sah gerade noch, dass Sir Trollsiff die kurze Kampfpause genutzt hatte, seine Männer zu einem Ausfall direkt auf Thjundars Feldherrenhügel hin zu sammeln. Erschreckt wollte er dem Vogt ein Zeichen geben, aber dieser achtete nicht auf ihn. In Keilformation schlug sich der Herzog quer durch ihre Reihen und erreichte den Hügel. Sein Schwert spaltete Thorwinnen der Länge nach in zwei Teile. Erst in diesem Moment bemerkte Eoric, dass zeitgleich auch Jarl Raskir einen Ausfall auf ihre Seite durchführte. In rasender Geschwindigkeit mähte sich der riesige Nordmann mit der doppelten Streitaxt den Weg durch ihre Linien direkt auf ihn und Wulf von

Bittelschieß zu. Mit einem wuchtigen Hieb schlug er das Schwert des Bittelschießers zur Seite, um ihm gleich darauf das Haupt vom Schädel zu trennen. Eoric, der Wulf zur Seite stand und vom Blut des abgetrennten Hauptes bespritzt wurde, stach mit seinem Kurzschwert auf seinen ehemaligen Jarl und durchbohrte dessen Seite. Raskir richtete einen verachtungsvollen Blick auf Eoric. Dann wurden seine Augen stumpf und drehten sich nach oben. Vor ihm stürzte der mächtige Jarl der Lindeninsel wie eine gefällte Eiche zu Boden.

Lokajshort, Sommer

Lorinsa war zusammen mit der Herzogin und Lorandor in den sicheren Mauern des Klosters Lokajshort zurück geblieben. Trollsiff stellte das Heer vor der Stadt auf, wo auch die Feinde aufgezogen waren. Lorandor lag auf einem Bett und schlief.

"Was ist, wenn wir heute verlieren," fragte sie Alana ängstlich. Die Herzogin sah betrübt aus.

"Dann gibt es für Hornstein keine Hoffnung mehr," antwortete sie. "Thjundar Horwinnen und sein Meister werden eine Schreckensherrschaft errichten, die dem Imperium von Hadran in nichts nachsteht." Alana nickte bitter. "Tu mir einen Gefallen," fuhr die Herzogin fort. "Wenn wir unterliegen und ich Lorandor nicht mehr beschützen kann, dann verstecke du ihn. Sorge dafür, dass er nicht in die Hände der Feinde fällt."

In diesem Moment schreckte ein Geräusch sie auf. Hastig ging sie zum Fenster und schaute hinaus. Unten huschten mehrere bewaffnete Gestalten durch den Hof.

"Hier stimmt etwas nicht," sagte Alana misstrauisch. Sie nahm ihr Schwert und schlich zur Tür. Lorinsa wusste, dass Trollsiff am Ende des Ganges einen Wachmann postiert hatte.

"Der Wächter ist weg," zischte die Herzogin, die durch einen Spalt in der Türe geschaut hatte. "Warte hier." Sie verschwand im Gang vor der Türe und Lorinsa lauschte gespannt. Plötzlich hörte sie eine Männerstimme: "Halt, ihr da, bleibt sofort stehen." Dann folgte Schwertgeklirr und unvermittelt ein Schrei. Es war die Stimme Alanas. Lorinsa hörte ihren Todesschrei. Blitzschnell packte sie das schlafende Kind und wickelte es in eine Decke. Dann rannte sie zur Tür hinaus und den Gang in die entgegen gesetzte Richtung hinunter. Bald fand sie eine Türe, die ins Freie führte. Vorsichtig spähte sie hinaus und fand den davor liegenden Hof leer. Im Schatten der Häuser schlich sie sich in Richtung der Stadtmauer. Die Wachen am Tor fand sie ermordet. Sie presste Lorandor fest an sich und rannte in den Wald.

De Creature

[I] *Nepomuk setzte sich und ihm zu Füssen kauerten die Schüler. Er sprach:*

[II] *Unendlich sind die Schöpfungen Danas. Zahlreich ihre Kinder wie die Welt.*

[III] *Deren ersten Kinder sind mit Namen: Lokaj, Promilla, Schallawen, Alba, Freia, Cerclonnu und Ralot, der das Unheil bringt. Ebenso die Götterkinder und viele mehr.*

[IV] *Die zweiten Kinder sind die Riesen und die Feen, die Wassermänner, die Einhörner und die Kobolde, deren Macht ungeheuerlich ist. Auch was sonst an Unsterblichen wandelt sind die zweiten Kinder Danas.*

[V] *Die dritten Kinder sind die Langlebigen. Deren voran gehen die Trolle und Schrate, aber auch die Elfen, die Zwergtrolle und die Zwerge. Viele mehr mag es geben auf Danas weiter Welt.*

[VI] *Die vierten Kinder sind die Menschen mit ihren Rassen: Braune aus dem Kalifat, weiße aus den mittleren Landen. Doch auch Gelbe, Schwarze und Rote soll es geben, habe ich gehört.*

[VII] *Die fünften Kinder sind die Orken und die Tiere, deren Zahl so unendlich ist, dass ich sie nicht beschreiben mag.*

[VIII] *Da erhob einer der Schüler die Stimme: „Was ist mit den Geistern, den Holden, den Dämonischen und was es sonst noch gibt?"*

[IX] *Nepomuk zuckte mit den Schultern. Er sah verzweifelt aus. Er sprach: „Die Anzahl der Kinder Danas ist für die Sterblichen nicht zu erfassen."*

Träumende Alb, Spätherbst

Lorinsa stapfte durch das regennasse, modrige Laub. Längst waren ihre Schuhe löchrig und durchfeuchtet. Ihr Rücken schmerzte, war die Last des Jungen, die sie seit Tagen durch die Wildnis schleppte, doch mehr, als sie verkraften konnte. Lorandor war krank und das lag daran, dass sie keine trockenen Kleider für den Kleinen hatte. Doch die Kammerdienerin mied die Dörfer und huschte nur im Schutze der Dunkelheit an den Siedlungen vorbei. Sie bildete sich ein, sich von Beeren und Wurzeln ernähren zu können, doch tatsächlich reichte das, was sie fand, kaum für den Jungen. Ihr Ziel war das ferne Falkenstein im Danautal. Dort, so hoffte sie, eine sichere Unterkunft für Lorandor und sich zu finden. In den Dörfern konnte sie niemand vertrauen, denn zu viele hatten das Herzogtum verraten und sich Horwinnen angeschlossen.

Lorinsa ließ sich erschöpft auf einen Baumstamm fallen. Ihre Kleider waren feucht und sie fröstelte. Vielleicht hatte sie schon Fieber? Sie kramte einige Brombeeren, die sie am Vormittag gefunden hatte, aus einem Beutel und fütterte Lorandor damit. Der kleine kaute lustlos darauf herum, aber wenigstens schluckte er. Sie wickelten ihn enger in seine Decke und hielt ihn fest im Arm. Er schwitzte und seine Stirn war heiß. Doch Lorinsa war zu erschöpft, um weiter helfen zu können. Sie dämmerte sie weg.

Plötzlich schrak sie auf. Vor ihr stand eine Gestalt in einem grünen Gewand. Der Mann mit den blonden, langen Haaren trug einen Stab, mit dem er sie am Knöchel angestupst hatte.

"Ihr werdet euch den Tod holen, wenn ihr hier draußen bleibt," sagte er und lächelte Lorinsa freundlich zu. Misstrauisch blickte diese zu ihm hinauf.

"Ihr müsst keine Angst haben," fuhr der Mann fort. "Ich kann euch in Sicherheit bringen." Dann kramte er nach einer Feldflasche und reichte sie Lorinsa.

"Hier, trinkt. Das wird euch gut tun."

Dankbar nahm die Kammerdienerin das angebotene Getränk. Zu ihrer Freude handelte es sich um stärkenden Wein.

"Wer... wer seid ihr?" fragte sie ängstlich.

Der Mann antwortete: "Man nennt mich Bruder Athanasius, vom Orden der schwarzen Blume. Mein Kloster befindet sich wenige Meilen von hier. Ihr solltet mir folgen, um euch aufzuwärmen."

Lorinsa zögerte.

"Tut es euch und dem Jungen zuliebe," fuhr Athanasius fort. Schließlich ließ sich die Kammerdienerin überreden, denn sie wusste: Hier draußen hatten sie keine Überlebenschance.

Das Kloster des Ordens war ein versteckter Steinbau in der Wildnis am Rande der Träumenden Alb. Eine kleine Gemeinschaft von Brüdern und Schwestern lebte hier in der Einsamkeit und verehrte Dana. Lorinsa konnte keinen Arg in ihren Absichten erkennen. Sie und Lorandor wurden freundlich aufgenommen, mit warmer Kleidung und Essen versorgt und ein wärmendes Feuer wurde für sie entzündet. Bald sanken sie in einen tiefen, heilsamen Schlaf.

Dämonental, Winter 6 Lokaj

Abgesang wurde die letzte Schlacht von Lokajshort im Volksmund genannt, denn sie war der Abgesang auf das Hornstein, wie es einst gewesen war. Mit Entsetzen hatte Eoric seinen Irrtum bemerkt. Sein Hass auf Raskir und Trollsiff hatte ihn hingerissen und er hatte sich von Horwinnen täuschen lassen. Jetzt waren alle tot: der Jarl, Wulf, die Herzogin... Tatsächlich hatte der Wyngener Vogt niemals vorgehabt,

Hornstein für Lokaj und die Götter zurück zu gewinnen. Die wenigen Nachrichten, die ins verborgene Kloster im Dämonental drangen, machten deutlich, dass Horwinnen nichts als die Marionette eines hadranischen Magiers gewesen war. Eoric wollte versinken vor Scham und Schuld, die ihn bedrückte. Wie konnte es sein, dass er so in die Irre geführt worden war? Wie konnten die Götter das zulassen? In langen Gesprächen mit Nepomuk vom Hort haderte er mit dem Schicksal und irgendwann verstanden beide Männer, dass die Götter nicht mehr zu den Sterblichen redeten. Auch die Informationen, die der Großmeister von seinen Wanderungen in die umliegenden Dörfer mitbrachte, bestätigten ihre Vermutung: Es war, als würden die Götter nicht existieren. In den Tavernen gaben sich die Menschen dem zerstörerischen Suff hin und niemand huldigte mehr Promilla. Ihre Träume waren wirr und zusammenhanglos, weil Albas segensreiches Wirken fehlte. Selbst die Liebe und die Zärtlichkeit zwischen Paaren, Freias Geschenk, schien Langeweile und Routine gewichen zu sein. Nepomuk vom Hort, Eoric und die wenigen verbliebenen Kriegermönche verrichteten die Zeremonien wie gewohnt. Sie übten den Waffengang und legten Aufzeichnungen über die Geschehnisse an, so wie sie es seit tausend Jahren taten. Doch Lokaj sprach nicht zu ihnen.

Im Land war so etwas wie Ruhe eingekehrt. Wenige hatten die Schlacht überlebt und diese waren wie Eoric zu ihren Heimstätten, auf ihre Felder und in ihre Dörfer zurück gekehrt. Nachdem Rasputin von den Schatten und Thjundar Horwinnen vernichtet worden waren, hatte sich ihre Bewegung im Nu aufgelöst. Viele sahen sich betrogen und viele verschwiegen die Untaten, an denen sie beteiligt gewesen waren. Sir Trollsiff war siegreich, doch um welchen Preis? Die Garde der alten Krieger war vernichtet, die Herzogin getötet und der einzige Thronfolger, Lorandor, verschwunden. Er nannte sich weiterhin Herzog und niemand machte ihm diesen Titel streitig. Er hatte sich nach Greifenhorst zurückgezogen und nach dem, was man im Dämonental hörte, war er vollständig dem Suff verfallen. Eine Beraterin, die an seiner Statt die Amtsgeschäfte versah, machte von sich reden. Ihr Name war Lady Elyschée, doch weil zunächst niemand etwas an ihrer Amtsführung auszusetzen hatte, wurde sie einfach hingenommen.

Die Tage gingen im Kloster im Dämonental dahin und sie wurden zu Jahren. Eoric wurde älter und mit der Zeit fand er sich mit dem Schicksal ab.

Zeit vergeht langsam, wenn man sie in Gefangenschaft verbringt. Zum ersten Mal wurde Lusus bewusst, dass die Globule von Hadran nichts anderes als ein riesiges Gefängnis und er genauso wie sein Herr, der Imperator, ein Gefangener war. Der Imperator war unzufrieden, denn seit dem Diebstahl des Siegels und dem darauffolgenden Angriff Lokajs hatte kein Kontakt mehr zur anderen Welt stattgefunden. In seinem Zorn hatte er den Deuter Ralots, den Großmeister der Akademie, vernichtet. Nun war Lusus an dessen Stelle berufen worden. Die Unterredungen mit Seiner Göttlichkeit, dem Imperator, gehörten zu den eher unangenehmen Erfahrungen im Leben des Magiers. Wie schon vor Jahren, als er für die Akademie bestimmt worden war, hatte er sich im Thronsaal einzufinden. Hier, in der Düsternis und Menschenleere, war er dem Zorn und dem Hass ausgesetzt, der dieses unsterbliche Wesen zerfraß. Lusus bemühte sich, dem Gott keine falschen Hoffnungen zu machen. Aber er musste aufpassen, um nicht dasselbe Schicksal zu erleiden, wie sein Vorgänger.

Die Sphären waren dicht. Seit dem das Siegel fehlte, war kein Kontakt mehr möglich. Er konnte raten und vermuten, was Pandorra, Elyschée oder Rasputin in der anderen Welt trieben, aber er wusste es nicht. So musste er sich auf die Forschungen beschränken, deren Ziel hoffentlich eines Tages der erneute Durchbruch war, aber je länger er sich damit beschäftigte, desto klarer wurde: Es gab keinen Ausweg. Solange das Dana-Siegel verschwunden war, würde es keinen Kontakt zwischen den Welten geben. Sie waren gefangen und abgeschnitten. Mit der Zeit beschränkte er sich darauf, Vorbereitungen für jenen Tag zu treffen, an dem sich die Sphären wieder öffneten. Aber es machte keinen Sinn, Monat für Monat und Jahr für Jahr ein stehendes Heer bereit zu halten. So kam es, dass sich auch die Krieger so etwas wie einem Privatleben zuwandten. Mittlerweile wurden in Hadran sogar Kinder gezeugt und aus grausamen, martialischen Kämpfern wurden Bauern und Väter. Offensichtlich war der Imperator als Unsterblicher das Warten eher gewöhnt als seine sterblichen Untertanen.

Für Lusus war die Zeit des tatenlosen Wartens eine Tortur und je länger sie andauerte, desto mehr brannte sein Zorn gegen jene, denen er dieses Schicksal zu verdanken vermeinte.

Dämonental, Frühsommer 17 Lokaj

Viele Jahre waren im Kloster im Dämonental vergangen. Eoric hatte die Blüte seiner Jugend längst hinter sich gelassen. Eines Morgens kehrte Nepomuk vom Hort von einer seiner Wanderungen in der Umgebung wieder. Er suchte Eoric in seiner Zelle auf und sprach: "Die Leute in der

Gegend sind unruhig wegen eines Geistes."

Der Großmeister war alt und gebrechlich geworden und Eoric fragte sich, wie lange er seine Wanderungen noch durchführen konnte.

"Geistererscheinungen sind nichts Seltenes, seit die Wege durch die Sphären geschlossen sind. All zu oft kehren Verstorbene wieder," entgegnete der Nordmann.

"Aber dieser ist etwas Besonderes. Die Leute sagen, es sei der Geist eines alten Herzogs, der Nacht für Nacht durch die Ruinen der Burg Hornstein zieht."

Eoric musste grinsen. Der verstorbene Herzog Barnabas der Säufer war für seine Trinkgewohnheiten so berüchtigt gewesen, dass die Promillakirche ihn zum Heiligen erhoben hatte.

"Ich möchte, dass du dich darum kümmerst," fuhr Nepomuk fort. Der Nordmann nickte ergeben.

So kam es, dass Eoric mitten in der Nacht durch die Ruinen des einstmals stolzen Schlosses Hornstein schlich. Längst hatte sich die Natur einen großen Teil des Gemäuers zurück geholt. Auf den gebrochenen Steinen wuchs Efeu und Moos und im Burghof hatten Bäume ihre Heimstatt gefunden. An einem der zerfallenen Gebäude hing ein Schild: Zum Lindwurmstübchen, las Eoric die verwitterten Lettern. Ein Geräusch ließ ihn zusammen fahren. Im Inneren des Baues war Holz gebrochen. Vorsichtig schlich er näher und spähte durch die Tür, die lose in den Angeln hing. Der Raum war noch immer wie eine Gaststätte eingerichtet, auch wenn das Mobiliar zerschlagen war und überall Scherben verstreut lagen. Auf den Überresten einer groben Holzbank saß eine durchscheinende Gestalt, von der ein leichtes, fluoreszierendes Leuchten ausging. Die Erscheinung hatte den Kopf vornüber gebeugt. Auf dem Haupt saß ein mächtiger Helm, von dem zwei Hörner abstanden. Unter der Kopfbedeckung quollen lange Haare hervor. Ein leises Wimmern erfüllte den Raum. Vorsichtig trat Eoric näher. Als er den Tisch beinahe erreicht hatte, erhob die Geistergestalt den Kopf und blickte den Ankömmling mit leeren Augen an.

"Könnt ihr mich hören?" begann Eoric vorsichtig das Gespräch. Nach einer kurzen Pause begann der Kopf des Geistes, sich langsam nickend zu bewegen.

"Ihr seid Herzog Barnabas?" fragte Eoric, der das Abbild des Herrschers nur von Münzen kannte, weiter und abermals nickte die Gestalt.

"Was ist euch widerfahren?"

Jetzt hörte er seinen geisterhaften Gesprächspartner mit einer Stimme, die aus tiefen Grüften zu entstammen schien, antworten: "Das Horn..., das Horn ist leer..."

Eoric runzelte die Stirn.

"Kann ich euch helfen?" fragte er weiter, doch der Geist stierte nur abwesend auf den Tisch vor sich. Noch eine Weile beobachtet Eoric die skurrile Szenerie. Dann verblasste die Geistererscheinung unvermittelt und verschwand. Eoric kehrte zurück ins Kloster und berichtete am kommenden Morgen dem Großmeister von der Begegnung. Als er das Horn erwähnte, war ihm, als wäre ein wissendes Lächeln über das Gesicht Nepomuks geglitten. Aber er fragte nicht weiter nach.

Träumende Alb, 20 Lokaj

Lorinsas Haar zeigte die ersten grauen Strähnen. Sie war älter geworden mit den Jahren. Lorandor war vom Kleinkind zum Knaben und schließlich zum jungen Mann geworden. Er hatte das Ungestüm und den unbeugsamen Willen seines Vaters geerbt, auch wenn er selbst seine Herkunft vergessen hatte. Die Mönche hatten ihm das Handwerk eines Schmiedes beigebracht und von allen wurde er schlicht Sepp gerufen. Lorinsa hatte sich lange mit Bruder Athanasius unterhalten und sie waren überein gekommen, dass es für Lorandor am sichersten sei, wenn niemand über seine wahre Herkunft Bescheid wisse. So hielt er sich selbst für einen gewöhnlichen Zögling des Klosters.

Lorinsa hatte vor Jahren die grüne Kutte einer Dana-Geweihten angenommen und fand Trost und Frieden in den Gebeten und Riten des Konventes. Sie hatte einen Kräutergarten, um den sie sich liebevoll kümmerte und nach all der Mühsal ihrer jungen Jahre schien ihr Leben so an den richtigen Platz gekommen zu sein. Gerade sammelte sie liebevoll ein paar Schnecken aus ihrem Kräuterbeet, als Bruder Athanasius auf sie zu trat.

"Schwester Lorinsa," begann er das Gespräch, "wir müssen reden."

Verwundert über den schweren Tonfall des Geweihten sah die Nonne auf.

"Sepp wird nicht ewig im Kloster bleiben können. Du und ich, wir wissen um seine Herkunft. Er hat ein Schicksal zu erfüllen."

Wenige Nachrichten drangen von der Außenwelt hinter die Klostermauern. Sir Trollsiff war noch immer Herzog, auch wenn er, so erzählte man sich, vollständig dem Suff verfallen war. Er war schwach und unbeständig. Doch wenn ein machthungriger Adeliger diese Schwäche für sich auszunutzen suchte, so wurde er von der herzoglichen Kanzlei unbarmherzig zu Fall gebracht. Diese Kanzlei erhob Steuern und presste die Bauern aus. Sie hielt ein Heer aufrecht, dass die Gelüste der Nachbarstaaten im Zaume hielt. In Hornstein herrschte

Ordnung, wenn auch keine Lebensfreude.

"Erinnerst du dich noch, wie es war, als die Götter zu den Menschen sprachen?" fuhr Athanasius fort. "Damals war es mir vergönnt, die gute Mutter Wiltrada zu erleben, aus der die Göttin selbst sprach."

Lorinsa nickte, erinnerte sie sich doch selbst nur zu gut an die Hochgeweihte.

"Weißt du, was aus Wiltrada geworden ist?" fragte sie. Der Mönch zuckte mit den Schultern.

"Eines Tages ist sie im Wald verschwunden und seitdem nie mehr gesehen worden," antwortete er. "Doch ich komme wegen etwas anderem. Heute Nacht träumte mir, dass die Götter mit uns sprechen und dass Sepp das vollbracht hat."

"Alba sendet keine Träume mehr," entgegnete Lorinsa und der Geweihte nickte schwermütig.

"Dennoch hat Sepp ein Schicksal," insistierte er, "und er ist alt genug, nach diesem Schicksal zu suchen."

Es fiel der ehemaligen Kammerdienerin schwer, diese Erkenntnis Athanasius' anzunehmen, aber sie wusste, dass er recht hatte. Von klein auf war sie dem Jungen wie eine Mutter gewesen.

"Es wird mir schwer fallen, ihn gehen zu lassen," teilte sie ihre Bedenken mit.

"Aber du musst ihn nicht gehen lassen. Wir werden ihn begleiten," entgegnete der Geweihte. "Sepp wird in der Welt da draußen unsere Hilfe brauchen."

Dämonental, Frühling 21 Lokaj

Mittlerweile verließ Nepomuk vom Hort seine Liegestatt kaum noch. Er war sehr alt und gebrechlich geworden. Eines Morgens ließ er Eoric zu sich rufen.

"Mein Sohn," begann er freundschaftlich und Eoric fühlte sich von der Anrede geehrt. "Mein Sohn, setz dich zu mir. Ich habe dir etwas mitzuteilen."

Der Angesprochene tat, wie ihm geheißen.

"Es ist die Zeit für mich gekommen, zu sterben," fuhr der Alte unverblümt fort. "Du, Eoric von der Lindeninsel, sollst unsere Gemeinschaft fortan führen. Du weißt, was das heißt?"

Eoric blickte fragend.

"Wenn ich gestorben bin, wirst du den Namen Nepomuk vom Hort annehmen. Du wirst der 32. sein, der diesen Namen trägt. Du wirst Sorge dafür tragen, dass das uralte Buch Lokajs auch fortan getreulich die

Geschicke unseres Landes verzeichnet. Und mögen die Götter geben, dass es bessere Geschichten sind als jene, die ich aufschreiben musste." Nepomuk schwieg eine Weile. Versonnen blickte er ins Leere. Plötzlich erhob er wieder die Stimme: "Erinnerst du dich noch an den Geist, den du vor einigen Jahren auf der Ruine beobachtet hast?" Eoric nickte.
"Das Horn, das er sucht, befindet sich hier." Er deutete auf eine Truhe in einer Ecke des Raumes. Eoric stand auf und öffnete das Möbelstück. Er kramte ein kunstvoll mit Silberbeschlägen verziertes, großes Trinkhorn hervor.
"Wie kommt es hier her?" fragte er. Der Alte erwiderte mit brüchiger Stimme: "Es mag bald ein viertel Jahrhundert her sein, dass die Horden der Hadraner die Burg Hornstein schleiften. Damals fand der Herzog hier in unserem Konvent Zuflucht. Aber auch das Kloster wurde eingenommen und der Herzog fiel in die Hände des Feindes. Damals muss er sein Horn hier versteckt haben, denn ich habe es vor Jahren unter einer Bodendiele gefunden."
"Warum hast du es dem Geist nicht gegeben?" fragte Eoric. "Er würde vielleicht Frieden finden." Nepomuk schüttelte langsam den Kopf.
"Nein, dieser Geist findet seinen Weg ins Jenseits so schnell nicht. Bedenke, dass er es war, der den unseligen Kult der Promilla nach Kräften forderte. Die Menschen haben den Glauben an Lokaj verloren. Vielleicht ist all das die Ursache für den jetzigen Zustand des Landes. Seine Strafe ist gerecht."
Eoric nickte. Er verstand die Bedenken des Großmeisters. Dann war es Zeit zur Komplet. Er verabschiedete sich herzlich von Nepomuk und ging in den Tempelraum.

Moorau, Sommer 22 Lokaj

Der kleine Zug Dana-Geweihter in grünen Kutten zog langsam auf das beschauliche Dorf Moorau im südlichen Greifenhorst zu. Es war bereits mehrere Wochen her, dass sie ihr Kloster in der Träumenden Alb verlassen hatten. Manchmal staunte Lorinsa über das Vertrauen, das Bruder Athanasius dem Schicksal entgegen brachte. Er hatte wirklich keine Ahnung gehabt, wohin er die Gruppe führen sollte oder was sie erwartete. Doch als sie die Handelsstadt Kelkona durchquerten, war er in einer Herberge zufällig auf das Gespräch zweier Fuhrleute aufmerksam geworden. Diese hatten sich über eine Gruppe Pilger unterhalten, die ein eigenartiges Ei verehrend durch die Lande zogen. Weil diese Pilger allesamt in grelle, rote Gewänder gehüllt waren, war es ein Leichtes gewesen, ihrer Spur zu folgen, denn in jedem Ort, den sie durchquerten, wurden sie zum Hauptgesprächsthema. Offensichtlich hatten sich die Ei-

Pilger in Richtung eines Dorfes namens Moorau gewandt. Tatsächlich konnte Lorinsa schon von Ferne ein bemerkenswertes Zelt, das mit bunten Wimpeln geschmückt war, auf einer Wiese vor dem Dorf erkennen. Als sie sich näherten, sahen sie auch die Pilger in ihren roten Gewändern. Auch der kleine, reisende Dana-Konvent führte ein Zelt mit sich und so begannen sie in der Nachbarschaft der Pilger ihre Unterkunft zu errichten. Am Abend näherten sich Lorinsa und Athanasius dem Lagerfeuer der Pilger und wurden freundlich eingeladen, sich hinzu zu setzen.

"Was ist es für ein Ei, das ihr verehrt?" fragte Athanasius, nachdem sie sich vorgestellt hatten.

"Wir haben es gefunden," antwortete eine der jungen Frauen, die am Feuer saßen. Lorinsa wurde den Eindruck nicht los, dass es einigen der Ei-Pilger in erster Linie darum ging, Spaß zu haben und die Grenzen der heimatlichen Enge zu durchbrechen. Es waren junge Menschen, die sich einen verrückten Vorwand für eine Reise gesucht hatten. Die innige Frömmigkeit, durch die sich der Danaorden auszeichnete, konnte sie nicht erkennen. Gerade erzählte eines der Mädchen, dass sie sich in Certelurien zusammen gefunden hatten und dass eine von ihnen das Ei in einer Höhle in der Baronie Torkelbier gefunden hatten.

"Euer Herzog interessiert sich auch für das Ei," erklärte gerade eine Andere. Lorinsa merkte auf.

"Seit wir durch Kelkona gezogen sind, sind uns seine Gardisten auf den Fersen."

Eine weitere Pilgerin fiel ein: "Aber sie trauen sich nicht, uns etwas anzutun, weil wir einen Geleitbrief von Baron Torkelbier, dem certelurischen Regenten, haben."

Lorinsa erinnerte sich, wie sehr Trollsiff den Torkelbierer Baron schätzte. Da wunderte es sie nicht, dass sich die Gardisten wegen dieses Briefes zurück hielten.

"Und was habt ihr mit dem Ei jetzt vor?" fragte Athanasius weiter. Eine der Frauen zuckte mit den Schultern.

"Keine Ahnung," gestand sie.

"Das Ei gehört den Göttern. Ihr müsst es an einem heiligen Ort opfern!" Erstaunt sah die Runde auf. Sepp hatte sich unbemerkt genähert und nun unvermittelt ins Gespräch eingegriffen. Der Schein der Flammen spiegelte sich in seinen Zügen und verstärkte die erhabene Wirkung, die von ihm ausging. Ja, er ist der Sohn des Drachen, dachte Lorinsa.

"Hinter euerem Begleiter steckt mehr, als man zunächst vermutet," sagte eine der Pilgerinnen, bei der es sich, so vermutete Lorinsa, um die ursprüngliche Finderin des Eis handelte. "Wo befindet sich der heilige

Ort, von dem ihr redet?" Sepp zuckte mit den Schultern und wandte sich ab.

Am kommenden Morgen nahmen Lorinsa, Athanasius und Lorandor gerade ein karges Frühstück vor dem Zelt zu sich, als die Pilgerin vom gestrigen Abend hektisch aus dem Dorf und in Richtung ihres Zeltes gerannt kam.

"Schnell, ihr müsst mir helfen," schrie sie schon von Weitem und sowohl die Dana-Geweihten, wie auch die Ei-Pilger sprangen auf und eilten ihr entgegen.

"Schnell, die Gardisten des Herzogs," stotterte sie und ihre Stimme überschlug sich vor Eile. "Eine alte Frau, ich habe eine alte Frau nach heiligen Orten befragt und jetzt ist sie von den Gardisten festgenommen worden."

Gemeinsam eilten sie ins Dorf. Dort trafen sie auf drei Gardisten in den schwarzgelben Farben Hornsteins, die eine alte Frau grob gepackt hielten. Wütende Bauern und Dorfbewohner umgaben die Gruppe und ihr Verhalten ließ keinen Zweifel daran, dass sie das Vorgehen der Gardisten missbilligten.

"Die Alte muss eine Hexe sein," brüllte einer der Schwarzgelben gerade und senkte seine Hellebarde drohend auf die Dorfbewohner.

"Etla ist keine Hexe," schrie ein Bauer entgegen. "Reichen euch die Zehnten nicht, mit denen ihr uns auspresst? Müsst ihr euch jetzt auch noch an den Menschen vergreifen?"

Einer der Gardisten plusterte sich auf im Versuch, sich etwas Autorität zu verleihen: "Die Frau Etla ist festgenommen. Sie wird zum Verhör auf Burg Greifenhorst geführt."

Damit wollte er sich abwenden, doch plötzlich flog ein Stein aus der Menge und traf ihn am Hinterkopf. Ein anderer Gardist ging mit der Hellebarde auf den mutmaßlichen Steinewerfer los und rammte die Waffe in dessen Körper. Im Nu war er von Dörflern umgeben, die wütend auf in einschlugen. Auch der Gardehauptmann hatte jetzt sein Schwert gezogen, doch der Übermacht der erbosten Landleute hatte er nichts entgegen zu setzen. Die Ei-Pilgerinnen und selbst Sepp hatten sich zornerfüllt in die Menge gemischt und halfen mit, die Gardisten nieder zu machen. Keiner der herzoglichen Soldaten kam davon.

Am Nachmittag versammelten sich die Pilger und die Danageweihten zusammen mit den Dörflern in der Schenke Mooraus. Den ganzen Tag schon hatten sie diskutiert, was auf den Aufstand gegen die Gardisten folgen würde. Viele fürchteten die Rache des Herzogs. Die alte Etla hatte sich soweit erholt. Sie wollte die Gäste zu Sonnenuntergang zu einem heiligen Ort in der Nähe des Dorfes führen.

"Es ist lange her, dass an diesem Ort den Göttern geopfert wurde und der Weg führt durch einen gefährlichen Sumpf," sagte sie.

"Was wollt ihr dort? Seit Jahren sprechen die Götter nicht mehr zu uns," warf ein Bauer ein.

"Wenn es so ist, wie ich vermute," sprach Athanasius besonnen," hat die götterlose Zeit bald ein Ende."

Dann brachen sie auf, voran die alte Etla, gefolgt von der rotgewandeten Pilgerin, die das heilige Ei in die Höhe hob. Schließlich folgten die Dana-Geweihten und die Dörfler. Etla führte sie in die Sümpfe am Rande Mooraus. Öfters wateten sie durch Wasser und gelegentlich schien sich die Alte nur mit Mühe an den Weg zu erinnern. Zu lange waren die sumpfigen Pfade nicht mehr begangen worden. Schließlich erreichten sie eine Insel inmitten eines Tümpels. Riesige, verwitterte Steine ragten empor. Es war eines jener alten Dana-Heiligtümer, die die Vorväter vor unendlich langer Zeit errichtet hatten.

"Wir sind da. Was sollen wir jetzt tun?"

Fragende Blicke richteten sich auf Sepp und Athanasius. Letzter kramte umständlich ein Weihrauchfässchen hervor und entzündete es. Dann intonierte er die alten Gesänge. Lorinsa und Sepp fielen ein. Die Pilgerin mit dem Ei hob es empor und schritt feierlich zur Mitte des Steinkreises. Dort legte sie das Artefakt nieder. Es befand sich dort eine Kuhle, die wie für das Ei gemacht schien. Dann warteten sie. Nichts geschah. Schließlich, nachdem es längst vollständig gedunkelt hatte, sagte Lorandor: "Die Götter werden ihr Geschenk finden. Gehen wir," und er ging von der Lichtung in den Wald. Langsam schlossen sich die anderen an, doch Lorinsa war, als habe sie ein feenhaftes Wesen durch die Zweige blicken sehen. Sie war sich nicht sicher.

Hadran, Sommer

Lusus traute seinen Augen nicht. Er hatte mit dem Fernrohr in die Sterne gesehen, weil es seine Gewohnheit war, das zu tun. Er erwartete nicht, etwas Neues zu finden. Doch dann sah er ihn blinken. Ganz deutlich: Der unscheinbare Stern am Ende des Sternbildes vom Drachen. Das Siegel! Zuerst konnte er es nicht fassen. Dann brach er in einen Freudenjubel aus. Als Akademievorsteher wäre es seine Aufgabe gewesen, zuerst den Imperator und das Kollegium zu informieren. Aber Lusus eilte ins Transversallabor. Hastig führte er die Striche und Linien aus, um die Glaskugel zu aktivieren, wie er es schon so lange nicht mehr getan hatte. Er entzündete die Kerzen und intonierte die Gesänge. Bald schon begann das Innere der Kugel neblig zu verschwimmen.

"Elyschée, hörst du mich?" rief er. Langsam schälten sich die Umrisse von Elyschées lieblichen Gesicht aus dem Nebel. Sie war deutlich gealtert, doch das hatte ihre Attraktivität nicht im Mindesten geschmälert.

"Lusus?" hörte er ihre Stimme ungläubig fragen.

"Die Wege haben sich wieder geöffnet. Das Siegel ist wieder da."

Die Worte und Fragen sprudelten nur so aus ihm heraus. Es gab so Vieles, was er von der alten Freundin erfahren wollte. Elyschée erzählte ihm, dass sie nun schon so viele Jahre als Kanzlerin in Hornstein arbeitete. Sie hatte das Land praktisch in der Hand, denn der Herzog tat, was sie wollte. Aber sie wusste nicht, was sie mit der Macht anfangen sollte oder wie sie sie im Sinne des Imperiums nutzen konnte. Dann kam die Sprache auf ihre Schwester Pandorra. Diese hatte sich in einem Wald im Norden Greifenhorsts niedergelassen und hatte ihn mit ihren Zauberkräften fast gänzlich verdorben. Lusus blickte auf die Karte an der Wand des Labors.

"Es gibt in der Nähe dieses Waldes ein sehr altes Tor. Eines, das der Imperator vor über tausend Jahren selbst geöffnet hat. Ich hoffe, es ist nur Zufall, dass sich Pandorra dort niedergelassen hat."

"Pandorra hat sich vom Imperator abgewandt," erwiderte Elyschée verächtlich. "Den Kobold, Klix, mit dem sie hätte die Tore öffnen sollen, hat sie Rasputin von den Schatten überlassen."

Lusus nickte und dachte an damals zurück. Es hatte ihn immer gewundert, warum sich die Tore trotz des Diebstahls des mächtigen Siegels nur so kurz geöffnet hatten. Seinen Berechnungen nach hätten sie sich für Wochen öffnen müssen. Hatte Pandorra sie an den Drachen verraten?

"Ihr gefällt die Macht, die sie als Hexe über den Wald hat. Sie hat keine Loyalität zum Imperator," fuhr Elyschée fort.

"Es ist deine Aufgabe, ein Tor zu öffnen," sagte Lusus. "Dieses Mal werden wir den Drachen überlisten. Ich möchte, dass du dich zu diesem Wald von Pandorra begibst und das Tor untersuchst. Die alten Strukturen und Elemente müssen noch vorhanden sein. Vielleicht ist es möglich, es zu öffnen. Und außerdem musst du das Land destabilisieren. Wenn der Herzog tatsächlich ein versoffener Idiot ist, sollte es dir ein Leichtes sein, die Hornsteiner gegeneinander aufzuspielen."

"Es gab da einen Vorfall in Moorau," erwiderte Elyschée. "Einige Bauern haben sich zusammengerottet und herzogliche Gardisten erschlagen. Und ausgerechnet jetzt trägt sich der Herzog mit dem Gedanken, eine Pilgerfahrt nach Zinsheim vorzunehmen."

"Zinsheim?" fragte Lusus.

"Dort ist das Kloster des heiligen Ignatius. Dort wurde einst die Promillakirche gegründet," antwortete seine Gesprächspartnerin. Der Magier suchte die Stadt auf der Landkarte an der Wand des Labors. Er fand sie im Norden Certeluriens.

"Da wird er eine Weile weg sein. Das ist eine gute Gelegenheit. Ich will, dass du dich an die Spitze eines Aufstandes setzt und den Herzog vom Thron fegst."

Lusus' Anweisungen waren klar.

Dämonental, Frühling 23 Lokaj

Den Herbst über rumorte es in Hornstein und über dem Winter lag eine Stille wie vor dem Sturm. Den Menschen wurde wieder bewusst, dass die Götter über ihnen wachten. Als im Frühling die Saat ausgebracht wurde, riefen die Menschen Dana an und nicht wenige hatten das Gefühl, dass tatsächlich Danas Segen über den Äckern lag. Immer wieder kam es vor, dass ein dumpfes Besäufnis, wie es in den Tavernen nur zu häufig vor kam, Promillas Segen fand und zu einer rauschenden, extatischen Feier wurde und auch Eoric hatte erstmals wieder das Gefühl, dass Lokaj seinen Gebeten antwortete und seine Träume führte. Eine ganz eigenartige Sicherheit leitete sein Handeln und seine Pläne. *Eoric*, lautete die Botschaft des Gottdrachen, *warte. Bereite dich vor, denn der alte Feind schläft nicht.*

So wartete der Nordmann. Die wenigen Kriegermönche und Novizen des Klosters übten sich im Kampf und immer häufiger sandte Eoric, der nun von allen Nepomuk vom Hort genannt wurde, Späher in die umliegenden Dörfer, um Informationen über die Ereignisse zu erhalten. Es gab viel Unzufriedenheit über Herzog Trollsiff im Land. Die Leute klagten über den hohen Zehnten und über die Willkür der Gardisten. Im Frühjahr wurde bekannt, dass es zum Streit zwischen Sir Trollsiff und seiner Kanzlerin Lady Elyschée gekommen war und dass sich die Beraterin von ihm abgewandt hatte. Im nördlichen Greifenhorst sammelten sich Aufständische, die den Herzog stürzen wollten, doch Eoric zögerte, sich ihnen anzuschließen. Bislang hatte es sich jedes Mal als Fehler erwiesen, sich gegen Trollsiff zu stellen. Als sie damals dessen Gemahlin Alana entführt hatten, stellte sich heraus, dass eine ganz andere Gattin für den Gottdrachen ausersehen gewesen war. Und als sich die Gezeichneten von den Verheißungen Horwinnens hatten blenden lassen, hatten sie großes Leid über Hornstein gebracht. Nein. Eoric war älter geworden und hatte das Ungestüm der Jugend hinter sich gelassen. Dieses Mal wollte er genau hinsehen, bevor er den Aufstand Lady Elyschées unterstützte. Warte, lautete die Botschaft des Drachens.

Nördliches Greifenhorst, Sommer
Nach all den Jahren in der Geborgenheit des Dana-Klosters war das Reisen für Lorinsa ungewohnt geworden. Sie merkte an jedem Knochen, dass sie nicht mehr die junge Frau war, die einst als Kammerdienerin im Gefolge so vieler Adliger durch die Lande gezogen war. Das vergangene Jahr hatte sie und Athanasius damit verbracht, Sepp behutsam von seiner Herkunft zu erzählen. Bemerkenswerterweise hatte dieser kaum Probleme damit, sich mit seiner Identität als Drachensohn abzufinden, hatte er doch immer schon gefühlt, dass besonderes Blut in ihm floss. Jetzt wollte er sich auf eine neue Fahrt aufmachen, um sein Schicksal zu erfüllen. Wie im vergangenen Jahr wollten Athanasius und Lorinsa ihn begleiten.
Im nördlichen Greifenhorst sammelten sich Aufständische, die die Herrschaft Herzog Trollsiffs nicht mehr ertragen wollten. Ihnen an die Spitze hatte sich Lady Elyschée gestellt, die Kanzlerin des Herzogs und immer neue Gerüchte über die Unfähigkeit des Herrschers machten die Runde. So zog auch die kleine Gruppe Danageweihter ins nördliche Greifenhorst, wo am Rande eines Waldes Lady Elyschée ihre Zelte aufgeschlagen hatte. Lorandor hatte beschlossen, sich noch nicht als der Sohn Lokajs zu erkennen zu geben und so blieb er in seiner Verkleidung als Sepp, der Schmied. An Lorinsa und Athanasius war es deshalb, die Gespräche mit der ehemaligen Beraterin des Herzogs zu führen. Außer ihnen war eine Vielzahl von unzufriedenen Bauern, Bürgern und auch Adeligen des Landes dem Ruf der Lady gefolgt. So dauerte es eine Weile, bis die Geweihten vorgelassen wurden. Lorinsa, die im Laufe der Jahre einige Vorurteile gegen die Beraterin aufgebaut hatte, war überrascht von der Wärme und Verbindlichkeit, mit der sie empfangen wurden. Elyschée verstand es, sie von ihren lauteren Absichten zu überzeugen. Lange war sie dem Herzog zur Seite gestanden und hatte versucht, Hornstein nach bestem Wissen und Gewissen zu dienen. Doch die Jahre hatten in ihr die Erkenntnis reifen lassen, dass Trollsiff dem Glück des Landes im Wege stand.
"Sind wir hier, so nah an Burg Greifenhorst, nicht in der Gefahr, von den Truppen des Herzogs angegriffen zu werden?" fragte Athanasius.
Elyschée erwiderte: "Er verfügt im Moment nicht über ein stehendes Heer, das groß genug wäre, uns etwas anzutun. Und bis er Heerschau

gehalten hat, haben sich die Dinge längst zum Guten gewandt."

Die beiden Danageweihten blickten fragend und erklärend fuhr die Lady fort: "Es gibt hier ein Tor in die Welt der Götter. Wir stehen kurz davor, es öffnen zu können. Es fehlen nur noch wenige Elemente, dann werden die Danakinder selbst uns vorangehen. Und diesen wird Trollsiff nichts entgegensetzen können."

Nach einer Pause blickte sie Lorinsa fest in die Augen: "Ich brauche eure Hilfe. Es gibt einen Spiegel, der das Göttertor öffnen kann. Nur - der ist zerbrochen und seine Einzelteile sind überall verstreut. Einige davon haben wir schon. Helft mir, sie alle zu finden."

Lorinsa wurde warm ums Herz von der Begeisterung und Überzeugungskraft, mit der Elyschée sprach. Als sie ihr Zelt verlassen hatten, redete sie auf Athanasius ein: "Wir müssen der Dame helfen. Stell dir nur vor: Die Götter werden unter uns wandeln."

Doch Athanasius antwortete verhalten: "Es wurden schon viele Tore geöffnet. Selten ist etwas Gutes dabei hervor gekommen."

Lorinsa tat die Bedenken des Mönches ab.

Am Nachmittag begab sie sich zusammen mit Lorandor in den Wald. Sie wollten erkunden, ob sie Hinweise auf die Spiegelscherben finden würden. Gerüchte gingen im Lager um von einer bösartigen Hexe, die in den Tiefen des Forstes ihr Unwesen trieb. Dies war mit Sicherheit die beste Spur, um weiteres über das Tor zu erfahren. Von sich aus hätte sich Lorinsa niemals auf diesen gefährlichen Weg begeben, doch Lorandor kannte solche Bedenken nicht und sie wollte ihren Schützling nicht alleine gehen lassen. So drangen sie zu zweit immer tiefer in den Wald vor. Plötzlich stand eine gebeugte, bärtige, schwarz gewandete Gestalt vor ihnen.

"Seid willkommen bei Pandorra," krächzte der Bucklige, der offensichtlich ein Diener der Hexe war. Lorandor und Lorinsa wichen sicherheitshalber zurück. Da trat aus dem Schatten eines großen Baumes eine eindrucksvolle Gestalt: In lange, wallende, dunkle Gewänder gehüllt und über und über mit Amuletten geschmückt glitt eine anmutige Frau auf sie zu. Mit süßlicher, fast übertrieben freundlicher Stimme wurden sie begrüßt. Dann fragte die Frau: "Was, meine Gäste, führt euch in meinen Wald?"

Lorinsa stammelte: "Wir sind auf der Suche nach Spiegelscherben..."

Pandorra entgegnete mit stechendem Blick: "Nicht der guten Elyschée werdet ihr die Scherben bringen, wenn ihr sie findet. Mir werdet ihr sie bringen!"

Über Lorinsa fiel eine traute Müdigkeit und entgegen allem, was sie bisher gedacht hatte, wurde ihr klar, dass sie die Bitte Pandorras erfüllen

würde. Nur am Rande nahm sie wahr, dass Lorandor neben ihr schrie: "Nein, mich wirst du nicht verzaubern, Hexe!"
Pandorra reagierte überrascht:
"Wer bist du?" Für einen Augenblick wurde die Macht des Gottdrachen in Sepp dem Schmied sichtbar und die Hexe wich erschreckt zurück.
Lorinsa wurde von ihrem Schützling am Arm gerissen und folgte ihm ins Unterholz. Bald hatten sie Pandorra hinter sich gelassen.
"Wir müssen Lady Elyschée warnen," zischte Lorandor.

Hadran, Sommer

"Dann ist sie tot?" fragte Lusus. In der Kristallkugel des Transversallabors war das Gesicht Elyschées sichtbar und die Genugtuung, die sich darin spiegelte, war kaum zu übersehen. In Hornstein hatte es einen Kampf gegeben. Elyschée hatte ihre Gefolgsleute aus Aufständischen gegen Pandorra geführt. Sie hatten deren Hütte niedergebrannt und die Hexe vernichtet.
"Alleine hätte ich das nie geschafft," erläuterte Elyschée. Sie ist stark geworden und es war mitten in ihrem Wald. Aber die guten Hornsteiner haben mich nach Kräften unterstützt. Und rate mal, wer bei ihnen war?"
Lusus blickte fragend.
"Lokajs Sohn!"
Dem Magier in Hadran klappte die Kinnlade nach unten. "Was?" fragte er, "bist du sicher?"
"Er nannte sich Sepp der Schmied und war mit einem Haufen Danageweihter unterwegs," erklärte Elyschée, "aber tatsächlich war es Lorandor, der Drachensohn."
"Dann wird der jetzt das Land regieren wollen," folgerte Lusus schnell.
Elyschee nickte: "Ja, aber es wird ihm nicht gelingen. Wir haben in Pandorras Hütte die restlichen Spiegelscherben gefunden. Der Öffnung des Tores steht nichts mehr entgegen."
Lusus grinste befriedigt. "Dann werden wir bereit sein," sagte er. "Dieses Mal werden wir Hornstein unterwerfen."
Er freute sich unbändig darauf, die Enge Hadrans endlich wieder verlassen zu können.
"Wann wird es soweit sein?" fragte er.
"Morgen zur Abenddämmerung," antwortete seine Gesprächspartnerin. "Die Hornsteiner glauben, sie öffnen ein Tor zu den Göttern."
Irgendwie hatten sie damit auch recht, dachte Lusus und lächelte verschlagen, denn sie öffneten tatsächlich ein Tor zu einem Gott. Er bewunderte Elyschées überzeugende Art, die Menschen zu täuschen.

"Dann bis morgen Abend," verabschiedete er sich von der alten Freundin. "Möge der Sieg unser sein."
In der Glaskugel verblasste das Bild Elyschées. Lusus musste sich sputen. Es gab noch vieles vorzubereiten. Am morgigen Abend musste ein Heer bereit stehen.

Nördliches Greifenhorst, Sommer
Einer Prozession gleich zog Lady Elyschée mit ihren Anhängern zu dem Hügel, von dem sie sagte, dass sich dort das Tor zur Welt der Götter befände. Gefolgt von ihrer Schreiberin, die die Spiegelscherben mit sich trug und einem Magier, der ihr seit Tagen zu Diensten war. Auch Lorinsa, Lorandor und Athanasius befanden sich in dem Zug. Seit ihrem glorreichen Sieg gegen die böse Hexe Pandorra zweifelte niemand mehr an den lauteren Absichten der Lady. In einem fulminanten Zauberduell hatte sie die niederträchtige Pandorra in die Knie gezwungen und vernichtet. Nach dem Kampf hatten Lorandor und Athanasius die Hütte der Hexe durchsucht und neben den fehlenden Scherben des Spiegels Hinweise auf deren Herkunft aus Hadran gefunden.
Einem Grabhügel gleich ragte das von Elyschée gewiesene Tor aus der Heide. Untersuchungen an Steinen, die in der Umgebung lagen, zeigten, dass hier einstmals ein großer Kultplatz gelegen haben musste. Lorinsa stellte sich vor, wie vergangene Kulturen hier in Steinkreisen die Götter angerufen haben mochten und wie die Götter selbst durch das Tor traten, um unter den Sterblichen zu wandeln.
Alle, die Elyschée gefolgt waren, und es mochten gut und gerne einhundert Menschen sein, bildeten einen weiten Kreis um den Hügel in der Mitte. Elyschée stimmte einen beschwörenden Singsang an und der Kreis von Menschen fiel mit ein. Langsam schwoll der Gesang an und erfüllte die Abenddämmerung über der Heide. In der Mitte stand Elyschée. Sie hatte die silbern glänzenden Spiegelscherben hervorgeholt und legte sie auf verwitterte Muster, die einen Stein am Hügel zierten. Lorinsa bewunderte den Mut und die Souveränität, mit dem die Dame dieses magische Geheimnis anging und sie fragte sich, vorher sie ihr Wissen über die Magie hatte. Schließlich hatte Elyschée sämtliche Scherben eingepasst. Der beschwörende Gesang war zu einem Crescendo angewachsen. Unvermittelt riss Elyschée ihre Arme gen Himmel und die Umstehenden verstummten. Sanft wehte der Wind über die Heide. Dann tat sich ein schmaler Spalt im Hügel auf und gleißendes Licht trat hervor. Der Riss weitete sich und nicht wenige der Umstehenden knieten nieder, die Ankunft der Götter erwartend.

146

Dann ging alles ganz schnell. Schwarze Schemen traten aus der Öffnung hervor. Eisiger Wind und ohrenbetäubendes Geschrei zerfetzte die Luft. Über die demütig wartenden Hornsteiner brach ein höllisches Inferno herein. Lorinsa wusste nicht, wann ihr gewahr wurde, dass es sich bei den Schemen um Krieger und Dämonen handelte, die mit unmenschlicher Brutalität die wartenden Menschen niedermetzelten. Lorandor neben ihr hatte größere Geistesgegenwart bewiesen. Er hatte das Schwert gezogen und kämpfte drachengleich. Gebannt beobachtete Lorinsa, wie ihr einstiger Ziehsohn einen um den anderen Dämonenkrieger fällte. Schließlich hatte er sich bis zu Lady Elyschée vorgekämpft. Von hinten durchbohrte sein Schwert die Verräterin und ein weiterer Hieb zerstörte den Spiegel, den Elyschée am Hügel zusammengesetzt hatte. Das Tor schloss sich.

Angespornt vom Beispiel des Drachensohnes hatten auch die anderen Hornsteiner die Waffen ergriffen und erwehrten sich der Eindringlinge. Wären mehr Dämonenkrieger eingedrungen, so hätten die Verteidiger keine Chance gehabt, doch durch Lorandors beherzte Zerstörung des Spiegels stand das Kräfteverhältnis zu Gunsten Hornsteins. Eine schwarze Gestalt, die der Anführer der Angreifer zu sein schien, gab Befehle zum Rückzug. Lorinsas Herz erstarrte, als sie das Gesicht des Anführers erblickte: Er trug die schwarzweiße Maske des Schattens, jener Entität, die einst Prinz Anor verführt und Hornstein ins Unglück geführt hatte.

Schusseltal, Herbst 24 Lokaj

Lusus war stinksauer. Die Niederlage, die sie an Elyschées Tor erlitten hatten, war demütigend. Niemand hatte damit gerechnet, dass der Drachensohn solche Kräfte aufbieten könnte. Besonders der Tod der alten Freundin Elyschée erfüllte ihn mit Verbitterung und Hass. Wieder war die Verbindung nach Hadran unterbrochen und wieder hatten die lästigen Menschengötter gezeigt, was eine Harke ist. Eines Tages würde er die Menschen vernichten und ihre Götter gleich mit ihnen. Bis zu diesem Tag würde sein Hass wachsen.

Er hatte die wenigen verbliebenen Krieger, die die Schlacht im nördlichen Greifenhorst überlebt hatten, um sich gesammelt. Schmerzlich vermisste er Elyschée, denn mit den Kriegern war kaum eine Unterhaltung mit Niveau möglich. Raub, Mord und Niedertracht schienen ihre einzigen Lebensinhalte zu sein. Rache mit Plan und Intelligenz schien ihnen völlig fremd zu sein. So war es an Lusus alleine, das weitere Vorgehen zu bestimmen. In nächtlichen Märschen führte er die Krieger quer durch

Hornstein. Sein Ziel war das Dämonental. Hier kannte er verborgene Pfade und war mit den Geheimnissen der Zwischenwelten vertraut. Hier wollte er forschen, um das große Tor, den Dämonenspalt, zu öffnen, um endgültig die hadranischen Horden hervorbrechen zu sehen.

So hielten sie sich Tags in Wäldern versteckt und strebten in der Dunkelheit ihrem Ziel zu. Zu groß war die Gefahr, zufällig entdeckt zu werden. Immer konnten sie Opfer der Truppen irgendeines Barons werden. Im Dämonental dagegen fühlte er sich sicher. Noch nie war es den Hornsteinern gelungen, dort nachhaltig etwas gegen hadranische Umtriebe zu bewirken. Sein Plan, die Hornsteiner Herrscher nieder zu werfen mochte sich um ein paar Monde verschoben haben, aufgegeben war er noch lange nicht. So zog Lusus an der Spitze seiner kleinen Truppe von Dämonenkriegern durch die Nacht. Der Herbst hatte längst den Regen gebracht und die durchnässten Lederstiefel der Wanderer erzeugten schlurfende Geräusche, wenn sie über die aufgeweichte Erde stapften.

Vor Burg Hornstein, Sommer

Lorinsas Herz schmerzte. Sie sah ihren Schützling Lorandor, doch die Ereignisse vor dem Dämonentor hatten tiefe Spuren in dessen Seele hinterlassen. Lorandor, der Sohn des Drachens, hatte sich von einer Hadranerin hinters Licht führen lassen. Nach der Schlacht hatte sich der Widerstand zerstreut. Lorandor war mit Athanasius und Lorinsa zurück geblieben. Obgleich bekannt wurde, dass sich Sir Trollsiff auf Pilgerfahrt fern im Norden Certeluriens befand, war keine Begeisterung zu erkennen, gegen ihn vorzugehen. Zu vielfältig waren die Täuschungen Hadrans, als dass sich ein Hornsteiner Führer seines Weges sicher sein konnte. So zogen sie durch die Lande. Lorandor predigte von Lokaj und er führte Gespräche über den Willen des Drachen. Doch eine Bewegung, die Trollsiff vom Thron fegen könnte, war nicht in Sicht.

Im Winter hatten sich die maßgeblichen Edelleute Certeluriens endlich dazu durchgerungen, Prinz Joshua für tot zu erklären und prompt riefen sie Sir Torkelbier zum neuen König des Landes aus. In Hornstein wurden die Neuigkeiten aus dem Nachbarland mit Gleichmut hingenommen, obwohl der eigene Herzog noch immer als Pilger unterwegs war. Und obwohl die Kanzlerin des Landes gestorben war, hielt man sich an die Vorgaben der herzoglichen Verwaltung. Natürlich spürte Lorinsa wie jeder im Land das Fehlen einer starken Herrschaft. Doch wer wollte anstatt des Herzogs nach dem Thron greifen? Noch verfügte Lorandor nicht über genügend Anhängerschaft, sein Erbe durchzusetzen und wer immer sonst es tat, der musste die Intervention des certelurischen Königs fürchten Und so kam es schließlich auch. Vor Burg Hornstein, deren Wiederaufbau seit Jahren nur schleppend voran kam, sammelten sich unzufriedene Bauern und forderten die Absetzung des Herzogs. Dies war der Augenblick, auf den man in Certelurien gewartet hatte und prompt zog König Torkelbier mit Heermacht nach Süden, um die teils wieder aufgebaute Ruine zu besetzen. Dies endlich war auch für Lorandor und sein Gefolge der Zeitpunkt, sich dem alten Stammsitz der Herzöge zuzuwenden. Und plötzlich flogen ihm die Herzen wieder zu, denn einen Certelurier als Hornsteiner Machthaber wollte niemand im Land. Dies kränkte die patriotischen Landbewohner zu sehr und erinnerte an die Zeit, als einst der certelurische Heerführer Sir Thorfinn beinahe die Herrschaft an sich gerissen hatte. So kam es, dass sich Lorinsa im Sommer endlich wieder auf die altehrwürdigen Mauern der Burg Hornstein zu bewegte, in der sie einst zuhause gewesen war. Lorandor führte ein kleines Heer von Aufständischen durch die sonnendurchfluteten Ländereien und seine einstige Amme und Dienerin ritt ihm zur Seite. Wenige Meilen vor der Burg ritt ihnen ein Trupp Bewaffneter entgegen. Es waren zwei Krieger und eine Kriegerin, die vor ihnen die Pferde zügelten. Der Mittlere, ein Glatzkopf und augenscheinlich der Anführer, hob grüßend die Hand. Lorandor tat es ihm gleich.

"Heil dir, Drachensohn," rief der Ankömmling zu ihnen hinüber, wobei ihm offensichtlich die rechten Worte von der Kriegerin neben ihm zugeflüstert wurden.

"Was ist euer Begehr?" fragte Lorandor.

"Ich bin Keitel, der Schmied und Anführer eines Söldnerhaufens, der die Hornschweine genannt wird."

Lorinsa musste grinsen bei der Nennung des Truppennamens. Ihr war bekannt, dass nach den letzten Kriegen viele Hornsteiner der Heimat den Rucken zugewandt hatten, um sich anderswo für Geld im Waffenhandwerk zu verdingen.

"Mir scheint, ihr seid auf unsere Waffenhilfe angewiesen, wenn ihr dem König Certeluriens etwas entgegen setzen wollt," fuhr der Glatzkopf fort."

Lorandor lächelte. "So reitet ein Stück mit mir und tragt mir euere Bedingungen vor," erwiderte er und so schlossen sich die drei Söldner an.

Tatsächlich verfügte Hauptmann Keitel über eine sehr schlagkräftige Söldnereinheit, mit deren Hilfe es Lorandor durchaus gelingen konnte, Torkelbier aus dem Land zu treiben. Auf den Wiesen unterhalb der Burg schlugen sie ihr Feldlager auf, misstrauisch beäugt von den Wachen, die auf den Türmen der Burg postiert waren. Lorinsa erinnerte sich daran, wie sie einst selbst dort oben gestanden war und den Aufmarsch des Hadranerheeres beobachtet hatte.

Dämonental, Sommer

Die verborgenen Pfade in der Lokajshöhle gaben ein hervorragendes Versteck ab. Des Nachts hatten sie hier Quartier bezogen und jetzt vermieden sie nach Möglichkeit, vom Drachenorden auf der anderen Seite des Tales entdeckt zu werden. Lusus wusste, welche Pfade nach Hadran führten und er sammelte alle notwendigen Paraphernalia, um diese Pfade zu öffnen. Tatsächlich hatte er dabei gewisse Schwierigkeiten. Woher sollte er schwarze Kerzen und Beschwörungskreide bekommen? In der Akademie in Hadran hatte niemals Mangel an solchen Dingen geherrscht, doch jetzt musste es ihm erst gelingen, Wachs und Kreide zu beschaffen. Dabei musste er jedoch sehr bedacht vorgehen, um nicht die Aufmerksamkeit der Landbewohner auf sich zu ziehen, denn seine Männer durch weitere Kämpfe dezimieren wollte er auf keinen Fall. Es war ohnehin schwierig genug, die Männer über Wochen zur Ruhe anzuhalten. Glücklicherweise war der Wald fast menschenleer und mit etwas Glück konnten die Drachenritter umgangen werden.

Nach langer Zeit der Vorbereitung hatte er es endlich geschafft. Lusus raffte sämtliche Gegenstände, die er für das Ritual benötigte zusammen und ging zu der Höhlentür, hinter der er den Gang nach Hadran wusste. Vorsichtig betätigte er den Riegel und schob die uralte Pforte auf. Dahinter kam jene Tropfsteinhöhle zum Vorschein, die er bereits von seiner ersten Reise nach Hadran kannte. Allerdings war dort auch jenes Wächterwesen, das er hier schon vor Jahren angetroffen hatte. Unbewegt saß es elfengleich, wenn auch dunkler und unheimlicher auf einem Stein. Als es Lusus nahen hörte, bewegte es den Kopf und fixierte den Ankömmling.

"Was willst du?" zischte es.

"Nichts weiter. Den Weg nach Hadran gehen," antwortete Lusus und bemühte sich, dies so beiläufig wie möglich zu sagen. Plötzlich sprang das Wesen auf und gelangte mit nur wenigen, schnellen Schritten unmittelbar vor Lusus.

"Du lügst," zischte es von oben herab, denn es war mehrere Fuß größer als der Angesprochene.

Jetzt ging der Magier zum Gegenangriff über: "Wer bist du und was machst du hier?"

150

"Ich bin Shaak-Ti, die Wächterin. Ich bin die Frucht der Verbindung zwischen Ralot und Schallawen und ich verhindere, dass es jemals wieder zu einer solchen Verbindung kommt!"

Hassvoll funkelten die Augen des Wesens. Lusus war erstaunt. Konnte es sein, dass ein leibhaftiger Halbgott in dieser Höhle seine Zeit verbrachte? Aber wenn es so war, wie sollten da seine Kräfte ausreichen, ihn zu besiegen? Unsicher lächelte Lusus, wobei dieses Lächeln hinter der Maske nicht zu sehen war. Dann straffte er sich würdevoll.

"Gehabt euch wohl," sagte er und drehte sich um. Er schloss die Türe hinter sich und stieß einen götterlästerlichen Fluch aus. Sein Vorhaben stieß auf Probleme, mit denen er nicht gerechnet hatte. Er brauchte einen Plan.

Burg Hornstein, Sommer

Ein findiger Wirt hatte ein großes Zelt auf halbem Weg zwischen dem Heerlager, dem Lorandor vorstand und der Burg errichtet. Einerseits gehörte viel Mut dazu, mochten doch widerstreitende Kämpfer beider Gruppen das Mobiliar zerschlagen, andererseits war so ein geeigneter Platz für Unterhandlungen entstanden.

Um einen geschlossenen Belagerungsring zu schaffen, hatte Lorandor nicht genug Truppen. Hinter den wiedererrichteten Mauern der Burg konnten sich Torkelbiers Leute so lange halten, bis Entsatz eingetroffen war. Zwar prahlte Hauptmann Keitel, dass es möglich sei, die Burg im Sturm zu nehmen, doch außer seinen Leuten glaubte ihm niemand.

Lorinsa folgte Lorandor zu Verhandlungen in der Taverne. Zwar weigerte sich König Torkelbier, selbst dort zu erscheinen, genauso wie es für Lorandor nicht möglich war, ihm wie ein Bittsteller aufzuwarten, doch der König schickte einen Boten. So kam es, dass Lorandor, Keitel und ein Bote des Königs an jenem Abend gut bewacht um einen Tisch in der Taverne saßen. Lorinsa derweil schaute sich um, war ihr doch ein prächtiger Promillaschrein im Schankraum aufgefallen, an dem dem verstorbenen Herzog Barnabas gedacht wurde. Einer der Wirtsleute gesellte sich zu Lorinsa und begann ein Gespräch: "Der heilige Barnabas. Wusstet ihr, dass sein Geist hier häufiger gesehen wurde?"

Lorinsa blickte ihn verwundert an.

"Wenn er hier herumgeistert, kann er schwer ein Heiliger sein, denn Heilige haben den Weg in die Paradiese der Götter gefunden," kombinierte sie. Der Schankknecht blickte sie verständnislos an.

In diesem Moment waren von draußen Gesänge zu hören: "Promilla," schallte der Gesang herein und wenig später öffnete sich die Tür und eine Pilgergruppe strömte ins Innere der Taverne. Immer wieder riefen sie den Namen der Göttin an, woraufhin sie sich zu Boden fallen ließen und ihre Krüge empor reckten. Der Schankknecht blickte genervt zum Himmel. Den Traditionen gemäß hatte er die Pflicht, den heiligmäßigen Männern etwas auszuschenken und so ging er hinter die Theke, um Gläser zu füllen. An der Theke leerten die Pilger, die allesamt in weite Kapuzenmäntel gehüllt waren, ihre Becher, um sich dann wieder dem Ausgang zuzuwenden. Als sie sich umdrehten, wollte Lorinsas Herz erstarren. Unter einer der Kapuzen erkannte sie das Gesicht Herzog Trollsiffs, der unerkannt nur wenige Meter neben Lorandor und Keitel entlang schritt. Noch bevor sie sich von ihrem Schreck erholt hatte, waren die Pilger zur Tür hinaus verschwunden.

Dämonental, Sommer

Was immer vor Burg Hornstein geschah, es war nicht gut für das Land. Wieder wollten die Anhänger Lokajs oder dessen Sohnes gegen den Herzog Krieg führen. War sich dieser Lorandor sicher, dass er nicht irrte? Was wusste er über sein Schicksal? Und was hatten all jene, die sich jetzt kriegslüstern gegenüber standen, aus der Vergangenheit gelernt? Eoric legte die alte Rüstung des Nepomuk vom Hort an. Imposant ragten die Drachenverzierungen des antiken Stückes über seine Schultern. Er gürtete sich mit dem langen Schwert und hob den Topfhelm über das Haupt. Er, Eoric, war der Hüter der Geschichte Hornsteins und es war seine Pflicht, dafür zu sorgen, dass diese Geschichte nicht vergessen wurde. Er verließ das verborgene Kloster und begab sich zur Brücke, die am Eingang des Dämonentales die Flussufer verband. Er stellte sich in die Mitte des Bauwerkes und wartete. Er wusste, dass derzeit viel Volk um die alte Burg Hornstein unterwegs war und so währte es nicht lange, bis eine erste Gruppe vor der Brücke erschien. Am grünen Habit erkannte er einen Danapriester unter den ansonsten wie Krieger gewandeten Menschen.

"Halt," rief Eoric der sich vorsichtig nähernden Gruppe zu. "Wenn ihr euch zum Kampfe rüstet, so sehet zu, dass sich Geschichte nicht wiederholt."

Tatsächlich erwies sich der Danageweihte als sehr versierter Kenner der Vergangenheit des Landes und es entspannte sich schnell ein angeregtes Gespräch zwischen diesem und Eoric. Bruder Athanasius war der Name des Geweihten und wie Eoric war er kein Freund des Herzogs oder gar Torkelbiers. Trotzdem konnte auch er sich nicht mit dem Gedanken an eine Schlacht unter Hornsteinern anfreunden.

"Mir träumte heute Nacht von einem Streit zwischen Lokaj und Promilla," erklärte der Danapriester gerade. In ihrer theologischen Diskussion waren sie auf das Verhältnis der Götter untereinander gekommen. "Es war, als wäre Lokaj eifersüchtig auf die Verehrung, die Promilla in diesem Land zuteil wird."

"Und sie ist auch nicht richtig," bestätigte Eoric, "denn dieses ist Lokajs ureigenstes Land."

"Es heißt, der Geist des Barnabas könne nicht in die Paradiese fahren, weil er hier an unsere Sphäre gebunden wird," fuhr Athanasius fort. Eoric zog die Augenbrauen hoch.

"Ist bekannt, warum dem so ist?"

"Man sagt, ein heiliges Artefakt, das Trinkhorn des Barnabas, sei abhanden gekommen. Aus zuverlässiger Quelle weiß ich nun, dass bereits Söldner unterwegs sind, es wieder zu beschaffen."

Jetzt war der Ordensgroßmeister besorgt. Wer konnte von dem Horn wissen, dass ihm einst sein Vorgänger vermacht hatte? Mit freundlichen Worten beendete er das Gespräch mit dem Danapriester und eilte zurück zu seinem verborgenen Kloster. Dort angekommen fand er die Mönche und Novizen in heller Aufregung. Söldner hatten mit magischer Hilfe einen Einbruch verübt und einen der Brüder, der sie gestellt hatte, mit dem Schwert verletzt. Dann hatten sie die Gemächer des Großmeisters durchwühlt und waren schließlich mit ihrer Beute, dem Horn, abgezogen. Eoric gingen mehrere Fragen durch den Kopf: Wie konnten sie das Kloster finden? Woher wussten sie von dem Horn? Doch all dies harrte der Antwort. Zunächst musste der verletzte Bruder versorgt werden.

Burg Hornstein, Sommer

"Es ist notwendig, dass ihr euere Verhandlungsposition mit militärischer Stärke untermauert," hatte Hauptmann Keitel zu Lorandor gesagt und hier zeigte sich, dass der Drachensohn im Umgang mit Menschen wenig erfahren war. Lorandor wünschte eine friedliche Lösung im Einvernehmen mit König Torkelbier. Was dagegen wünschte Keitel? Auch Lorinsa konnte die Absichten der Söldner nicht durchschauen. So schaute sie nur zu, wie sich Lorandor davon überzeugen ließ, einen Belagerungsring um die Burg aufzubauen, Gräben und schweres Gerät erstellen zu lassen.

Während Lorandor also weiter Verhandlungen mit den Boten des Königs führte, führte Keitel die Truppen vor die Burg. Er inszenierte militärische Drohgebärden. Und plötzlich ging alles ganz schnell. Niemand konnte sagen, wer den ersten Pfeil abgefeuert hatte, aber unvermittelt war der Kampf ausgebrochen. Lorinsa war erstaunt über die Effizienz der Söldner und überrascht, mit welcher Schlagkraft Keitel die Aufständischen anführte. Ein Turm war gebaut worden, von dem aus das Tor der Burg unter Beschuss genommen wurde. Derweil wurden beide Tore der Burg mit Böcken berannt und schnell zeigte sich, dass die Trutzen der im Aufbau befindlichen Burg noch lange nicht einem solchen Angriff gewachsen waren.

"Zugleich…," brüllten die Krieger an den Böcken immer wieder und unter der Wucht ihrer Schläge splitterten Balken und Riegel. Jenseits der Tore hatten die Ritter des Königs eine Verteidigungslinie gebildet, doch auch hier wurde schnell ersichtlich, dass dessen Krieger den Landsknechten Keitels nicht gewachsen waren. Mit langen Piken und Turmschilden drangen sie Schritt um Schritt in den Burghof vor und Torkelbiers Ritter konnten weder mit Pferd und Lanze noch mit dem Schwert bestehen. So blieb ihnen nur der Rückzug. Lorinsa wurde klar, dass Keitels Söldner aus fernen Ländern eine ganz neue Technik der Kriegsführung mitgebracht hatten, der das certelurische und Hornsteinische Rittertum nichts entgegenzusetzen hatte.

Erst als die Ritter und in deren Mitte der König auf dem Burghof hoffnungslos zusammen gedrängt waren, gab Keitel den Söldnern den Befehl, einzuhalten. Dies, so sagte er, war der richtige Zeitpunkt, um Verhandlungen zu führen.

So fanden sich wenig später der König, Lorandor und Keitel mit kleinem Gefolge, unter dem sich auch Lorinsa befand, im Rittersaal der Burg ein. König Torkelbier war seine momentane Schwäche sichtlich unangenehm, denn tatsächlich war er faktisch eine Geisel in den Händen des Söldnerführers. Doch auch Lorandor war klar, dass er Hauptmann Keitel auf Gedeih und Verderb ausgeliefert war. Es war deutlich, dass dieser die Bedingungen des zu verhandelnden Abkommens diktieren würde. Im Gefolge des Königs erkannte Lorinsa unter der Kutte eines Promillamönches das Gesicht Herzog Trollsiffs und tatsächlich eröffnete König Torkelbier mit diesem das Gespräch:

"Mancher meint vielleicht, ich sei als Usurpator nach Hornstein eingefallen, doch das ist nicht so. Mein Handeln entspricht dem Willen des rechtmäßigen Herrschers."

Er gab dem Mönch ein Zeichen und Herzog Trollsiff trat hervor und zog die Kapuze seiner Kutte zurück. Ein erstauntes Raunen ging durch die Anwesenden.

"Ich bin Trollsiff, Herzog der Hornsteiner Lande," begann er. "Nach langen Reisen auf den Pfaden der Göttin bin ich zurück gekehrt. Seht, mich hat der Ruf der Göttin ereilt, ihr mein Leben voll und ganz zu weihen."

"Und so habe ich, König Torkelbier von Certelurien, beschlossen," fuhr der König fort, "meinem treuen Freund und Kampfgefährten Herzog Trollsiff die Grafschaft Zinsheim zu vermachen. Deren Graf wird er sein, wenn er ins Promillakloster zu Zinsheim eintritt. Ihr seht also," sagte er mit einem abfälligen Blick auf Lorandor und Keitel gerichtet, "dass es nicht notwendig ist, allzu heißblütig um den Herzogsthron zu kämpfen."

"Wohlan," ergriff nun Keitel mit ausgesuchter Freundlichkeit das Wort, "dann spricht ja nichts dagegen, Lorandor, den Sohn des Lokaj, zum Herzog zu machen." Effektvoll wartete er einen Augenblick der Stille ab, um dann fortzufahren: "Doch halt, ein jeder sieht, dass der Drachensohn zu jung und zu ungestüm ist, um dem Land ein wirklicher Segen zu sein. So soll auch er noch einige Jahre ins Kloster gehen, um seine Wildheit zu zügeln. In dieser Zeit braucht er einen Verwalter, der seine rechtmäßige Herrschaft stützt."

"Und dieser Verwalter," fiel ihm der König ins Wort, "sollt ihr sein, Hauptmann Keitel!"

Lorinsa klappte ebenso wie ihrem Schützling Lorandor die Kinnlade nach unten. Während alle Anwesenden einvernehmlich dem weisen Ratschluss applaudierten, musste sie erkennen, dass es geheime Absprachen zwischen Keitel und dem König gegeben haben musste. Lorandor war wie ein Waisenknabe an die Wand gespielt worden. Während die Boten nach draußen eilten, um den Friedensschluss zu verkünden, konnte sich der Drachensohn nicht mehr auflehnen. Niemand mehr hätte ihn verstanden und er hätte seinen Ruf der Unbesonnenheit bestätigt. So blieb ihm nichts weiter, als gute Miene zum bösen Spiel zu machen. Lorinsa aber spürte seine Wut, als er den Raum verließ.

Dämonental, Spätsommer

Ein Späher berichtete Lusus, dass sich die Hornsteiner bei der Burg gegenseitig zerfleischten. Der junge, unbesonnene Drachensohn hatte den alternden, versoffenen Herzog angegriffen. Derweil hatte Shaak-Ti, das Wächterwesen seinen Platz verlassen. Offensichtlich hatte es anderswo Sphärenerruptionen gegeben. Der Magier konnte sein Glück nicht fassen: Ein jahrtausende altes, halbgöttliches Wesen hatte in seiner Aufmerksamkeit nachgelassen und seine, Lusus Beharrlichkeit hatte sich ausgezahlt. Schnell eilte er in die Tropfsteinhöhle, die er als den richtigen Ort für das Ritual ausgemacht hatte. Mit zittrigen Fingern malte er den Beschwörungskreis und entzündete die Kerzen, deren Herstellung ihn so viel Mühe gekostet hatten. Dann stimmte er die Gesänge an, mit denen er die Sphären durchdringen wollte. Schnell begann die Luft in der Höhle zu wabern und die Erzitterungen griffen auf die Wände über. Dann löste sich die Materie auf und gab Platz für die Zwischenwelt, an deren anderen Seite Hadran lag.

Er hörte ein Geräusch. Das dumpfe Pochen marschierender Schritte hallte von der anderen Seite herüber. Aus dem Nebel schälten sich langsam Piken und Standarten, Helme und Federbüsche. Das imperiale Heer nahte. Der Plan funktionierte. Drüben, in Hadran war tatsächlich ein Heer bereit gestellt worden und Lusus war es gelungen, ein stabiles Tor zu öffnen. Er hatte den Untergang Hornsteins besiegelt.

Er trat zur Seite, um den Kriegern den Platz frei zu geben. Wilde Gestalten, Dämonensöldner, schritten in langen Reihen an ihm vorbei, dem Ausgang der Höhle und der Hornsteiner Erde zu. Unter seiner Maske verzog sich Lusus Gesicht zu einem breiten Grinsen. Er hatte sein Ziel erreicht.

In diesem Moment irritierte ihn ein Geräusch. Abseits der Marschroute des Heeres, oberhalb, auf einem Sims in der Höhle, machte er eine Bewegung aus. Dort erschienen mehrere Gestalten. Hornsteiner Krieger offensichtlich. Wie war es ihnen gelungen, in die Höhle zu gelangen? Lusus kniff die Augen zusammen. Jetzt konnte er den Anführer der Gestalten erkennen. Er hatte ihn noch nie gesehen, doch der Beschreibung nach hatte nur einer den stechenden Blick und die wie Drachenschuppen glänzende Haut, die er wahrnahm: Lorandor, der Lokajssohn. Dieser begann jetzt zu sprechen und seine machtvolle Stimme hallte im Raum. Der Heerzug kam ins Stocken und auch die Dämonensöldner blickten zu ihm auf. Er rief: "Ich bin Lorandor, der Sohn des Gottdrachen Lokaj. Es war meines Vaters Bestimmung, in den Sphärenspalt zu stürzen und dort für eintausend Jahre gegen die Dämonenwelten zu kämpfen. So wie es mein Vater für das vergangene Jahrtausend tat, so tue ich es für das kommende. Hadran, weiche, denn dies sind die Lande der Götter."

Lusus stockte für einen Augenblick das Herz. Konnte es sein, dass dieser vermessene Wurm antrat, seine Pläne zunichte zu machen? Gebannt beobachtete er, wie sich der Drachensohn in vollem Harnisch und mit gezücktem Schwert von seiner Empore stürzte, mitten in das graue Wabern hinein, aus dem die Heerscharen quollen. Ein Menschenopfer - gar das Opfer eines Halbgottes - konnte ungeahnte Auswirkungen auf sein Sphärentor haben. Noch bevor er die Folgen dieser Tat sah, konnte er sie erahnen. Seine Magie war machtlos gegen die Selbstlosigkeit, mit der Lorandor dagegen anstürmte. Die Erde erbebte und schlagartig zog sich das Sphärenwabern in sich selbst zurück. Mit einem hohlen Geräusch verebbte es und war verschwunden.

Es dauerte einige Zeit, bis Lusus wieder einen klaren Gedanken fassen konnte. Noch musste er sich nicht geschlagen geben. Im Kopf überschlug er, wie viele Krieger bereits durch das Tor marschiert waren. Zwar war es nur ein Bruchteil des gesamten Heeres, das er erwartet hatte, aber einige Hundertschaften mochten es schon sein. Die Krieger hatten ihre Marschordnung aufgegeben und blickten orientierungslos zu ihm hinüber.

"Sammeln," brüllte Lusus im Befehlston. "Sämtliche Truppenteile sammeln sich vor der Höhle." Dann eilte er selbst an die Spitze des Heeres, um sich einen Überblick über seine Größe zu verschaffen.

Unterhalb Burg Hornstein, Spätsommer

Eoric hatte die Bedrohung, die sich in der Lokajshöhle im Dämonental zusammenbraute, beobachtet. Jetzt galt es zu handeln. Im Eilmarsch führte er die verbliebenen Mönche und Novizen des alten Drachenordens zu den Wiesen unterhalb der Burg. Er sandte Boten hinauf zur Burg und eilte selbst zu den Zelten der Rebellen. Hier feierten die Söldner noch immer die Erhebung ihres Hauptmannes Keitel zum Truchsessen Hornsteins.

"Alarm," schrie Eoric, "wir werden angegriffen."

Dann eilte er weiter zu den Zelten von Bruder Athanasius und dem Danaorden. Wieder verkündete er seine Botschaft. Wenig später hatte sich ein ansehnliches Heer auf der Wiese versammelt. Die Söldner der Hornschweine hatten einen Schildwall errichtet und Athanasius und Eoric schlossen sich an. Immer länger wuchs die Kampfreihe der Verteidiger Hornsteins.

Es legte sich gebannte Ruhe über das Heer. Bang blickten sich die Krieger an. Leise, aber mit zunehmender Deutlichkeit erklang Trommeln und Stampfen aus dem Gebiet des Dämonentales zu ihnen herüber. Unvermittelt erschienen die ersten gegnerischen Krieger am Waldrand. Wilde, schwarz gewandete Gestalten, oft mit rußgeschwärzten Gesichtern und brachlal verzierten Rüstungen marschierten auf und bildeten eine Kampfreihe gegenüber den Hornsteinern. Mit mächtigen Schlägen trommelten sie mit ihren Waffen auf ihre Schilde ein. Jetzt begannen die Hornschweine, es ihnen gleich zu tun. Und zum dumpfen Rhythmus der Waffen stimmten sie ein vielkehliges "Hornstein, Hornstein…" an.

Es dauerte seine Zeit, bis der Aufmarsch der Hadraner beendet war. In ihrer Mitte erkannte Eoric umgeben von unheiligem Nebel eine maskierte Gestalt, die er aus den alten Schriften als den Schatten erkannte. So hatte es sein Vorgänger aufgeschrieben: Der Anführer und oberste Magier der Hadraner trägt eine schwarz-weiße Maske mit goldener

Ziselierung. Kurz verschlug es Eoric den Atem. Dies war der Kampf, der über Gedeih und Verderb der Lande Hornsteins entscheiden würde.

Plötzlich erschallte durch den dumpfen Lärm der Trommeln ein alles übertönender Schrei: "Angriff!"

Hauptmann Keitel hatte das Schwert erhoben und zeigte nun mit dessen Spitze in Richtung des Feindes. Schritt für Schritt rückte der Schildwall nach vorne und die gegnerische Angriffslinie tat es ihnen gleich. Pikeniere auf beiden Seiten der Front stachen auf die gegnerischen Schilde und dann begann der Kampf Mann gegen Mann. Bald hatte Eoric den Überblick verloren. Um ihn herum herrschte wildes Hauen und Stechen. Waffen donnerten mit Macht aufeinander und die Schreie der Getroffenen gellten über das Feld. Blut und Schlamm spritzten auf. Noch wusste Eoric Vater Athanasius an seiner Seite, der seine linke Flanke schützte. In diesem Moment tauchte vor ihm die schreckenerregende Gestalt des Schattens auf. Aus seinen Händen zuckten Blitze und alleine eine Berührung seines Zauberstabes brachte die Männer zu Fall. Eoric riss sein Schild hoch, um den Angriff des Zauberers abzuwehren, geriet aber ins Straucheln, als er zurückwich. Schlamm spritzte auf, als er mit dem Rücken auf dem Boden landete. Über ihm baute sich drohend der gegnerische Magier auf und ihm war, als könne er unter der Maske ein hämisches Grinsen erkennen.

In diesem Moment erstarrte die Gestalt des Angreifers. In den Augenlöchern der Maske sah Eoric so etwas wie Verwunderung, während in dessen Brust abrupt die Spitze einer Klinge zum Vorschein kam. Dann wurde die Klinge herumgerissen und der Körper des Magiers kippte vornüber. Dahinter kam Hauptmann Keitel zum Vorschein, der mit einem triumphierenden Schrei sein Schwert aus dem Rücken des Schattens zog.

Eoric erwartete noch irgendetwas. Eine letzte List des Schattens, eine finale Täuschung, doch der Körper blieb leblos am Boden liegen. Während der Ordensritter fassungslos auf den Leichnam vor sich starrte, kamen langsam die Kämpfe um ihn herum zum Erliegen. Der Tod ihres Meisters hatte den Mut der Hadraner zum Erliegen gebracht. Vereinzelt hielten sich kleine Nester, die nun von den sich neu formierenden Hornsteinern angegriffen wurden, doch bald hatte der letzte überlebenden Dämonenkrieger sein Heil in der Flucht gesucht.

Jetzt, wo die Anspannung des Kampfes von ihm abfiel, spürte Eoric die vielen Wunden, die seinen Körper übersäten. Um ihn herum legten sich Staub und Rauch und gaben den Blick frei auf ein Feld voll von erschlagenen und verstümmelten Körpern. Irgendwo in der Ferne erhob ein überlebender Söldner sein Schwert und schrie: "Hornstein."

158

Auch Eoric ergriff seine Klinge und reckte sie gen Himmel und viele taten es ihm gleich.

"Hornstein," erklang der Ruf der Sieger aus vielen Kehlen.

Burg Hornstein

Irgendwann war die Kunde von Lorandors Opfer auch zu Lorinsa gedrungen. Der Drachensohn hatte sich nach der Ankunft eines Boten ins Dämonental aufgemacht und er hatte Lorinsa die Begleitung streng verboten. Jetzt war er weg, doch die Danageweihte hatte noch keine Zeit zum Trauern gehabt, denn plötzlich waren hadranische Krieger aus dem Wald gequollen und waren nur durch eine entbehrungsreiche Schlacht geschlagen worden. Lorinsa war den Heilern und Feldscherern zur Hand gegangen. Sie hatte Verletzte verbunden und Sterbende begleitet. Dann war die Schlacht zu Ende gewesen und sie hatte sich einem euphorischen Siegeszug hinauf auf die Burg angeschlossen. Jubelnde Krieger waren in den Burghof geströmt und der Truchsess ließ zur Feier des Sieges das Bier fässerweise auffahren. Auch Lorinsa hatte sich im Taumel verloren, selbst wenn sie wegen ihrer Trauer der Feier nicht unbefangen folgen konnte. "Promilla" wurde gegrölt und zu den alten Trinksprüchen vom Schornstein von Hornstein wurden neue hinzugedichtet. "Auf den Scheitel des Keitel" brüllten die einen und als ein anderer "Auf das Ei des Lokaj" anstimmte, erhob auch Lorinsa ihren Becher und fiel mit ein. Barden spielten auf und ihre mitreißenden Rhythmen und Melodien zogen Lorinsa in ihren Bann. Sie begann zu tanzen und als die Feiernden ein vielstimmiges "Promilla" zum Crescendo steigerten, erschien plötzlich eine leuchtende Gestalt am Himmel und stieg zu ihnen herab. An den langen Haaren und dem unverwechselbaren Hörnerhelm erkannte ein jeder sofort den heiligen Barnabas. In der Hand trug er ein prunkvolles Trinkhorn, aus dem es Bier und Wein auf die Feiernden herabregnete. Viele Becher und Krüge wurden der Erscheinung entgegen gereckt und ein jedes Gefäß wurde bis über den Rand gefüllt. Auch Lorinsa vergaß ihre Sorgen und ihren Kummer und wurde mitgerissen von diesem großen Wunder Promillas. Sie feierte und sie tanzte lange Zeit und als sie erschöpft in den Armen eines ihr unbekannten Söldners einschlief, konnte sie nicht sagen, wie lange die göttliche Entrückung gedauert hatte.

Dämonental, Herbst 25 Lokaj

Noch immer trug Eoric einen Arm in der Schlinge und wahrscheinlich würde ihn sein Leben lang eine Behinderung an die letzte Hadranerschlacht erinnern. Er war wieder zum versteckten Kloster im Dämonental zurück gekehrt. So wie einst der erste Nepomuk vom Hort die Saat legte, die den Orden tausend Jahre lang gedeihen ließ, so war es an ihm, den Beginn für die nächsten tausend Jahre zu gestalten. Seine Verletzung erschwerte es ihm, zwischen all den Folianten und Schriftstücken, die ihm sein Vorgänger überlassen hatte, den Richtigen zu finden. Mit Mühe gelang es ihm, einen mächtigen, ledergebundenen Quartband unter einem Stapel Papiere hervor zu ziehen. Auf dem prächtigen Einband prangte der goldene Drache im Flammenkreis. Er blätterte bis zur letzten Seite. Dort legte er ein Papier ein. Dann tauchte er seine Feder in das Tintenfass. Mit leisem Kratzen strich das Schreibwerkzeug über das raue Pergament. Er schrieb:

De Bello Promilla
[I] Als tausend Jahre vergangen waren, kehrte der Drache zurück zu seinem Volk.
[II] Doch er fand die Menschen von Verzückung für seine göttliche Schwester Promilla erfüllt.
[III] Lokaj nahm sich ein Weib und zeugte einen Sohn, den er Lorandor nannte. Der sollte sein Erbe antreten.
[IV] Dann wandte er sich den himmlischen Gefilden und seiner Schwester Promilla zu.
[V] Die beiden Götter gerieten in erbitterten Streit um die Menschen der Lande und wie die Göttlichen, so stritten auch die Sterblichen unversöhnlich um die Herrschaft.
[VI] Der alte Widersacher aber schlief nicht und als er die Menschen und die Götter in Zwietracht fand, da sprach er:
[VII] Ich will senden meine Heere, die Lande der Menschen zu unterwerfen. Und es geschah, wie er gesagt.
[VIII] Lorandor aber sah die Dämonischen hervorquellen und wie es das Erbe seines Vaters war, so stürzte er sich in den Spalt, um für ein Jahrtausend zu kämpfen.
[IX] Da sahen Promilla und Lokaj das Unheil, das ihr Streit hervorgebracht hatte und sie schlossen Frieden.
[X] Promilla sandte ihren heiligen Götterboten zum Zeichen ihrer Gunst und fortan lebte das Land unter beider göttlichem Segen.